纳 兰 著

批评之道

—— 诗歌评论集

文鼎中原

河南省作家协会
重点作品
扶持项目

郑州大学出版社

河南文艺出版社

图书在版编目（CIP）数据

批评之道：诗歌评论集／纳兰著. — 郑州：郑州大学出版
社：河南文艺出版社，2021.2（2024.6 重印）
（文鼎中原）
ISBN 978-7-5645-7566-3

Ⅰ.①批…　Ⅱ.①纳…　Ⅲ.①诗歌评论 – 中国 – 当代 – 文
集　Ⅳ.①I207.22-53

中国版本图书馆 CIP 数据核字（2020）第 231092 号

批评之道——诗歌评论集
PIPING ZHI DAO——SHIGE PINGLUN JI

策　　划	孙保营　马 达	封面设计	小　花
责任编辑	孙精精　贾占闯	版式设计	小　花
责任校对	刘晓晓	责任印制	李瑞卿
丛书统筹	李勇军		

出　　版	郑州大学出版社　河南文艺出版社
发　　行	郑州大学出版社
地　　址	郑州市大学路 40 号（450052）
出 版 人	孙保营
网　　址	http://www.zzup.cn
发行电话	0371-66966070
经　　销	全国新华书店
印　　刷	廊坊市印艺阁数字科技有限公司
开　　本	890 mm×1 240 mm　1 / 32
印　　张	9.25
字　　数	187 千字
版　　次	2021 年 2 月第 1 版
印　　次	2024 年 6 月第 2 次印刷

书　　号	ISBN 978-7-5645-7566-3	定　价	68.00 元

本书如有印装质量问题，请与本社联系调换。

编委会

序言　寻找内心精神的自如表述

李俊功

　　有着诗歌禀赋，且把语言作为某种艺术，把自然与诗意、风格与递进、超拔与无限已然陶铸为充满诗歌元素的生命统一体，坚持做出实际的努力和深度的理解，近年来，纳兰君凭着敏锐及独特的感觉探索了普通人难以意识到的手法和观念。好像诗歌和他有着难以分割的情缘，他在选择诗歌作为精神寄托之时，诗歌也选择了他，是诗歌决定了他的气质、他的面貌，决定了生活的多彩多姿必然能够以诗意之存在回馈澄澈的心灵，凭着一份潜意识的独觉促其技法日益熟练和自由，发现和认知愈加精细、温情。

　　青春起步早行路，他能够这样让少年时期展卷既得的文学启蒙，光大于内心的持久热爱，陶醉其中，精心求源，仿佛直达诗歌的禅觉。勤龟，乐修，持续迈进，依靠多年的创作实力，为真实的诗歌艺术启悟，扩大了自身所及生活以及时间的磁场，达临由美指向善的思想高点，他已成为取得显著成绩的诗人，得到认可。说到底，诗歌和诗人的造化，都是后者意志的主宰力和内慧动力在起作用。

纳兰君的诗性审美，是非同一般的表现。他的"用墨水刺探另一世界的秘密。像溪水，穿过鸟鸣的针眼。缝合闪电，制造的裂缝"（《纸梯子》），能够说明他"把词语当作道路"的内心和守护诗歌尊严的奋为。

凡真正的诗人，往往不走寻常路，正如小说家纳博科夫所言，"摆脱庸人气"，愿意成为黑暗中持灯的人，但却惯常于寻找崭新且隐秘的词的感觉，用融合于古今之伟大先锋性的艺术发现，替代被日常化的语境致命的概念化，他们写他们自己的文字和激进意识，皆是具有诗歌理想的践海者、举纛者、解缆者。

强调语言的高贵和诗歌的纯粹品质，这和生活中的人际关系处理截然不同，那是洁尘的、超凡的比喻，是陈旧语调的背叛者，是一贯格式的决裂者。对待诗歌的认知和态度，关乎诗人运用语言的智慧和调遣宇宙能量的能力。具有时时刻刻让创造诗歌的世界臻于完美的极致追求。

纳兰君读书颇丰，思索甚深，他对于自身的创作因企图向好有着必然的节制和信念的支配，即有他的戳破窗户纸的勇气，也有不愿为所为的御欲；既有可以盛下世间全部美的愿望，也有执念说出的爱的箴言，他做到了诗人应该大力为之的使命意义和责任意义的提升。

此刻，不禁想起汴京诗群的同仁们许多次谈论写诗和读书的情境。纳兰君作为中坚，每次皆参与其间。河南大学老校区，诗云书社，珠玑巷，憩园亭，午朝门，书店街，还有开封的多个景区和街巷，或聚谈，或漫步，或举办众多的诗歌活动，一群狂爱现代诗歌的人都能营造出心的领地。我们在古今中外的优秀诗人作品中游历，在他们的思想风景线上感知一颗颗灵魂在诗句上的安放，在迸溅着时代火花的作品上探寻美学、哲学和宗教层面的隐喻与象征，在观念共鸣的认同和狭隘论断的扬弃、拒绝中，寻觅确实的文学母题，学会抵抗、超越庸常生活和浅层写作，实现收获的悲欣交集和"革命"的"独立王国"。纳兰君始终是主张陌生化有难度写作的强有力的前行者，作为青年诗人，不仅承接了千古诗意的温暖，也发展着自己创造诗学的辩证。他有着熟练运用诗歌创作，收割寂静，真切地为心灵布景，以分行，建立心的秩序，甚至能够以此作为抗拒不完美现实的一种方式。

安履大地，守望蓝天，身心快然，他一直用心触动现实的要妙，给予所处一切永远的理想主义。从心出发，坚持一贯的向内转，深入开掘诗意之殊胜，发现文学之善美，对于当今诗坛这些斐然的成就者，时刻做到随喜感叹，欣悦于诗人们提供的一个个可以呼吸的世界，并非背向市井，考槃山水。

以上说了那么多，其实我想强调的是，纳兰君在多种文体中，以澡雪精神的感受，聆听品种繁多的自种庄稼在天地间的拔节，铺展了他诗意浓厚的广阔绿野，但尤以现代诗歌最盛。

而他区别于单一诗歌写作者的，恰恰在于此：如果优秀的诗人能够在评论上有一番作为，则会让评论能以一种诗意的情境再现，完成一种更富于另外意义的文体，在语言肌理，诗学逻辑，和整体开放性上的存在。这种面目全新，诗眼发现，诗性写作的好处显而易见，纳兰君从事此种，和他暂离开封，负笈白山黑水，攻读文艺学专业密切相关，更是诗人具备"发现美的眼睛"，勘探写作的精神地图，犹如在码放整齐的劈柴中看到火焰具备思想穿透的能力。

　　这样的诗人不多，左手诗歌，右手评论，从自己以及别人的写作经验里钩沉写作的实际意义。在简单的一个词和分行的句式中探寻精神的走向，在完整的个人化语境中感受世界的不完备和零碎的心灵片段，然后依循上帝般的创世能力，经过拆解文本揭示的普遍规律，提炼句子的纯金和空气中的含氧，让每个细节成为促进"成长"的文田种子，重新构造浑然一体具有崭新生命力量的关于诗歌的思考，把多位诗人作品以诗史的阐述推出他准确把握新的文体写作的源泉。道心明净，以文化境，似有操琴通乐的净意，皎如冰雪的言辞，像吉帖之上书写醒目的黄云巘，不断预告着思想写作的丰收消息和赞美语言活力的快乐。我相信，每个成功的写作者，他独立瞭望的鹭鸶岗上，都能倾听凤鸣朝阳，他遵道耕耘的文学福田，都是世界的尽头。纳兰君的写作，围绕真与善的命意，源于他的悲悯情怀和自愧苛责的自我约束，源于他的恻隐之心和忧患之思。这其实是所有写作者都应该兼具的道德要素，唯以此出发，才有浩渺无限的文学晴空。

英国著名小说家乔治·奥威尔说："我们对作家的第一个要求是，他不应该说假话，他应该说他真实的思想，他真实的感觉。我们对一件艺术作品能够说的最糟糕的话就是说它不真诚。对于批评来说，更加是如此。在创作中，只要作者基本上是真诚的，那么一定程度的装腔作势和矫揉造作，甚至一定程度的露骨的弄虚作假都是没有关系的。现代文学基本上是个人的事；它要不是真实表达一个人的思想和感情，就毫无价值。"依循文贵真诚的古训，纳兰君用自己的声部说真话，言诚意，喜欢在"真"的心地与笔端生花，所以作家的真诚，应该是铭刻在骨子里的准则，大宜勉旃。纳兰君的作品里体现的真，勾勒出了他作品的抽象和具象图谱，丰饶峻拔。

　　"已识乾坤大，犹怜草木青。"纳兰君敬畏于现实的真相，忠实于文学的真率，在诗里行间给一直难以平静的世界找安顿，也在剖析深入的评论中，给时代的写作揭示令人信服的证据。

　　本书名曰《批评之道》，其道是什么，是文学的语言，举言涓涓；是思想的行动，饬身立德；是严谨的哲辩，洞悉事物幽微。通过文学之真，文学之善，传达灵魂受洗，人性秘密，思诗无邪，文以载道，以及文学的建构，语言精神的维护，本身就是文学的永恒任务，光明意义。

　　每位诗人、评论家，有责任和理由让诗歌发出圣洁的光芒！

记忆一种克制的诗意生活，为了更好地迈进内心的故乡。道不缺席，文乃昌兴，在此，以诗歌的名义，祝贺纳兰君。

2020. 3. 5

目　录

2

作为批评家的诗人

——评耿占春诗集《我发现自己竟这样脆弱》

对耿占春而言，写诗属于生活中的"片段停顿"和"思想的休息"。他把时间全身心投入到阅读、思考和写作之中，他说："就投入的时间或工作重心而言，似乎应该是批评、随笔、诗。"这并不是说他怠慢轻视诗，恰恰相反，他把诗看作是一种拯救的技艺或献词，把诗当作是远离批评、随笔所辖区域之间的"郊区"。他在不同场合谈到国外的思想家、批评家都可以在著作中引用诗歌例证自己的思想观念，如阿多诺、鲍德里亚、布罗姆等。他的批评和研究对象是诗歌，他是洞悉诗之奥秘，拥有完备的诗学体系并形成了独特批评风格的"诗人批评家"，他是一个遵行诗意地思和哲学化地思考诗学的批评家，他是一个对现代诗的隐喻、象征特性有整体把握的批评家。他在一次访谈时说，"从开始读书，我的脑袋就是一个大舞台，各种人上来说一番。我的脑袋里什么都有，所以我的很多想法，你怎么能说那是我的呢？那不是我的，都是我读过的作者的。有时候，我觉得他们说得不错，就再重复一下。这根本就没有什么我的思想。"这并不是说他的脑袋就真的被各种想法统治，被各种声音搅扰，他有自己"内心的主权"和现代性的面孔，诗就是他强有力的声音。他已经区分自我和他者的想法，并做出这样的价值判断："我觉得他们说得不错，就再重复一下。"这是批评家应有的品格和素质。

他提出的感受性主体、百科全书式作家、自传式理论写作等观点，恰好对应在他的诗、随笔和批评写作之中。或者可以这么说，他提出的主张不仅是可思的，也是可行的。他是一个跨越边界、思想无羁的思想者，他的写作资源是如此丰富，选择批评、随笔还是诗，只不过是借用不同的文体进行思想的输出和象征交换，以便获得语言的慰藉和诗学的慰藉。他心里有一头"思想的灵兽"，"需要话语反面的一切喂养"。他"喂养正确而强劲的语言"（《需要的，恰如所有》），也被语言喂养。他和语言是一种"目击道存"的关系，他享受语言的欢乐，也承受属于整个人世的苦难。他从语言出发，链接身体、社会、历史，把精神分析从个体身上的运用扩展至整个人类集体的运用，这么来看的话，他的诗就不是表达一己悲欢的小诗，而是具有人文关怀的大诗了。或许，也可以简单到"诗，只是一个赐福的比喻"，一种治愈系的净化的力量，一句慰藉的话语。而那些诗之外的重量，都属于对读者接受美学的附加和诗人"思想的休息"的打扰。他越过了即时的批评、职业的批评，进入到了大师的批评阶段，他在即时批评和纯学院批评之间找到了游刃的余地，形成了一种自由的批评、大师的批评。他的批评可以被称为"寻美的批评"，他的诗歌写作可以被称为纯粹的审美的享受或思想的休息。他在《论民主与诗歌》一文中说："一个民主的人就是一个诗学的人……一个自由的人就是一个诗学的人。"反过来说，一个诗学的人，也是一个自由和民主的人。某种意义上，他是一位人文主义和民主批评的先行者。从前，他是诗人中的批评家，如今出版了诗集《我发现自己竟这样脆弱》，他也是诗人中的诗人了。诗人和批评家这两种身份在耿占春身上得到了巧妙平衡与合理转换。他写诗的时候，仿佛有另一个自己作为批评家的身份躲于身后，对于诗人的身份静观而不语，这是另一种的"观自在"。他履行批评家使命的时候，诗人之"诗"已然成为他批评的利器，诗人的感受力和想象力使他在批评的过程中更靠近真理和意义。他的诗，某种程度而言，有"以文入诗"的特点。查尔斯·泰勒曾说："人们被诗打动，也就是被吸引进个人的感受性之中，诗歌把个人感受性聚集在一起，更深层的、更一般的真理仅仅通过这种感受性才会出现。"换言之，耿占春在用诗人的身份和语言拯救弥散的感受性，这是诗歌话语对于批评话语的给养与互为补充。诗歌话语拯救了"受难的感受力"，诗歌是关于月亮的想象，而批评的话语仅只是指向月亮。

他写诗的时候，就是孤身一人奔向属于他的"十字架"，这是属于诗人的使命，作为批评家的他不干涉，也不僭越。

诗人不满足于在语言的世界里"创世",也要尝试从语言到行为的"救世"。而作为批评家的他不参与创世的过程,他只是一个清醒的旁观者,用挑剔的眼光对诗人使用语言创立的世界进行挑剔和责难。诗歌于他而言,只是换了一种形式的思考。批评家之诗是一种诗体的文论和批评,而诗人的批评是思与诗的合一,是辨认出语言里"诗、真理和美"的过程。诗即是批评,批评即诗。他借用诗歌的外衣掩藏思想着的肉身。如果说批评是智识的消耗,那么诗歌写作对他而言就是智识的节日。

诗人的眼光看世界,批评家的眼光看自己

他看世界的眼光是诗的眼光,他用诗的标准衡量当初那个创世的至高者所创造的世界,当下的世界与原初的世界有了裂缝,诗的世界变成了谎言的世界。当他写下《世界荒诞如诗》的标题时,是对这个有裂缝的世界的痛心,是把世界拉近诗的一种企图,但是世界与诗之间横亘着一座荒诞的山岳。诗人耿占春写下:"在无话可说的时候,在道路/像逻辑一样终结的时候/在可说的道理变成废话的时候",诗就在"道路""说话""道理"三者之间切换。这很容易使人想起《圣经·新约》中耶稣所说:"我就是生命、道路和真理。"写诗的时候,他复活了灵性的生命,他在用诗与神沟通,他在用诗寻求一条生路,他在复活一种古老的技艺,"从废话

　　　　　　　　　　　　　　　　　　　批评之道

里提炼道理"。"在道路/像逻辑一样终结的时候",就是诗意在诗里复活的时候。正如人的尽头是神的起头,终结的道路必然能开出一条"非常道"。在一个偏离了诗的世界,荒诞成为世界的别名,写诗就是排除或扫除"废话里的易燃易爆品",写诗就是对"家法"代替"宇宙法或世界法"的批判。开始写诗, "在沉默/在夜晚噩梦惊醒的时候",诗人不再"在沉默中寻求庇护。然后,随着上升的冲动,此前不能表达的东西能够用言词表达,通过某种奇迹般的简洁,采取明喻的方式,激发一种新的热蜡从密封环的压印中流下"(乔治·斯坦纳《语言与沉默——论语言、文学与非人道》)。诗人沉默是因为语言比邻黑夜,而开始在沉默中爆发是因为想念语言接近神光的时刻。

世界荒诞如诗

许多年后,我又开始写诗
在无话可说的时候,在道路
像逻辑一样终结的时候
在可说的道理变成废话的时候

开始写诗,在废话变成
易燃易爆品的时候,在开始动手
开始动家法的时候,在沉默

作为批评家的诗人

在夜晚噩梦惊醒的时候

活下去不需寻找真理而诗歌
寻找的是隐喻。即使键盘上
跳出来的词语是阴郁
淫欲，隐语，或连绵阴雨

也不会错到哪儿去，因为写诗
不需要引语，也无须逻辑
在辩证法的学徒操练多年之后
强词夺理如世界，就是一首诗

　　整体看这首《世界荒诞如诗》，"开始写诗"与"活下去"构成了一种结构上的相似，写诗就是活不下去的无声的控诉，写诗就是为了更好地活下去。活下去不需要寻找真理，但是为了真理而活，仿佛也是一种更好的活着。"而诗歌/寻找的是隐喻"，其实隐喻只是一个外壳，耿占春在《隐喻》一书中说："隐喻就包藏着诗、真理和美。"往深了说，诗歌是借助隐喻手法网罗住了"真理和美"。"活下去不需要寻找真理"，却需要寻找"道路和生命"，诗歌寻找隐喻其实就是重新找回诗与世界的相似性，找回人性与神性的同一性。诗人从"隐喻"想到发音近似的"阴郁、淫欲、隐语、阴雨"等词语，把外在天气、内心的情绪和欲望等诸多信息集中在了一处。诗人驾驭词语，就像放牧驯顺的羊群。

如果世界荒诞如诗，那么写诗是制造更多的荒诞，还是为了消解荒诞？在耿占春《世界荒诞如诗》一诗中，我看到的是反抗，控诉，纠正。诗是反辩证法和逻辑的。在世人皆顺从规则的时候，他创造了另一些规则。

开始写诗，是对世界荒诞做出的应激反应。或者说世界的荒诞倒逼诗人开始言说。世界和诗之间的天平，因为加上了"荒诞的砝码"而开始倾斜。荒诞成了世界和诗之间的黏合剂，荒诞既堵塞了道路，也终结了言词。写诗本应该是有话可说，本应该是顺应"道成肉身"的逻辑而用言词靠近真理，本应该是从废话中分拣道理，结果"许多年后，我又开始写诗"是因为无话可说，道路的终结和道理变成废话。在诗人耿占春的笔下，诗依旧在和世界的荒诞进行着抵制和斗争。就像言说医治着无话可说，道理训斥着废话。

"在道路/像逻辑一样终结的时候"，信心依然能分开海水而开出一条道路。

"在废话变成/易燃易爆品的时候"，诗依然扮演灭火排爆的功用。

"在开始动手/开始动家法的时候"，诗依然扮演公义的判者。诗依然是高空坠落后及时打开的降落伞。

"活下去不需寻找真理而诗歌/寻找的是隐喻"，那么活不下去的时候，是不是就需要寻找真理了呢？什么是隐喻？"那么，世界万物就是神的话语。这话语就像宇宙万物一样永远在消长，而永远存在着。他在万物中永永不寂地诉说着同一的话语，人类就永远处在创世的神恩状态。当人类忘却了聆听，他也就忘却了诸神的话语和世界，忘却了本源"（《隐喻》）。隐喻使人与自然恢复关系，人与神保持一致。人对隐喻关系的寻找，其实是在自然之中寻找合宜之所安放自身，是内心秩序和事物秩序的一致性的寻求。不至于是不寻找真理地活着，而是在寻找隐喻的过程中"使生命的意义成为动人的悬念而被人类精神所渴念、期待和追索"。

诗歌寻找的是真理。唯"道成肉身"的词语，才不会产生"阴郁/淫欲，隐语，或连绵阴雨"的歧义和谐音。寻找的是隐喻，其实寻找的就是完成创世之后隐而未现的创世者。之所以"不会错到哪儿去"，是因为通过"树荫"总能遥遥感知树荫之上的实体。隐喻里藏着诗，诗歌寻找的是"意外的比喻"，耿占春用隐喻给世界披上了"肉身的外衣"，又用诗歌作为"意外的比喻"乃是世界诞下的"新生儿"。寻找意外的比喻，就是给隐喻这个大家庭找回散失的亲人和灵魂，就是给隐喻的火堆注入源源不断的能量。

耿占春的《论诗》，就是诗歌形式的文论。

论诗

在小小的快乐之后

你甚感失望：写诗寻找的既非真理

也不是思想，而是意外的比喻

为什么一个事物必须不是它自己
而是别的东西，才让人愉悦
就像在恰当的比喻之后

才突然变得正确？人间的事务
如果与诗有关，是不是也要
穿过比喻而不是逻辑

才能令人心诚悦服？而如果
与诗无关，即使找到了解决方案
也无快乐可言？如此

看来，真理的信徒早就犯下了
一个致命的错误：虽然
他们谨记先知的话

却只把它当作武器一样的
真理，而不是
一个赐福的比喻

以诗论诗在一些诗人身上数见不鲜，在米沃什、史蒂文斯、博尔赫斯等大师的诗里皆能见到。耿占春的《论诗》依然延续了《世界荒诞如诗》中的一些思想。《世界荒诞如诗》中是"诗歌/寻找的是隐喻"，《论诗》中是"写诗寻找的既非真理/也不是思想，而是意外的比喻"。比喻何以如此重要，帕斯在《弓与琴》中写道："是的，语言即诗歌，每个词都藏有只要一触动秘密弹簧就会爆炸的某种比喻炸药。"耿占春既占有了批评家的理性之智慧，也体验了诗人的感性之愉悦。他给诗"减负"，把真理和思想从诗里滤去，只享受发现"意外的比喻"的"小小的快乐"。他像一个返璞归真的智者发出朴拙的质问："为什么一个事物必须不是它自己/而是别的东西，才让人愉悦"？耿占春在《隐喻》一书中说："诗人有一种不可遏制的冲动去寻求隐喻，寻求把人与自然，把生命和宇宙统一起来的那种原始的力量……在人与大地这两个彼此变得很像的世界中，诗人就体验到一种对人的自然式的领受和对自然的纵情欢爱。"一个掌握了答案的人，为什么还要重新发出疑问？他在回味无知之时求知的快乐，他在引领后来者的思考。在《隐喻》一书中，他用肯定句告诉我们：诗是隐喻的复活，诗是语言的原始形式。而在《论诗》一诗中，他用的是否定句式：既非，也不是，而是。从中可以折射出他从批评家的思维到哲学思维的切换，"非法，非非法"里或许暗含有更高的智慧。在"人间的事务"是否与诗有关的追问中，快乐法则成了诗之正确与否的准则。诗人写诗，服从的是自己的领悟而不是逻辑和矛盾律，

　　　　　　　　　　　　　　　　　　　　批评之道

以寻找"意外的比喻"为乐，诗人耽于"人间的事务"，而延误了"神圣世务"。诗人在比喻里自得其乐，不如在诗里传递真理的福音。"赐福"传递出的信息是诗人认可的自利而利他，自解脱令他人解脱，"施与"比"接受"更为有福。

耿占春的《论消极自由》《论恶》《论神秘》《论语言》《论晚期风格》《论快乐》，都是一个主题下的论述，可以看作是一篇诗体的文论。诗的体裁的凝练跳跃或许在这一时期更适合思想的抒发。以文人诗，是一个古老的传统。耿占春的诗是一种依托于深厚的学养与深邃的思考之上的产物，诗是他的阅读、思考、反思、批判等的综合和叠加。诗是他放松时的思辨，把思想浓缩为诗，他自身作为一个思想的管道，吸纳一些思想，经过净化和提纯后输出另一些思想。理解他的一首诗，要越过他对读者无意之间设置的阅读障碍，要以阅读另一本厚厚的学术著作为基础。可以这么说，一首诗就是一本浓缩的书。读他的《论消极自由》，若不了解什么是"消极自由"，就很难对这首诗有更深层次的理解。英国哲学家以赛亚·伯林在《两种自由概念》中提出了自由的新概念。区分了两种自由概念，即积极自由和消极自由，在他看来，积极自由意味着自我控制和自我实现，而消极自由则是一个不受外在力量干涉的私人领域。诗其实具有私密性和私人性的属性，是一个人"消极自由"的领地。《论消极自由》中"所有闲散的人都在古城溜达"的闲散状态，即一种消极自由的状态。诗中呈现一种语言的张力，"在人民路，

在洋人街"，"一切有用之物，一切无用之物"，可以感受到
"人民"与"洋人"，"有用"与"无用"的对立造成的张
力。"苍山云缓慢地飘过，洱海门/所有的花都在随意革命"，
这句诗中的事物在表达一种自由，它们可以按照自己的意愿
"革故鼎新"。当读到"所有的花都在随意革命"，你会对
"随意"传递的自由意味和"革命"一词的借喻而会心一笑。
"昔日茶马古道上的马镫/铜壶、旧地图、不明用途的器具/
在连绵的杂货铺里/堆集成一首物质的诗篇"，"过时的物件"
在诗人眼里变成了"物质的诗篇"，事物本身即诗，他检阅
的目光使这些过时的物件重又焕发出光彩。"一种快意而虚
假的自由"并不是真正的自由，获得自由的人们，或许就是
行走着的"精神的诗篇"。

　　世界不仅仅荒诞如诗，世界亦美如诗。在诗人眼中，世
界不只有荒诞的一面，亦有着"浮云诡秘看苍山"的一面。
他、世界和生活之间的对峙和紧张关系被一首诗缓解、简
化，一首诗即可解决"他"与世界的关系、"他"与生活的
关系。"你的世界，就只剩一首赞美诗""你的生活，就只欠
世界一首诗"（《一首赞美诗》）。身处这样的地点——"南
诏国遗落的江山里"和这样的时间——"大理国剩余的时间
里"，"他"拥有的是对世界的赞美和一颗亏欠之心，"一首
诗"就可以完成对这个"残损"世界的交代，"一首诗"就
可以还清对世界和生活的亏欠，"一首诗"就可以撇清自己
与"重要的事务"的关系，"一首诗"就可以熄灭"野心和

　　　　　　　　　　　　　　　　　　　　　　批评之道

抱负"。面对历史循环和祸殃的季节般重复，一切都在"山河天眼里"，他"忆起一行诗——"，那该是世界的起头，光的来临和爱的来临的时候，是神的灵运行在水面上，那一行诗犹如神开口说出的那句"要有光"，一切都在光的彻照之下，一切都在光的医治里。"点苍山下/樱花盛开/它自己的庆典"（《世界美如斯》），诗人像一个局外人，未能融入"樱花的庆典"，他与事物保持着距离，他看到了世界之美，同时也保持着清醒，"美，能拯救世界"，这还是一个尚需证明的命题。

　　耿占春说："诗歌语言既与传统的象征秩序或象征系统存在着批评与'解构'关系，又力图揭示词与物的象征功能，激活这一创造象征的语言机制。从象征的古老源泉中汲水的同时补充这一日渐枯竭的源泉。"这是现代诗歌写作的意义，诗歌语言从象征秩序里"汲水"，又给象征这个"枯竭的源泉"以补充，诗歌语言不能离开象征而存活，而象征亦需要诗歌语言对其施救。耿占春认为，象征思想不仅是自然与文化在类似性基础上的混合，也是文化与主体世界或内在世界的混合。词语、事物或客观世界、思想物或主观世界，三者没有区分。这就是说，语言、世界、"我"三者达成了"合一"，世界是人格化的世界，人是物化了的世界，而语言是我和世界的合一。他从这个物的世界里看到了人类社会的场景和意义，"那些野花野草，隐秘的野生动物/它们不知道谁统治着世界/不弃权不反对它们欢乐地在野"（《称之为苍山》），这哪里是一个纯粹的物的世界，分明是一个阶级社会，"野花野草，隐秘的野生植物"是被统治的事物，它们"欢乐地在野"，这就使事物具有了人的主体性，这就使野生事物的"在野"有了政治学上的含义。"山脉的那些火成岩花岗岩熔岩/结晶岩之上的森林，称之为横断/山脉，矗立在缄默的权力意志中"，整个世界不过是自高者精神存在的实体和手段，诗人所言"山脉，矗立在缄默的权力意志中"，事物尚没有法外之地，何况人乎？"唯有它接近最高的宇宙真理"，这里丝毫看不出诗人有对山脉的艳羡，也没有对宇宙真理的企图，而只是冷静的陈述。诗人在诗的结尾写道："在野花/丛生的山顶，一种野生的思想/在慢慢接近久已失去的/地址与名称——称之为苍山"。"一种野生的思想"可以看作是诗人所首肯的美学和诗学，"野生的思想"更为不受约束和丰盈，更易抵达世界的本质。

一种出发的意志

帕斯在《弓与琴》中说，风格是所有写作的起点。从这个角度而言，晚期风格，已不是写作的起点，而是写作目的地的抵达。晚期的葡萄，不再腐烂而是坠落，它经过酿造而变成了风格的佳酿，可以储存长久的美酒。

晚期风格，被限定在修饰词"晚期"上。晚期，意味着在时间概念上难以逆转，在既定的文本上难以修正；也意味着内功的炉火纯青、技艺的驾轻就熟与游刃有余；也意味着内心世界充满正等正觉、正思维正念，因而可以随心所欲而不逾矩。晚期风格是对晚期"不幸的经验"的颠覆，是在废墟里开出的花朵。

"然而，我想象的晚期是一种力量。"这是一种怎样的力量？晚期是时间之沙粒在肉身的沙漏内的流逝。晚期风格是随时间而来的智慧。晚期风格，是用时间的阴影来遮盖耄耋之年的肉身，是用时间来"覆盖了全部失望经验的一小部分"。"是他的年岁／比他生活的大部分街区都更古老一些"（《论晚期风格》），理应是街区比人更古老，理应是落叶归根。在一个反常的世界，家园成了一个词典里的词，内心里的记忆。而房子不是家。街区的摧毁与新建，让一个人失去了怀旧之情，这意味着你有随时间而来的智慧，亦有随时间而来的悲伤。

湖对河流的寻找，是对同类者的寻找，是一种流逝对另一种流逝的注视，是一种命运与另一种命运的并行不悖，是汇合，合一，是万法归一，是众到一的返璞归真。一种出发的意志，也是一种必然抵达的意志。"湖进入河，河进入溪，溪流进入源头的水"，进入源头的水，意味着与"源头"的联结，而不至于枯干；意味着将要饮"活水的源泉"。这种从湖到河再到溪的转变，是宽阔对狭小的注入，是新生的力量和复苏的力量。"一座分水岭：晚期"，分水岭，意味着今日之我与旧日之我的告别，未来之我与今日之我的告别。

晚期风格，是个人传记，是一个人不加修饰和删减的"欲望和不幸加以叙述的编年史"。

在耿占春的《论晚期风格》一诗中，晚期是一种力量。晚期是一种出发的意志。晚期"只存在于一个人最终锻造的话语中/这就是他的全部力量"。晚期风格是集聚毕生之力"最终锻造的话语"。晚期风格，是用话语创生的"另一个我"，是"我"的意念的无数个分身。"在那里/他转化的身份被允许通过，如同一种音乐"。

耿占春以"一种野生的思想"享受着"在野的欢乐"，他确立一种诗人批评家的典范和风格，诗的语言是"创世"的语言，亦是他珍爱的"救赎"的语言。在《论语言》一诗中，他历数"语言的种种罪状"，如今我们的语言习惯于"杀生""判决""肮脏"。他坚守的是这些词的反面，即语言的救赎、赦免和洁净。他呼唤一种净化世界和自身的语言。如果语言失去了神性，语言不再传递爱和福音，语言里不再有怜悯和救赎，语言失去了诗性，"这就堵住了语言通往欢悦的灵魂的途径，堵住了灵魂通往语言的隐秘的圣地"。他坦言，"我随身携带语言和死亡"，语言或诗始终是激活他的感受性的"鲜柠檬"，他面对的不只是一个个没有生命的"文本"，面对这个世界，"可是我会流泪/我的心会悲伤，身体会感到疼痛"（《辩护词》），他始终对这个世界和世人存有一份深情，对受难的世人，他发出"谁掌握着拯救的技艺"的询问。在他布满皱纹的额头和理性的脸孔背后，是一颗诗心和受难的心。"是的，一定要快乐／如果快乐是一笔财富／我就节省一些，偿还或抵押／给那些更苦的人"（《论快乐》）。"偿还或抵押／给那些更苦的人"，这样的诗句是发自内心深处的真情。他让人感动，因为他的品格和悲悯。快乐应该还给更需要的人，快乐应该远离权力的干涉。"快乐，就像雷电在沙漠上／挥霍雨水，就像节日里的／穷人，快乐而知礼"。他是一个有良知的学者，他站在了受苦的人和穷人这一边。

"你们已经知道，他的巨著不会／提到我，我隐居在一座船型的山上／无论春秋，在一片雾海中书写／我从未想到我的败北已如此久远"（《失败者说》），但他亦不曾想到他的胜利也如此久远，那是诗人的胜利，也是批评家的胜利。诗人和批评家是两种身份，也是一种身份，是两种思维，亦是一个思维，他只不过是左手批评，右手诗歌，其间是思想的流动，而思想的流动就像是左手交给了右手，河流汇入江海。作为批评家的他以在另一个人身上发现自我为开始，在精神上假装过上了他人的生活。批评家将心比心，将别人的思想和生活巧妙而合理地据为己有，在他人的欲望中发现自己隐秘的欲望，在他人的信仰中坚固自己的信仰。批评，就是闯入另一个人的领地，绕过无形的地雷和路障，抵达圣地。他要在批评的过程中识别自己的思想和他人的思想，并将两种思想合流。诗人批评家，只做思想的识别，而拒绝让他人的思想侵入自身。有人说他的评论总是优于那些被品评的作品，他不是在为那些作品"辩护"，也不是尽一个职业批评家的职分，而是他自己的思想力量过于强大，他在别人的作品和思想中有一种价值认同，也同时是一种自我的确认。他走在了时代的前头，他不为未来而写作，却引领了未来。

通往无限的语言

——论陈先发诗集《九章》

陈先发的诗集《九章》，9首短诗构成一个完整的九章，而9个九章构成了一个大的"九章"。这部诗集一共16个"九章"，144首诗。这是一个人的心灵史诗。

帕斯说："一切诗歌中潜在的矛盾都是诗的本质特征，诗歌是一个整体。它只能由各个矛盾的完全融合组成。在其内部争斗的并非两个完全陌生的世界：诗在与自己斗争。因此，诗是活生生的。所谓诗的危险性也就源于这种持续的争斗。"陈先发的诗歌写作建构了一个巨大的"整体"，"九章"与"九章"之间就是充满矛盾张力的集合体，"诗与自己的斗争"持续在所有的九章之中。他的诗是听觉、嗅觉、触觉、视觉、味觉之间的相互渗透，也是哲学、诗、宗教之间的相互渗透，还是语言、世界和欲望多者之间的相互渗透。他的诗是多重感觉、多层世界的重叠；是日常生活与形而上的生活之间的相互压榨，既挤压出了日常生活的非诗意的部分，又挤压出了形而上的思想的泡沫。他能自如出入于语言的世界和现实的世界，完成了对"不可见的世界"的管窥蠡测，完成了对语言的锤炼、提纯和净化。他打破了石化僵化固化的语言，使诗的语言经由炼金术的技艺变成黄金的质地。陈先发说："九首之间内在气息上相互融通、主旨与结构上呼应连接、语调语速上时驰时缓，构成一个有共同呼吸的整体。"以我之见，一个九章和另一个九章之间，或者说随便两个九章之间也是"共同呼吸的整体"。总能从不同的章节里找到相似的主旨、气息、节奏和哲学命题，陈先发的诗就有了一种锁链般环环相扣的坚固结构，源源不绝的诗意被锁定在这链式结构的诗里，他的诗歌文本完全可以当作哲学来阅读。

陈先发说："诗最核心的秘密乃是：将上帝已完成的，在语言中重新变为'未完成的'，为我们新一轮的进入打开缺口。停止对所有已知状态的赞美。停止描述。伸手剥开。从桦树的单一中剥出：'被制成棺木的桦树，高于被制成提琴的桦树'的全新秩序。去爱未知。去爱枯竭。去展示仅剩的两件武器：我们的卑微和我们的滚烫。"他掌握了诗的"最核心的秘密"，诗的秘密就是从神圣的圆满的话语中凿开一个缺口，使"语言之光"流溢到这个黑暗的世界。在"已完成的"重新变为"未完成的"的转换中，他以结束为开始，以终点为起点，使写作拥有了"无尽的资源"，他找到了诗人的任务，在语言之内开启了无限的空间，诗人面临着一次新的"创世"，诗人的语言像是一道光。诗人要将破碎的词语收集起来，因为"真理"就散落在词语的碎片之中。

他既抓住了真理，又在语言的多重镜子中生出自己的形象。布朗肖说，写作是为了永生。说话也是为了永生。而写作或许就是另一种"说话"。我们见识过语言之光划破黑暗的能力，话语的能力"能在稍纵的时间与恰当的空间抓住疾飞的箭"（福柯《通往无限的语言》）。陈先发开启了写作的空间，在变"已完成"为"未完成"的重新启程中，古典和现代性之间的裂隙被他通灵术士般抹平，他具备了通灵的视力，通灵的听力，通灵的感受力……这种通灵的状态可以在《嘉木留声》一诗中略微窥见："那些地下的喉咙从每片/叶子上发出了声音/那些撕裂的，相互否定的声音/它在说些什么/我们如此着迷于自身的复杂性/我们曾恐惧于嗅觉、触觉与/味觉也可以用来/'看见'——榛林如此茂密它们在/说些什么"。

他深谙"事物同时是自身又是另一个"的奥秘，单一的事物变成了别的事物，他自身亦是处在"同时是自身和另一个"的分身之中，一如他在《两具身体》一诗中所说："有时，我们完全遗忘了/自己还有另一具身体"；一如他在《死者的仪器》一诗中所说："正如久坐于这里的我/被坐在别处的我/深深地怀疑过"，"这里"和"别处"恰好在时间和空间上使"一个和另一个"割裂开，一个"既是又非"之我从单一中变得丰富。他在《早春》一诗中写道："有一个母亲/在不同地址上/轻手轻脚做着早餐"，只有在同时是自我和另一个的诗性认识下，自我融入事物，事物也有对灵魂的靠近和侵入。诗性认识通过意象来表现自身，诗人能区分同时是自身又是另一个的事物，"能从浸泡的意象中打捞自身"，即"把事物作为在主观中共鸣时与自我的同一来认识"，赋予事物改变的能力和意义，在一个事物成为另一个事物的转化中，事物以自身的完善和净化来接近更高者，一个事物背离了死亡，而朝着最高的秩序"提琴"般歌唱。在事物的自我和另一个的分化中，一切差异性都显明了，一切一致都变成了矛盾，诗人的灵魂转移在一切事物上，享受着灵魂拣选栖居地的自由。在是棺木的桦树与是提琴的桦树中，全新的秩序就在这事物的"既是又非"之中确立了。在同时是自身又是另一个的割裂之中，诗人在梦中完成了两者的修复，"梦中的我们就立刻凿光/透壁而来/与这一侧的我们合二为一"（《面壁行》），"壁"是我与另一个之间的阻隔，而"破壁"就是完成对割裂感的修复，使无数个我凝缩为一个我。诗人困于"破壁的妄想"，他的解决之道是"也不必谈什么峭壁的逻辑/都不如迎头一棒"（《寒江帖》），面壁的渐悟让位于棒喝的顿悟。诗人欣羡于"语言的突袭"带给人的明心见性的时刻，"像正在修炼的僧人/时而会大喝一声/'好没由来'……"（《茅山道上》）。"好没由来"，就是对铁律和奥义的废去。

一、割裂与倾听

"在这个唱和听已经割裂的时代/只有听，还依然需要一颗仁心"（《箜篌颂》）。他不但面对的是"唱和听"的割裂，而且是身体和灵魂的割裂，传统和现代的割裂，人和世界的割裂，理想和现实的割裂，词语和语言的割裂，现时之我与旧时之我的割裂。诗人意识到了自己的工作："把一个个语言与意志的/破裂连接起来舞动/乃是我终生的工作"（《泡沫简史》），破裂是恒久的破裂，诗人对"破裂"的连接也是恒久的工作。

在诸般割裂的事物的矛盾情状中，陈先发有所偏重。唱和听之间的割裂，他强调的是"听"。在一个言辞拥堵、喧嚣、负面情绪和经验甚嚣尘上的时代，言说要想抵心，必先抵达耳朵。某种意义上说，一个以仁心去倾听的诗人，他已近乎倾听百千万亿人祈祷的神祇了。一颗仁心，已然是连接割裂的两端的筏和道。在一个言说大于倾听的时代，陈先发是这样一种态度："我多么喜欢这听的缄默/香樟树下，我远古的舌头只用来告别"（《箜篌颂》）。在听的缄默里，我们似乎用耳朵闻到了香樟树散发的芬芳。箜篌或许可以当作是"我"的"远古的舌头"。远古的舌头，需要一双倾听远古的耳。他"听的缄默"，或许正如斯坦纳所言："感觉到了语言出现了问题，感觉到词语可能正在丧失其人性化的力量，对于这样一个作家而言，他有两种重要态度可供选择：努力使自己的语言成为代表，表现普遍的危机，传递交流活动本身的不稳定和脆弱；或者选择自杀性的修辞——沉默。"陈先发选择站在听的缄默这一立场，就是意识到唱和听之间割裂的危机，但是他的写作本身已经选择了"沉默的修辞"而"使自己的语言成为代表"。要防止和杜绝"诗歌中的哭声掩盖或美化了街头的哭声"（乔治·斯坦纳《语言与沉默——论语言、文学与非人道》），只能以一颗仁心去倾听和辨别。史蒂文斯在《论现代诗歌》一诗中写道："在思想敏锐的耳朵中，准确地/重复它想听见的东西，一群无形的/观众，正在倾听这声音，/不是在听剧，而是听自己"。陈先发缄默地听，既是听自己，也是准确地重复他想听见的东西。他以内在之耳比外在之耳感受到更多的"诗歌的智识内容和抽象张力的振荡"。

"除了勃拉姆斯像扎入眼球的粗大砂粒"，约翰内斯·勃拉姆斯出生于汉堡，逝于维也纳，德国古典主义最后的作曲家，浪漫主义中期作曲家。陈先发的这句诗造成了语言的陌生化，他把勃拉姆斯的音乐带给人的听觉感受转化成了视觉感受。这是一种来自异域的异质音乐对本土的入侵，也可以理解为中外文化上的割裂的被动修复，是外界事物直接对人本身"扎入眼球"的刺激而产生的"街头的哭声"。

"在旋转的光束上，在他们的舞步里/从我脑中一闪而去的是些什么"（《箜篌颂》）。从他的诗句可以看出，"我"

　　　　　　　　　　　　　　　批评之道

和旋转的光束、舞步之间，不是审美主体和客体之间"看与被看"的关系，它们是"从我脑中一闪而去的"事物，"我"不再是一个美好事物的容器，不再是把外在的事物搬运至内心或把内心的事物移向身体之外的做工，我与这个世界停止了象征和意义的交换，这也是一种割裂。

陈先发说，写作就是区分。他敏锐地发现"割裂"成为这个时代的现状和常态，写作成为他利用词语的针线缝合"割裂"的有效方式。思想应该重回语言的身体，正如身体应是有灵的身体。他对语言怀着无限的敬畏，诗意地栖居首先是栖居于"语言的宫殿"，其次才是大地的栖居和自然的栖居。"他必得把他在语言上取得的经验特别地亦即诗意地带向语言而表达出来。"（海德格尔《在通向语言的途中》）语言的宫殿是可久居之地，而我们不过是世上的客旅和寄居者。陈先发有极强的自我意识，"我"与"我们"始终在对峙对抗，"我"始终抵制着被"我们"吞噬和淹没。正如他的诗所言："要为敌，就干脆与整个人类为敌"，他以一己之力推着语言的巨石攀往山顶。在《披头颂》一诗中，他是被他们永远等待着的"一个缺席者"，他始终保持着一种对"他们"的警惕，即便是"我看见我/踟蹰在他们当中。向他们问好"，但始终抗拒着"刹那间变成一群"。这种区分从《秋兴九章之五》中也可以感受到，"总觉得万千雨滴中，有那一滴/在分开众水，独自游向湖心亭"。一滴水分开众水，就是自我的确立，与他人做出的区分。而"湖心亭"则是诗人的理想圣地。他对"区分"有着恒久的坚持，对被"众水"淹没保持着警醒，警惕"我们爱着的茄子被/完全地吞没了"（《秋兴九章之七》），他对这淹没和遮蔽不是无所适从，"但疯狂的遮蔽并未阻止成熟/我想，我们的写作何不/在这草枯暖风中/随茄子探索一番自身的弱小并/摈弃任何形式的自我怜悯……"。这种写作的区分持续存在着，一首诗的悬而未决的问题延续到了另一首诗。"语言甚至无法将/杨柳的碧绿从/被无数树种滥用的碧绿中，分离出来"。诗人的区分具有了双重性，即"自我"与"众人"之间的区分以及"语言中的事物"与"眼中的事物"之间的区分。诗人还做着一种以对语言的净化与敬畏的态度来反对"语言的滥用"的工作。

"我记得旧时的箜篌。年轻时/也曾以邀舞之名获得一两次仓促的性爱"（《箜篌颂》），旧时的箜篌与勃拉姆斯，两者形成了旧时与现代、不同乐器和音乐之间的张力。年轻时，光有邀舞之名而无跳舞之实，"而我至今不会跳舞，不会唱歌/我知道她们多么需要这样的瞬间"，今时之我依然没有填补年轻时的空缺，依然没有把"仓促的性爱"中的仓促用恒定和契合替换掉。记忆是恒定的，但诗人没有穿越的法术去弥补那些不完美的时刻。

"她们的美貌需要恒定的读者，她们的舞步/需要与之契合的缄默——"（《箜篌颂》），这已不是字面意义上的女为悦己者容了，诗句暗含着"人的心灵与整个自然一致"，与之契合的缄默或者说这就是人与神的合一。"恒定的读者"既是他对理想读者的召唤和期待，也是他把自己当作审美主体审视着自然万物的美好。恒定是对美的事物的忠贞不渝，也是对契约、信念的持守，还是希望有一个和谐理想的秩序的恒定。"舞步的契合"是对所爱事物的秩序、节奏和品格上的同步，"契合的缄默"亦是对人与神、人与自然、人与他者之间割裂状态的一种积极的贴近和黏合。与之契合就是"生命与宇宙，空间与时间，人与神，构成了一个深切的同情交感。有限与无限，倏忽与永恒，知与未知，在一种更高的一体化的体验里超越了现象世界与永恒结构之间的二律背反。它使人超越了对外物的贪婪和内心的自恋情结，而能自由地对万事万物起广泛而深刻的共鸣回应。"（耿占春《隐喻》）

"写诗就像是把由相互对抗的势力拧成的一个'结'摆在我们的面前。我们的声音和另外一个声音相互联系并融为一体。它们之间的界线模糊了。"（帕斯《弓与琴》）不仅仅是一个声音与另外一个声音的融合，还是一个事物与另一个事物的相互联系并融为一体，事物的相似性可以让石头是羽毛，此即是彼。陈先发的《老藤颂》一诗中："老藤垂下白花像／未剪的长发／正好覆盖了／轮椅上的老妇人"，老藤和长发就在相似性中消弭了两者的差异。"这一侧我肢解语言的某种动力／我对看上去毫不相干的两个词／（譬如雪花和扇子）／之间神秘关系不断追索的癖好"，陈先发的这句诗也暗合帕斯所谓的把相互对抗的势力拧成一个"结"。雪花和扇子，可以经过鹅毛大雪的比喻、羽扇（羽毛构成的扇子），经由鹅毛的中介，两者建立了一种神秘的关联。如果说诗人是这个世界的另一个感官，那么诗人说出"葡萄中含糖的神性"也就不足为奇了。

万物唯一，万法归一。万事万物终究能借着隐喻的工具从差异中回到同一，二来源于一，一来源于"道"。陈先发的"我来源于你/我来源于你们"（《老藤颂》），也就是把"道生一，一生二"的"经"阐释为诗了。他有意识地做着一种孤绝的冒险，在语言的冒险中，他不缺崇拜者，只缺少追随者。他的诗不只是对生命的追本溯源，他既知道来源而又重视把自我从众人之中区分出来，他的诗歌写作既是一种万物为一的返回，也是独自从闹市到旷野的远行。他的写作，是一种返回与远行多股对抗势力的撮合。但他又坦言，道危而不孤。因此，他的写作又有一种扶大厦之将颓的对危道的匡扶。

他"孤而直"，这"孤"是独特而稀缺的品性，有时是诗句里的"孤坟"，"我也曾是一座孤坟压在/母亲腰间"（《膝上牡丹花》）；有时是诗句里的"孤儿"，"黝黑巨树上红柿子/像几个孤儿，挂在那里"（《江右村帖》）。他有一副先锋性的面孔，这副面孔建立在他对个人生活经验的提炼和把握、举重若轻的修辞术和诗中散发出来的古典气韵之上。正如他在《稀粥颂》一诗中写道："它映着我碗中的宽袍大

袖，和/渐已灰白的双鬓。我的脸。我们的脸"，"我的脸"，
"我们的脸"，这也是一种把"我"从"我们"的千篇一律
中区别出来。"小时候在稀粥中我们滚铁环/看飞转的陀螺发
呆，躲避旷野的闷雷"，诗中传递的是个人的童年生活经验，
稀粥的生活不妨碍少年的自得其乐。"像溪水提在桶中/已无
当年之怒——有时，我们为这种清淡发抖"，这已不是提一
桶溪水的感觉，而是一种吞吐宇宙之感，所有的溪水都在一
个庞大的桶中，如孤月悬空；溪水提在桶中，又有种溪水被
束缚、失去自由的感觉。"在裂帛般晚霞下弥漫的/偏街和小
巷。我坐在这里。这清淡远在拒绝之先"，一个与周围景致
融为一体的隐士形象跃然纸上，诗人仿佛置身于晚霞夕照的
清淡生活之中。《稀粥颂》既回顾了一种清淡的生活，也赞
扬了一种清淡的精神境界。诗人享有"小时候在稀粥中我们
滚铁环"的快乐，也经历过"小米粥上/飘荡着密集的、困
苦的小舟"（《欲望销尽之时》）般的困苦，穷尽了"小米
粥"这个词的滋味。诗人"埋头坐在桌边"，也是坐在了一
种理想的境地，即"在裂帛般晚霞下弥漫的/偏街和小巷"。
诗人还有一种"继承"的无奈和对过去一顿稀粥的生活的厌
倦。"我们冒雨在荒冈筑起/父亲的坟头，我们继承他的习惯
又/重回这餐桌边"，在一种继承而来的习惯里，生者活在某
种阴影之下，活在一种无法推翻的过去的现在之中。

《活埋颂》一诗中，陈先发写了三个"谢意"。第一，我
们应当对绝望表达深深的谢意。第二，应当对她们寂静的肢

体、青笋般的胸部表达深深谢意。第三，我们应当对看不见的东西表达谢意。这三个谢意恰好可以与信、望、爱一一对应，对绝望的谢意恰恰是对从绝望之中衍生出来的希望的谢意，对青笋般的胸部的谢意恰恰是一种思无邪的爱，对看不见的东西表达谢意恰恰是对至高者或神秘性事物的信仰。"唯有这荷叶知道/我一直怀着被活埋的渴望"，"活埋的渴望"或许就是诗人试图"占据的世界的两端"，想从生的这头抵达死的那头。世界的两端之间有一个巨大的割裂，诗人如圆规的双脚无法同时触及两端，这有一种很强的撕裂感。虽然诗人对这个世界有深深的谢意，但是依然无法消除那种深深的虚无或空无，这种诸法空相正如"游来游去的小鱼儿/转眼就不见了"。他的另一首诗——《垮掉颂》，可以与《活埋颂》参照着阅读。两首诗都有一种向死而生的力量，《垮掉颂》一诗中，人是一个被动的状态，是事物在积极作为，不是人赋予事物以意义，而是事物赋予人以意义。把《垮掉颂》剖开来看，可以分为两个部分。一个是客观的描述，如"地面上新竹，年年破土而出""小鱼儿不停从河中跃起""广场上懵懂鸽群变成了灰色""我的父亲死去了""这么多深深的、别离的小径铺向四面八方"；另一部分是作为主体性的我们或我，如"为了记录我们的垮掉""为了把我们唤醒""为了把我层层剥开"等。这两部分交织在一起，就像是从事物里提炼出诗意，把灵魂赋予身体，赋予事物以意义，而事物唤醒了生命的意义。"对于诗来说，最完满的表达就是表达出不可表达之物的不可表达性。也许仍然可以说，语言的界限意味着世界的界限。"（耿占春《隐喻》）陈先发在诗中似乎什么也没有说，事物本身固然是诗，但不是诗人在写诗，而是诗在写我们，是事物之诗赋予诗人以"唤醒、安宁和懂得"的能力。新竹记录我们，小鱼儿唤醒我们，鸽群让我们获得安宁，事物与人不是一种疏离和无涉的关系，事物反客为主，事物介入到人的灵性的活动之中，事物扮演了启示人之觉悟觉醒的"牧者"，因而物的世界进入意义的世界。陈先发很好地处理了词语、事物、人这三者之间的关系。词与物之间的能指与所指的固化关系得到解绑，诗人借助词语重塑了事物与人的这种互为伴生的关系。词与物之间的解绑，带来了物与人之间新的意义的生成。正如耿占春在《隐喻》中所说："每一个词都在三个向度上与他者发生关系，这是：词与物，词所指称的对象；词与人，即词的符号意象给人的语言知觉；词与（其他的）词，一个词在整个语言符号系统中，在具体的文本结构中的位置。换言之，每一个词都与来自三个世界里的意向在这里相遇。"陈先发的诗不仅仅是每一个词与来自三个世界的意向的相遇，而是让每一个词都通往三个方向的真理。换句话说，词语满足了他的"三重饥饿"。"我保持着欲望、饮食、语言上的三重饥饿/体内仿佛空出一大块地方"（《梨子的侧面》）。正如他在《垮掉颂》一诗中所写："这么多深深的、别离的小径铺向四面八方"。这种辽阔感和特朗斯特罗姆的"空白

之页向四方展开"有异曲同工之妙。特朗斯特罗姆还写道:
"厌倦所有带来词的人,词而不是语言。陈先发也在《垮掉
颂》一诗中写到了厌倦,"而我依然这么厌倦啊厌倦/甚至对
厌倦本身着迷"。每一个事物都指向了"我",而每一个词语
都会无一例外地指向真理。就在事物与我的互动之中,一个
虚无之我逐渐丰盈饱满起来,"我依然这么抽象/我依然这么
复杂"(《垮掉颂》)。在《谒屈子祠记》一诗中他说:"我
小心翼翼切割词与物的脐带",在《葵叶的别离》一诗中他
说:"词活在奔向对应物的途中"。在陈先发这里,词与物不
是一种指称关系,而是一种血缘关系,"切割词与物的脐带"
就是使词脱离物的母体,释放被拯救世界的符号而获得独立
性。词奔向对应物,就是心灵寻找到永恒的母体,像是神的
儿女奔向神的王国。福柯在《词与物》一书中说:"在语言
的初始形式中,当上帝本人把语言赋予人类时,语言是物的
完全确实和透明的符号,因为语言与物相似……这一透明性
在《圣经》中挪亚的子孙没有建成的通天塔中被破坏了,以
示对人的惩罚。"陈先发旨在恢复词与物之间的相似性和透
明性,世界在语言之中,词与物就是灵魂与身体的合一。使
诗成为另一种形式的启示,它既宣明真理又陈述真理。

陈先发在《卷柏颂》一诗中,两次提到"昨日","懂得
它的人驻扎在它昨天的垂直里"和"仍恍在昨日"。在现时
之我与昨日之我的割裂中,他停留在了"昨日",恍在昨日
是他对传统的承继和坚守,"当一群古柏蜷曲,摹写我们的

终老/懂得它的人驻扎在它昨天的垂直里，呼吸仍急促"，这是对"岁寒，然后知松柏之后凋也"的颂扬。他与古柏的相互"懂得"是灵魂的相通、精神品格的契合，物我合一，早已分不清何者是古柏，何者是我了。这是暮年之心和千里之志之间不可调和的矛盾，也是年轻的垂直对蜷曲的衰老的一场征战。"短裙黑履的蝴蝶在叶上打盹/仿佛我们曾年轻的歌喉正由云入泥"，诗句延续了首段的"终老"气息和格调，打盹的蝴蝶，也是对缺席的"庄周"的召唤。"由云入泥"不仅仅是指歌声，也是由向上之心转而趋于向下。"由云入泥"，也是一种埋葬的隐喻。"仅仅一小会儿。在这荫翳旁结中我们站立/在这清流灌耳中我们站立——"，这种"站立"是对首段"昨天的垂直"的遥相呼应。这种站立既有对"荫翳旁结"的抵制，也有对"清流灌耳"的福音的支援和救赎。这首诗中出现了一个宗教性词语：寺顶。"而一边的寺顶倒映在我们脚底水洼里/我们蹚过它：这永难填平的匮乏本身"。寺顶倒映在脚底的水洼里，有把宏大的事物凝缩于纤毫，或者说是世界在一沙中隐现，这里面有对宗教神圣性的消解，也有把日常神圣化的意义。寺顶代表的宗教性的救赎和水洼象征的坎坷、障碍，形成一种既彼此消解又相互对立的张力状态。诗人把宗教当成一种必须跨越的"水洼"来对待。"水洼"和"水洼里的寺顶"构成了双重的匮乏，"我们蹚过它"不代表这匮乏的补足和消失。这首诗陈先发不是以自我的姿态，而是以"我们"的面目来发声的，他摹写的是众生相。"我们的终老""我们曾年轻""我们站立""我们蹚过它",乃至"我们嘈杂生活里""我们指着不远处"。诗人反对的是这样一些词:急促、入泥、匮乏、蜷曲、嘈杂……他持守的是垂直、清流和昨日。诗人用"嘴里塞着橙子,两脚泥巴的孩子们"的美妙来对抗由云入泥的蜷曲和终老。诗人的"仅仅占据它一小会儿"的玄思和彻悟,终归还是落入了"油锅鼎腾"的现实之中。

陈先发的《颂九章》,看似是在歌颂一个个事物,实则是对生活在物质匮乏的旧时代里的人们苦难命运的同情,他揭开旧日伤疤,代替不能喊冤之人发出控诉。他在对旧时、旧人和旧物的忆念之中,灌注了自己的悲悯和恻隐之心。《滑轮颂》一诗表现得尤为突出,"不到八岁就死掉了/她毕生站在别人的门槛外唱歌,乞讨""她毕生没穿过一双鞋子""死的时候吃饱了松树下潮湿的黏土",寥寥数笔就使一个从未谋面的姑姑的悲惨苦难的形象立体可感。这使人想起《卖火柴的小女孩》,安徒生是用童话揭露和批判现实,而陈先发是用诗。某种意义上,诗和童话的功效是等同的。诗人是那个时代的见证者,他的写作就是一种"诗的见证"。"我见过那个时代的遗照:钢青色远空下,货架空空如也/人们在地下嘴叼着手电筒,挖掘出狱的通道"。这个通道是"从未完工的通道",这也意味着出狱的通道从未完工,自由也就遥遥无期。在诗人的自视下,他说:"我也有双深藏多年的手/我也有一副长眠的喉咙",这双手继续挖掘着那从未完工的通道，这长眠的歌喉也终归要醒来发出叫醒灵魂的声音。诗人发出这样的诘问："在我体内她能否从这人世的松树下/再次找到她自己？"吃土之人，难免沦为被土吃的命运。哪里是她要找回自己，分明是"我"要把她从赤脚、饥饿和苦难的境遇中救赎出来。这份救赎之心，体现在"我想送她一双新鞋子。送她一副咯咯/笑着从我中秋的胸膛蛮横穿过的滑轮"之中。

二、从数不清的柳树到孤岛的蔚蓝

陈先发的诗兼有哲学的意味和禅思的玄心洞见。诗就是他以一颗菩提心在智慧海里游弋，诗就是他从渐到顿的悟的过程。他的诗不是对教义做出诗的阐释，而是一种亲身体验和觉知的过程。当诗人的言说关涉修行，关涉终极真理，关涉脱死入生，关涉脱离苦海的智慧，他的言说就近乎"道"，就是诗。陈先发的诗不离"定"和"慧"二字，他把自己的智慧融入淡定从容的诗中。

《不可多得的容器》是一首以"空"为主旨的诗，不可多得的容器，其实是在说"空"不可多得。鸠摩罗什在《十喻诗》中写道："十喻以喻空，空必待此喻。"陈先发找到了属于自己的那一喻来与空相遇，他以一首现代诗再现了"禅室栖空观，讲宇析妙理"的诗境。他在诗中发问："我在书房不舍昼夜的写作/跟这种空/有什么样关系？"诗人的写作本身即是一种清空，把自身转化为一种空的容器或是以写作来抵达空的境界。写作既是提出疑问，也意味着寻找答案。诗人在这首诗中又提出第二个问题："我的写作和这窗缝中逼过来的/碧云天，有什么样关系？"两个问题结合起来看，其实是一个问题。空即是碧云天，碧云天即是空。写作就是清空，把体内的碧云天还原为"窗缝中逼过来的碧云天"。内心的世界和真实的世界保持一种恒定的对应与和谐。诗人"精研眼前的事物和那/不可见的恒河水"，他是从可见的事物中遥想和推知不可见的事物，他要从所见非见和诸相非相的雾障中洞见真实义。在诸法空相的真谛里，眼前事物其实和那不可见的恒河水已经画上了等号。"一无所系地抵案而眠"，实则可看作是"应无所住，心无挂碍"的心境。在《身如密钥》一诗中，诗人写道："中年之后我需要/一具身体安静/再安静/像在早被忘掉的种子中空室以待"。"空室以待"，其实是对"空"这个主题的延续和挖掘。他和世界的关系就是以空对空，或者说是两个互相吸引的空间。身如密钥，即身体是打开事物之锁进入多重世界的中空的钥匙，必定有另一个世界，也必定有通往另一世界的道。"把脑袋深深钻进石缝/像一个人不计后果地/将头插入锁孔/吧嗒吧嗒扭动着"（《身如密钥》），"头"即代表身体这把密钥，而"锁孔"隐喻着通往另一世界的"道"，我们企望能从诞生于这个世界的"道"，再回溯至原初。

这份"割裂"在《二者之间》一诗中，尤为明显。"清

批评之道

晨环绕着我房子的/有两件东西/斑鸠和杨柳"。斑鸠和杨柳，就是一个我和另一个我具体化的存在。在这首诗中，陈先发要解决的是此和彼的问题。帕斯在《弓与琴》中说："西方世界是'非此即彼'的世界，东方世界是'此和彼'共存的世界，甚至是'此即彼'的世界。"陈先发的这首诗显而易见就是要揭示东方世界的"此和彼"，也是在处理自性和他性的关系，即在一个人身上所具有的多面性和复杂性。"我写作时/雕琢的斑鸠，宣泄的杨柳/我喝茶时/注满的斑鸠，掏空的杨柳……"，这或许可以看作是诗人的一体两面。诗人借助斑鸠和杨柳这两个道具，颠来倒去，无论是斑鸠和斑鸠的对立，还是斑鸠和杨柳的和解，或者是杨柳的斑鸠，斑鸠的杨柳，无非是构成了更为复杂的"斑鸠的杨柳"的此和"杨柳的斑鸠"的彼，其实就是从此和彼对立分裂的状态达致此即是彼此彼合一的境界。诗人说："我最想捕获的是/杨柳的斑鸠，斑鸠的杨柳"，这其实是提出了一种新的认知，即"此的彼"。陈先发的诗提供了一种超越彼与此的含义，说出不能说出的话来。帕斯说："石头就是羽毛。这个就是那个。"而在陈先发这里，变成了"石头的羽毛"，"彼的此"已经既非石头又非羽毛，而是另一种事物了。"我冥想时/对立的斑鸠，和解的杨柳"，冥想似乎成了调解此和彼之间对立冲突的有效手段。帕斯认为，冥想是弃绝所有的知识轻装去直视真理的眩晕而空虚的眼色。陈先发的冥想，似乎达到了帕斯所说的这种境界，他的冥想也近于"诗，本质上作为一种冥想方式，并不鼓励我们改变世界，却鼓励我们崇敬它的既成形式，并且教导我们以一种无为的谦卑态度去接近它"（伊格尔顿《二十世纪西方文学理论》）。陈先发在诗中表达自己的冥想，以冥想的方式崇敬了诗，也接近了理想的世界。

大多数诗人追求的是诗的多义性与复杂性，陈先发则反其道而行之，他看我相、人相、众生相实为一合相。在《其身如一》一诗中，他把个人与世界的关系化繁为简至"湖心一亭"，可一眼望穿，即为一种不增不减的状态，他的内心不负载过多的事物，只有"一亭"，"从多义性泥泞上挣脱而出/如今我敢于置身单一之中"。这依然是他做出的一种我与非我的区分。他能以一个"单一"的身份和面目出现在众人之前，他以"单一"压倒了"众多"，这是单一真理对普遍真理的胜利。他从多义性的泥泞陷入单一的枯竭之中，走的是"顺着一根新枝/到达过它的尽头"的一条险道，"单一"就是无须外界事物的刺激，就能感知到自我的存在，"单一耸动的嗅觉/无须花香"。"单一光线中的蝇眼紧盯着/玻璃被洞穿时状态的虚无/我驻足于它的/一无所见"，玻璃被洞穿时的状态，既是蝇眼之所见，也是我之所见，这样一种单一光线将玻璃洞穿的状态恰恰是生命的澄明之境。"我驻足于它的/一无所见"，焉知它非驻足于我的一无所见呢？在这样的所见非见中，万物返回了三，三返回了一，一返回了生命的本原——"道"。从多义抵达单一，正是人从纷繁世相返回空相的途径。其身如一，其心也如一。诗中三次提到"枯竭"，"湖心一亭/我坐等它们的枯竭/我坐等每一次的我/在它们每一种结构中的/枯竭""这单一的/枯竭中，明日的诸我全住在这里"。或许其身如"一根新枝"将是枯竭状态的终结，"单一的枯竭"也必将迎来"诸我"的丰盈。枯竭是其身如一的代价，丰盈将是其心如一的奖赏，枯与荣之间的转换，其实是生命的常态。

"我们只有语言这一束光"（《来自裂隙的光线》）。这光线自裂隙而来，人又要依赖这光线来缝合这人间的裂隙。语言就成了人与自然的和解之处，语言就成了人之受难虚弱之时的拯救与慰藉。人面对这个世界和自我时，只有语言这唯一的护身符和防身术。人说出一句光的语言，则黑暗的事物和影子就后退一寸。这光既是语言，又是实在的物质。"道（语言），就是光中之光。"（耿占春《隐喻》）陈先发手握"语言这一束光"，他对待语言的态度就像是人对待圣言的敬虔，说出一种光的语言和拯救的语言就像是说出"要有光"般的神圣。"看窗前葵花/那齿轮状的/影子"，我们作为另一个齿轮在与葵花的齿轮咬合和转动中，发生着生命的消耗与磨损，语言这一束光就是人的齿轮与葵花的齿轮咬合和转动的"润滑剂"。"最难挨的危机莫过于/找不到一个词/把它放在/不可更改的位置上"，陈先发提出"最难挨的危机"，不只是写作的危机和简单的词语摆放的危机，还涉及在世界、他人和神之间自我何以自处的问题。这是一个人心灵的秩序和世界秩序之间的错位、不一致导致的冲突，是心灵的事物与自然界的事物之间的对应关系的消失导致的危机，外界的事物无法唤醒沉睡的心灵，心灵也无法替万物代言并失去了事物的有力支撑。所以，陈先发说："我们的虚弱在自然界居然找不到/一丁点的对称"。人不仅要处理好灵与肉的冲突，也要处理好肉体与自然的关系，人作为灵与肉的合体，在与自然相处的过程中，相互的不协调导致了"我们的虚弱"。肉体是自然和心灵之间的载体，心灵臣服于自然的生命力，所以诗人说："小溪水、苦楝树比我们/苍老亿万倍却又鲜嫩如/上一秒刚刚诞生"，从某种意义而言，事物抵制时间侵袭的能力更强，事物把时间对它的侵袭记录于心而又呈现出一个生机盎然的样子。事物的这种"活在当下"又能退回到"上一秒刚刚诞生"的能力，恰恰是人输给事物的地方。"我们像一个词/被写出来了"，虽被写出，却要自己去寻找一个"不可更改的位置"，把生之屈辱转变为生之荣光。语言将是人穿过如岩般暗黑的万物的那一束光。

一个人灵魂和身体的割裂，是有意为之，还是不得已而为之？陈先发在《云端片刻》一诗中说："总找不到自体的裂隙/以便容纳/欲望中来历不明的颤动"，这种自我的分化或割裂感，像壁虎断尾，是一种自我保护，像一个我在受难而另一个我在观望。正如他的诗中所写："回到燥热的床上，我想/镜中那个我仍将寄居在/那里/折磨、自足、无限缓慢地趋淡——/那就请他，在虚无中/再坚持一会儿"，寄居在镜中的那个我，似乎在代替我受难。"再坚持一会儿"的说法，又好像在暗示，现实之我并没有彻底得到解脱，他似乎要去替换那个受难的自己。镜中之我是个寄居者，现实岂非又是另一面巨大的镜子容纳着另一个寄居者？在《云端片刻》中诗人说："一束探照灯的强光从窗外/突然斜插在我和/镜子之间"，而在《岁聿其逝》一诗中是"在女孩与白鹭的裂隙里"。一首诗依然在处理另一首诗的问题，也正好吻合伊格尔顿所说的"一首诗的意义就是另一首诗"。女孩与白鹭只不过是另一对的割裂，正如我和镜子之间的割裂一样。

如果说《其身如一》是多个我趋向于一个我，那么《云端片刻》就是一个我趋向于多个我。在众人追求多义性和丰富性的时候，他倾向于"单一"，他又没有止步于"单一"，自我又能从这"单一"之中分化出若干个我，镜中之我代替现实之我"受折磨"，镜中之我代替现时之我弥补意义的匮乏，达到一种精神性的"自足"。这也是一种从众人之中做出的区分策略，使自己的面目清晰起来。这种割裂感使人从平面化的世界跻身于立体化的世界，使单一的感受变成了多样，使人的感受需要精神上的"反刍"，才能得出更为清晰的判断。"这恍惚也被/一劈为二"，这种感受的断裂，既造成了读者感受上的断裂，又需要读者去把文本中造成的割裂感进行意义上的修复。《云端片刻》，这样的题目是感性直观的，云端的片刻也就是一次恍惚，一次精神的离家出走，一次灵魂的太空漫步。《岁聿其逝》一诗中，"防波堤上一棵柳树/陷在数不清的柳树之中"，"一棵柳树"的处境正是诗人所要警惕的沦陷。一棵柳树就是所有的柳树，但又让你无法从所有的柳树中区分出来，诗人所要遵循的"写作就是区分"的观念正是对这种沦陷的抵制和反对。

陈先发已经成功地从"数不清的柳树"中突围而出，形成了个人特色鲜明的"孤岛的蔚蓝"。"在把自己撕成更小/碎片的快慰中认识自我"，这一片"孤岛的蔚蓝"是诗人孤军奋战所获得的捷报，是"很深的拒绝或很深的厌倦"换来的战利品。

胡戈·弗里德里希在《现代诗歌的结构》中用阿拉贡的话对"新语言"做出了定义："诗歌的存在完全有赖于对语言的一种持续革新，这革新就如同对语言结构、语法规则和言说秩序的一次粉碎。"追求新语言就意味着对旧语言的粉碎。陈先发对新语言的追求不仅在于对语言的革新，还在于言说主体的更换。由我说转换为事物的言说，正如他在《尘埃中的震动》一诗中所写："该由蟋蟀用另一种语言/重新表达了"。诗人甚至否定人类的主体地位，而肯定事物本身的言说能力和言说意义，"我们的身体，并不比/枯叶下的蟋蟀更精巧/我们对孤独的吟唱，也远不比/蟋蟀更动听"。他又在《天赋鸟鸣》一诗中写道："等着鸟鸣把我在/雨水中早已烂掉的笔/找出来/替我在这片被它剥了皮的/宁静中找到/另一个我"。诗人和事物置换了彼此的位置，事物开始言说，人不再以万物的主宰者而自居，而是以低于事物的姿态审视和倾听这个世界。诗人的高明之处不是耳朵对于"鸟鸣"的捕捉，而是他"听见鸟鸣在又湿又滑的/听觉平面上砸出/一个个小洞/乌鸫的小洞，黑尾雀的小洞和/那些无名鸟/的粗糙小洞"，他像是一个听众，听懂了鸟鸣声里的穿透力和它所制造出的声音的"裂隙"。依然是事物在言说，诗人沉浸在"听觉的美妙世界"。诗人之耳听出了"裂隙"，也试图修补鸟鸣制造的裂隙。所有的感官都弱化下去，只凸显了诗人的听觉，"只剩下耳朵在消化/排山倒海的挫败感"，"耳朵在消化"是一种通感，对声音的交感又转化为胃部的消化功能。诗人的倾听之耳俨然具备了其他感官的功能，或许可以说诗人的超强感受力可以凭借单一的"耳"捕获到本该由眼鼻舌身意才能做到的识见。诗人写下了这样笃定的结尾："但我不可能/第二次盲目返回这个世界"，诗人不忍直视裂隙、废墟烂掉的笔、剥了皮的宁静这样一个世界，从而选择以耳朵来感知世界。诗的结尾其实具备了对此现实的失望和批判，这个"冷战以来的废墟"和有裂隙的世界还没有被修复，诗人既不盲目，也几乎没有"第二次"返回的机会。

三、从不可说到可说不

陈先发的《不可说九章》，其实是处理一个语言和沉默、可说与不可说关系的问题。诗人的企图是从可言说的事物指向不可言说的事物，从终将朽坏的肉身返回太初之道。诗人所谓的"不可说"不是惧怕天机的泄露，而是恰恰在于对"天机"和神秘的敬畏与欣羡。诗人花力气写了九章"不可说"，实则是诗人用一种对"舌头"审慎的管辖。希尼在《舌头的管辖》一文中说："在某种意义上，诗歌的功效等于零——从来没有一首诗阻止过一辆坦克。在另一种意义上，它是无限的。这就像在那沙中写字，在它面前原告和被告皆无话可说，并获得新生。"诗人面对自然万物的"不可说"，其实就是在积蓄一种"等于无限的、诗歌的功效"，以便对一切不合理合情的现实"可说不"。从"不可说"的虚弱无力中获得"可说不"的刚强的力量。陈先发诗的"不可说"，就是苦行、戒律、解脱式的"舌头的管辖"。

《渺茫的本体》这首诗的开头和结尾，形成一个对应的关系。

"每一个缄默物体等着我剥离出/它体内的呼救声/湖水说不/遂有涟漪"，诗的开头，暗示诗人先知先觉的身份，诗人要对事物"体内的呼救声"拿出倾听之耳和施救的措施。诗人面对诸般事物，而不能麻木无感。

"诗的身体不可说/一切语言尽可废去，在/语言的无限弹性把我的/无数具身体从这一瞬间打捞出来的/生死两茫茫不可说"，诗之结尾，像是诗人对呼救的事物施以援手之后，自己成了待救者。"诗的身体"这一说法，是诗人已经"忘我"，或者说是诗人已经将自己的心思意念灌注到了诗中，诗是诗人的另一具不朽的肉身。语言是思想的肉身，"语言的无限弹性"，即是人之主动将自己的心思意念灌注于语言和语言对这种灌注行为的驱逐和反抗。语言不是一块可任人画地为牢、任意妄为的地方，甚至人需要语言对自身的施救和打捞。"语言的无限弹性把我的/无数具身体从这一瞬间打捞出来"，这一瞬间是诗人的"在塔顶闲坐"的"恍惚"，"无数具身体"是"化百千万亿身"的"一念"。

缄默物体中有"真意"，这可以看作诗人从事物身上剥离诗意的手艺。诗意存在于可说之物身上的不可说的部分。可说的部分是实有所指的事物，不可说的部分是隐有所指的神秘的事物。

诗人面对一个可说的世界，而要去建造一个"不可说"的世界。他把可说可见的世界置于身后，而独自面对一个混沌未开、尚未成形的世界，"当我/跑步至小湖边/湖水刚刚形成/当我攀至山顶，在磨得/皮开肉绽的鞋底/六和塔刚刚建成"。"这一眼望去的水浊舟孤不可说"，可见的是"水浊舟孤"，诗人祈望的是那不可见的"水清舟盈"。越是对可见之现实世界失望，越是对不可见之理想世界热望。"这一身迟来的大汗不可说""这芭蕉叶上的/漫长空白不可说""生死两茫茫不可说"，这种种的"不可说"，正是"非非法"对"非法"的纠正，从"诸法"的不如意对诸法如意的追求。

陈先发反对"摧残性的阅读",而期待的是"福音式的阅读"。前者造成的是摧毁和破坏,后者带来的是生机和获救的希望。在"福音式的阅读"中,他可以和"死者"对话,"分享着我们的记忆、对立和言说";在"拯救式的阅读"中,"落花"不是向下失去生机的事物,它"有逆时序的飘零"。"逆时序"一词赋予落花新的力量,使落花有了重返花枝的魔力;"佛也会挣脱石头"(《形迹之间》),不仅是雕刀救出被石头囚禁的"佛",也是"佛"积极入世和救世的行动。事物不能成为自身的束缚,这种"挣脱"像是"道不远人",也像是"人不该在人之外寻求上帝"。

在《对立与言说》一诗中,陈先发打通了死者与生者、落花、异域和过去的界限。"不可知的落花",变得可知;"不可说的眼前",变得可说。死者、落花,异域的沃尔科特和遥距千年的李商隐,与诗人发生了诗的关联。在"我"的"福音式的阅读"和"拯救式的介入"之中,死者复活和落花逆时序的复活;在一样精神危机的作用下,"我"与沃尔科特发生了灵魂的共振;在同结构的梦的作用下,"我"与李商隐梦着同样的梦。

对立与言说

死者在书架上
分享着我们的记忆、对立和言说

那些花
飘落于眼前

死者中有
不甘心的死者，落花有逆时序的飘零

我常想，生于大海之侧的沃尔科特为何与
宽不盈丈的泥砾河畔的我，遭遇一样精神危机

而遥距千年的李商隐又为何
跟我陷入同结构的南柯一梦

我的句子在书架上
越来越不顺从那些摧残性的阅读

不可知的落花
不可说的眼前

    从陈先发的"诗"中能读出"经"的味道。他像一个得菩提的人，写经般写诗，经即是诗，诗即是经，诗与经之间已没有实质的不同，而有着无限的趋近。他的诗已经具备了经的启示性，把人从切近的现实指向辽远的不可知之处。换

句话说，他把自己的诗提升至与哲学、宗教同等的高度，诗的承载力不但担负起整个现实世界，还要担负起部分哲学功能和宗教的佛道思想。他的日常生活就是一种践行教义或经义的生活，诗就是他的心。用他自己的话来说，"诗学就是心学……心性与性灵，不仅是语言的源起，也会是语言创造的最美果实，更是人以其卑微来对抗虚无的最后手段"。比如他的《林间小饮》一诗，从中可以读出《心经》的意味。或者说，这是诗人写出的一部属于自己的《心经》，用自己的语言剥开自己的心。诗人打通了诗与经之间的界限，在经的语言和诗的语言之间游刃有余地切换。"今日无疾/无腿/无耳/无身体/无汗/无惊坐起/初春闷热三尺/案牍消于无形"，这不就是另一种的"无眼耳鼻舌身意"吗？"母亲仍住在乡下/未致电相互问候/请允许此生仅今日无母亲"，"仅今日"的时间限定，不正是那片刻的"无我、无人、无众生、无寿者"和诸法空相吗？

陈先发的独立性在于自我与世界做着泾渭分明的区分，一如他在《湖心亭》一诗中所说："它们的湖心亭/我的湖水"。湖心亭与湖水彼此相联系又似乎是互不相干的，在"我的湖水"的宣告中诗人获得了一种精神上的辽阔。"在这个充满回声、反光/与抵制的/世界上"，诗人以力拔山兮的气魄湖水般托起了"湖心亭"般的世界。他不在世界的压制之下，而在托起世界上升的途中。"老柳树披头散发/树干粗糙如/遗骸"，被人格化的老柳树与其他柳树有了明显的区分，"但飞蠓中也有千锤百炼的思想家/也攻城略地/筑起讲经堂"，飞蠓只不过是诗人的一个分身，诗人是飞蠓中的思想家，而思想家何尝不是诗人中的"飞蠓"呢？诗人对这个"世界的抵制"不是"凶猛跺着脚"，而是以自我的颠倒来纠正世界的颠倒，正如他在《广场》一诗中写道："我忽然想，如果是/以头击地呢/数百人一起以头击地/这么重的浮世"。

四、黑暗将赋予我们通灵的视力

　　诗人的强力写作把对世界的诗性认识、诗性直觉、诗性智慧灌注于诗中，诗的龙卷风裹挟了现代性的美学、哲学和神学的思想，现代诗不能以古典美学和纯文学来判断和理解，而应把诗歌文本当作哲学、神学和美学来阅读，应借助诗之外的一切知识、学问和经验来判断和理解。诗对诗之外的一切事物的磁铁般的强大吸力使诗产生了新的变体——诗化哲学、神学诗学和文化的诗学。陈先发完成了他的"心智的工作"，转向自救和对世界的拯救，他以极强的"创造性直觉"敏锐地捕捉到了不同事物之间的相似性，并把事物之间缔结的新的结构带来的复杂感受传递出来，"我也曾是一座孤坟压在/母亲腰间"（《膝上牡丹花》）。他把创造性直觉转化为诗性直觉，感受力之网打捞了事物之间的一个新的稳定性结构，促使新的意义和感受的生成。他是一个蔑视和践踏一切规则而敢于创建新的诗之规则和具有开创性的诗人，作为一个"蔚蓝的孤岛"，虽敢于说出"没有什么铁律或不能/废去的奥义"，却又囿于"自然的伦理"。可以这么说，他是一个不屈于铁律和奥义，却又顺从了自然的伦理之诗人。在审美和伦理之间，他的天平稍稍倾向审美。并在"一只短尾雀，在/晾衣绳上踱来踱去"（《自然的伦理》）的诗句中教给我们一种对世界保持新鲜触觉的认知方式，即"每一次的观看，都/变成第一次观看——"。诗人以"创造性直觉"与世界相处，不是事物带给人以感受，而是需要一种感受去生发一个事物，"鸟鸣，被我们的耳朵/塑造出来"，往深了说，更多的事物将会自投罗网于诗人的"通灵者的视力"中。

"坐在风的线条中/风的浮力，正是它的思想"（《自然的伦理》），这样的诗句使肉身隐去，他以一个轻盈之姿坐在风的线条中，"风的浮力"的说法，又使一个缺席的"水"被"浮力"代表。"不举出整体而只称述部分，这虽然是每个时代都可能有的诗歌手法（这被称为举隅法）"（胡戈·弗里德里希《现代诗歌的结构》），陈先发把这一技巧发挥得淋漓尽致。

"内心挣扎和冒险，也是现代诗精神经验的主要因素。"（雅克·马利坦《艺术与诗中的创造性直觉》）从陈先发的诗中不难看出他内心的挣扎和冒险。在《我的肖像》一诗中，一方面诗人说，"我更愿我的脸，是/薇依的脸"；另一方面诗人又说，"我等着一双手/从我的脸中/剥离出一副衰老的狮子的脸"。他在别人的身上寻找我的"另一个"，也在自己的身上寻找"另一个"，就在这样的矛盾之中，"我的肖像"变得清晰明确起来。"最终现代诗成了两副面孔而自我的分裂；当决定自己、而这决定就原始存在来说是其伟大之时，它一面热情拒绝，一面热情接受。"（雅克·马利坦《艺术与诗中的创造性直觉》）陈先发的诗就有这样的多面孔和自我的分裂。

写作就是他绘制自我肖像的过程，但这一过程充满了歧途。他要从他者的身上寻找到自己的共性，又要在自己身上挖掘到与所有人的差异性，他需要一双"从我的脸中/剥离出一副衰老的狮子的脸"的魔术之手，但"这双手，或许来过或许/早已放弃了我"。写作就是"一双手"，将自我从自我之中剥离出来，将自我从众人之中剥离出来的努力。诗人不再面对这个世界，而更多地面向了自身。世界只不过是从众人之中辨认出自我的一面镜子。

"在创造性直觉中我们有最初的规则，艺术家必须对这规则完全忠实、顺从和关注……所有其他的规则是地上的规则，它们应对作品制作中的特殊方法。而这最初的规则是天上的规则，因为它应对精神内部在美中使产生的作品的那个胚胎……对于长久沿着规则之路行走的人来说，在艺术创作的顶点，最终便不再有任何道路。因为天使无法则。"（雅克·马利坦《艺术与诗中的创造性直觉》）陈先发的诗歌写作正是遵从了"天上的规则"，追求一种全新的秩序，使单一的事物自身和隐藏着的"另一个"之间发生能被"通灵的视力"捕捉到的参差和错位，这类似于从蓝里抽出青。是活化的声音激活了听觉，或者说一种声音具有了灵性和主动权，"钟声抚摸了室内每一／物体后才会缓缓离开"（《黄钟入室》），我不再是事物的主宰，而是事物的一个从属，"我低埋如墙角之蚁蝼"。"翅膀的震颤咬合着黄铜的震颤／偶尔到达同一的节律"，诗人发现了一个"听觉的美妙世界"，这是他从可见的"面前的美"转向可以倾听的"天上的美"的追求"，这是内心的道德律与神圣律的同一，这是创造性直觉在事物的身上寻找到诗意。陈先发身上有一种纯粹的创造力和无拘无束的精神，他不再借助物像来彰显内心的富足，而是事物带给他感受力的满足，一如"钟声"对"我"的抚摸，一如"那些鸟鸣，那些羽毛／仿佛从枯肠里／缓缓地／向外抚慰着我们"（《鸟鸣山涧图》）。我们需要重新审视人和事物的关系，人不再是事物的主人，在现实世界，人对物质性的拥有不再带来心灵意义上的饱足，外在的事物无法补足内心的空缺，人和事物之间缺乏一个象征系统的交换。人不再能从事物身上寻到神圣的意义，事物和人之间有了裂痕。因此，我们成了一个内在有缺失的人。诗人认为事物和人之间是一个相互依存、互为补充的关系，人不能免于为物所伤，但也可以为物所爱，"人们用杉木做成脑袋为／另一个人送葬"（《江右村二帖》），也可以为物所暖，"当我长睡而醒/温暖松针在全身覆盖了厚厚一层"（《坝上松》），在"草木器官"的代替下，事物使人保持了完整性。诗人说："我愿意钟声的治疗愈少愈好"，"钟声的治疗"实则是诗人从事物身上补足内心的缺失与空白的祈望。诗人在《黄钟入室》一诗中，想表达身体和心灵对"钟声的治疗"的渴求，"钟声"的单一和震颤，对应的恰是耳朵对于世之喧闹嘈杂的拒绝和对"需要静穆，但静穆不可得"的矛盾，反衬的是一颗愿意与"钟声"的和谐共振达致"同一的节律"的心灵。

五、"父亲"从我写下的每一个字中回来

哈罗德·布鲁姆在《影响的焦虑》中写道："撒旦是现代诗人；而上帝则是他那虽已死去但令人非常尴尬地时刻在场现身的有势力的祖先，更准确一些说是他的先辈诗人。亚当是具有强大潜质的现代诗人，但目前正处于最虚弱阶段，还需要找到他自己的声音。"陈先发也有着需要他去抗拒的"虽已死去却时刻在场现身"的影响，需要去缓解影响的焦虑。

他在诗中反复写到"父亲"，在《尘埃中的震动》一诗中："我看到父亲在废墙头的/梯子上/挥动着剪枝的大剪刀/他死去七年了/他该走了/他的沉闷，他老来仍然蓬勃的羞

怵"。在《稀粥颂》一诗中："我们冒雨在荒冈筑起/父亲的坟头，我们继承他的习惯又/重回这餐桌边"。他从父亲身上继承"他的习惯"，打开"一根获取世界上所有声音的天线"（希尼《舌头的管辖》），接收"死亡那边的消息"，"父亲常从这空白中回来/告诉我一点/死亡那边的消息"（《秋兴九章之三》）；接纳"从虚无中输送给他的每一滴血"，他既要接收从虚无中输送过来的血，又要抵制"有势力的祖先"难以逾越的峰巅般的存在。陈先发的很多诗，都是在写一种"虽已死去却时刻在场现身"的神秘性事物和如影随形般难以摆脱的影响。在《垮掉颂》一诗中，诗人是这样写父亲的，"为了把我层层剥开/我的父亲死去了"，父亲之死，是他内心磐石般支柱的轰然倒塌，他以对自我的剥洋葱般地"层层剥开"，以一个人（子）对存在的探究来抵达另一个人（父）的虚无。在《清明祭父：传灯录》一诗中，他写道："这么说吧，我身上/每一滴血都/不是凭空产生的/伏身于麒麟之上/把这滴血从虚无中/输送给我的人/此刻深埋在荒岗上"。虚无和存在之间是有"血"的输送的，这种父与子的藕断丝连般的牵连是诗人以写作来加固的，"我为他点亮过一盏灯"来照亮虚无返回存在，死者返回生者。生物学意义上的父亲死去，但心理学上的或精神之父却成了一盏"不灭的灯"。诗人找到了一条返回的路，这条路与"词语的肉身"相悖，是肉身返回语言的道，正如诗人在诗中留下的确证："我将死掉，并将从我写下的/每一个字中回来"。每一个字都有一滴血的注入，每一个字的光芒都需要"通灵的视力"去洞见，每一个字的意义都需要"知我者"来捕捉和阐释，但在写作中复活和在语言中复活却又有一点点悲凉和悲剧的色彩，因为"知我者"是个幻觉，"我还活着"是二次幻觉，写作就有了既执念于幻觉，又要从幻觉中清醒过来的双重任务。从某种意义上来说，写作有一种被"知我者"的幻觉把我从"我还活着"的幻觉中叫醒的意味。福柯在《通往无限的语言》中说："死亡无疑是语言（它的界线和它的中心）最根本的事故。自从人们面对死亡说话并反抗死亡的那一天，为了抓住并囚禁死亡，某样东西诞生了；一种低语无止境地重复、重述、重叠自己，它经历了放大和加厚的离奇过程。"陈先发在诗中反复写到父亲之死，正是企图阻止死亡这个发生在现实世界中的事故再一次成为语言的事故。

在《春江帖》一诗中诗人再一次写到"父亲"："父亲去江底追逐一根乌木/已有多年。我抱着他的脏衣服在岸上/不断告诫自己：再等等！""父亲也终将浮出江面/一切都会回来，我/告诉自己，再等等——"。两处"再等等"后面的标点符号，一个是感叹号，另一个是破折号，说明对父亲的等待已经变成了破折号般的绵长无尽，但是"一切都会回来"的信念不曾丧失和弱化。这种信念和盼望含着对父亲的挚爱深情。陈先发的写作何尝不是一种孤身"去江底追逐一根乌木"的语言上和精神上的双重冒险呢？陈先发盼望父亲回来的确信和等待，又何尝不是盼望着自己从语言的深河"捞起被山洪剥皮的圆木"呢？陈先发在语言里打捞圆木的行为与父亲的"捞起被山洪剥皮的圆木/和棺材的散板"，又何尝不是一种灵魂的相似和承继的关系呢？"棺材的散板"又暗示着这种对圆木的抢救和捕捞变成了一种讽刺性的行为，人必然又葬身于自己所搭救的"散板"组装而成的棺材，生的意义就是奔赴死，生被死包裹，生又从死的包裹里诞生。

在《无花无果的坟茔》一诗中，他说："对老父亲而言，死亡在/我们这一侧"。父亲似乎率先抵达彼岸后等着我们的抵达，而把死亡、世界和生之难题丢给了"我们"。"他的几件旧衣在老家柜子里/仍苦苦支撑着人形"，诗句既写了睹物思人的感情，又隐喻了一种活着之人的"苦苦支撑着人形"的生之艰辛和不易。"在随手抓起的每一粒土中/老父亲应答着我"，这让人想起 J.G.弗雷泽在《金枝》一书中提到的"交感巫术"。举凡曾经接触过的两种东西，以后即使分开了，也能够互相感应，这叫顺势巫术，施术于脚印、衣物，这些脚印、衣物也能与人体互相感应。作者从旧衣和每一粒沙土里感应到的父亲，正是顺势巫术的体现。父亲穿过的旧衣服和埋葬他的尘土都成了他身体不可分割的一部分，通过事物的中介，二者达成了心灵的感应和情感的交流。"对另一世界的花果/我们只有不倦的猜测"。

从另外两首诗里，依然能看到有关父亲的诗行。"让我看清在刚刚结束的一个/稀薄的梦中，在家乡雨水和/松坡下埋了七年的老父亲那/幅度无穷之小、却从未断绝的运

动……"(《从白鹭开始》)。"他看见死者仍在弧线上运动
而/每一块湿润的石头都如梦初醒"(《冷眼十四行》)。"运
动"这个词被诗人用来描述"死者",使人觉得死是另一种
"运动",死去的人成为在"看不到起点和/终点的暗哑的世
界"之间的一个点,成为一个弧线上的点。死的意义被更新
为"不惜一死以离原籍/不惜一死达成远行"(《垂钓之
时》)。

六、从"观自在"到"自在观"

诗歌创作的目的是"到达陌生处","看到不可见之物,
听到不可听之物"(胡戈·弗里德里希《现代诗歌的结
构》),诗的观看是穿越有意打碎的现实向空洞的隐秘看去。
现代诗歌从无意识的混沌中抛掷出新鲜的世界材料而用新语
言提供的新经验。所有的感官之间的界限被打破,诗人成为
"通灵者""先知诗人"。陈先发像是一个被缪斯赐予启示的
"先知诗人",通过通灵的能力形成的诗歌可称为"新语言"
"万有语言",这样的诗歌让人觉得陌生并引人入胜,让人难
以穷尽其意,同时也令某些人反感和迷醉。兰波在《通灵者
信函》中宣称:"诗人到达陌生处,即使他始终也无法理解
自己的视像,他毕竟看到了那图像。"(胡戈·弗里德里希
《现代诗歌的结构》)陈先发就是看到了陌生处的图像的诗
人。从他诗中出现的"第一眼""远古的舌头""第二个我"

等词语中，我们能感受到他超乎常人的感受力、想象力和在意识世界里辗转腾挪的能力。

"如同他必将把一座被艰难清空的世界/新鲜又艰涩如第一眼的世界，小心翼翼地/交还到我们手上"（《谒屈子祠记》），"香樟树下，我远古的舌头只用来告别"（《箜篌颂》），"我也有双深藏多年的手/我也有一副长眠的喉咙"（《滑轮颂》），"但我们不知道第二只脚印能否/精确嵌入昨天的"（《葵叶的别离》），"在较为陡峭之处听听/最后一缕河水跌下时/那微微撕裂的声音"（《古老的信封》），"他将继承这个破损的窗口，继承窗外/又聋又哑的好世界/这独一无二的好世界"（《秋江帖》），"宁静中找到/另一个我——但我不可能/第二次盲目返回这个世界"（《天赋鸟鸣》），"当她哭/这香味如盲马夜行"（《三角梅》），"听见第二个我在焦灼呼唤/我站在原地不动/等着汹涌而旋的水光把我抛到/南洞庭茫茫湿地的外边"（《南洞庭湿地》），"岸边死婴在枝叶簇拥下形成/新的土壤，等着第二年枯木逢春"（《河面的空鞋子》），"每一次的观看，都/变成第一次观看——"（《自然的伦理》）。

从以上引文中可以看出，诗人快感的是一个"第一眼"的新鲜感的世界，而反感的是"满山花开，每一朵都被/先我一步的人深深闻过"。其实"每一次的观看，都变成第一次"就是"第一眼"的注解。他的"远古的舌头",给新诗的现代性注入古典的养分,他的敏锐感受力感受到了"香味如盲马夜行"。陈先发的诗是一种富含新经验的现代性,这些经验的繁复和暗夜性质,形成"盲马夜行"般的诗歌,令人着迷。他"没有用一个词来谋取听者",因为他就是唯一的倾听者。他的诗是"一种无从确定的凝缩,其中混杂了许多,包括希望、崩塌、欢呼、丑相、疑问——这一切都被急速说出,又被急速越过,直到文本在创伤、苦痛和折磨中终结,而无人知道,这些创伤、苦痛和折磨意味着什么,从哪里产生"。(胡戈·弗里德里希《现代诗歌的结构》)

七、词消失后的静谧构成一首诗

耿占春在《隐喻》中说:"以诗的方式从语言中召唤自然的灵性和历史的奥秘,从语言中诱导出原始的魔力和力量,来反对我们本性上所不能接受的沦落的世界。"陈先发的写作就是一种诗的召唤和诱导,是对沦落世界的思想上的反思和诗意上的拯救。

《白头鹎鸟九章》是这部诗集的最后一个九章,9首诗的题目都是《某某诗》,这是一组"以诗论诗"的诗,或者说是"元诗"的写作。陈超在《论元诗中"语言言说"的魔力》中给"元诗"下过这样的定义:"'元诗',即关于诗本身的诗。这是一种特殊的诗歌类型,意在表达诗人对语言呈现/展开过程的关注，使写作行为直接等同于写作内容。在这类诗人看来，诗歌'语言言说'的可能性实验，本身已经构成写作的目的；诗不仅是表达'我'的情感，更是表述'元诗'本身的。"

当诗歌的原材料从世界、自然、社会、人类、宗教、伦理道德、心理等转向语言本体论，就产生了"元诗"。元诗，是在诗里思考诗的本质、诗的完美形式和内容。或者说，是借助诗的形式抒写与诗有关的思想，诗成了思想的躯体或容器。陈先发就像一个武林高手已经参悟所有的武功秘籍，从繁复的招式里领悟了大巧若拙，从"有招"里看出了破绽，而只有领悟了没有破绽的"无招"才能胜过有破绽的"有招"。"元诗"是通向完美之诗的途径，是完美之诗的雏形，是写出完美之诗的催化剂、配比和黄金分割点。"元诗"就是陈先发关于诗歌写作的秘籍。

陈先发说："创造力——尤其是艺术创作，不来自立场而来自直觉。"他的《直觉诗》一诗就是对来自直觉的创造力的肯定。《直觉诗》是一首"元诗"，他在诗中给出了这样的结论：诗正是伟大的错觉，诗是忘却，诗终是一个迟到。

"诗须植根于人的错觉/才能把上帝掩藏的东西取回"，这首《直觉诗》正是把人的错觉置换为"诗的伟大的错觉"，把上帝掩藏的东西取回后，放置于诗中。这样的一首《直觉诗》已经变成了暗含真理、美和神秘的事物了。

"然而诗并非添加/诗是忘却。像老僧用脏水洗脸/世上多少清风入隙、俯仰皆得的轻松"。"忘却"已经是一种没有分别心的智慧，"脏水洗脸"如此反常的行为之表象下，也有一种圣言洗心的内在合理性。日常即禅。"可以添加进一些字、词/然而诗并非添加"，诗人想要的是一种不增不减的自足性的诗。

"但诗终是一个迟到。须遭遇更多荒谬/耐心找到/它的裂缝/然后醒在这个裂缝里"。"这个裂缝"是诗人自设的语言的密道，是等待"恒定的读者"沦陷、坠落，给予"裂缝"一个生成的意义。又或者是，"醒在这个裂缝里"是在提醒世人这个世界的不完美，提醒不要坠入沦落的世界。胡戈·弗里德里希说波德莱尔和兰波看到了"语言与理想状态之间、所欲与所能之间、追求与目标之间的分裂"，在陈先发的诗里也能看到这种分裂的状态。

从"老僧用脏水洗脸"到"如脏水之/不曾有、老僧之不曾见"，这已经是从部分的可见的图像来表达完全不可见者的图像了，诗人已经完成了"脏水洗脸"的苦难修行和心灵的净化，达致一种受即是空、想即是空、行即是空、识即是空的"空相"了。

"诗有曲折多窍的身体/'让一首诗定形的，有时并非/词的精密运动而是/偶然砸到你鼻梁的鸟粪或/意外闯入的一束光线。'——"（《绷带诗》），这是陈先发从重视词到重视物的一个转变，是从无从把握的神秘性到握紧现实的回归。诗歌中的词，它让凡俗之物重新焕发意义，让外在的事物激活了诗中的事物。或者按照他本人的说法是，静物比有力的语言更伟大，因为"世上的每一个静物：语言在它的硬壳中"。

他对"语义上的空山"保持警惕，又对"远山早已被语言榨取一空"这种语言的霸道和暴力予以批判。远山之空与语义之空，构成了双重的精神危机。语言要寻找到一种不伤害远山的方式和出口来补足"语义上的空山"。

八、大海仍呈思想的大饥荒色

"饥饿"是陈先发诗的另一个主题，"天下皆饿"是他的独特发现。在《面壁行》一诗中，饥饿是一个普遍性的事件，植物饿着，动物也饿着；有生命的事物饿着，无生命的事物也饿着，"半圆的露珠饿着/土拨鼠饿着，老斑鸠饿着/栎树和乌桕并排饿着/寺院饿着/风饿着"，饥饿着的事物因为饥饿的生命属性反倒呈现出陌生化的特性。

一句"寺院饿着"，就充满了多义，寺院等着众生的朝拜，人供养着寺院，同时也解构和讥讽了寺院的神圣庄严感，不是寺院反哺众生——为众生提供精神食粮和灵魂的居所，这也暴露出寺院的欲望。

事物的普遍饥饿其实是人的精神饥饿的投射，正如他在《夜登横琴岛》一诗中所说："从太空/俯瞰，大海仍呈思想的大饥荒色"。

在《未完成物》一诗中，他写道："没有任何物体存在/真正纯净的自性/在阅读中我只摸索到别人的饥饿/又干又硬的饿/没有任何东西足以填平/也没有任何目标需要我孤身前去完成"。

"我保持着欲望、饮食、语言上的三重饥饿"（《梨子的侧面》）。

"匿身于麒麟的饥渴"（《清明祭父：传灯录》）。

九、概括性结语

在《九章》中多次出现的词语有：裂缝、鸟鸣、柳树、光线、饥饿、父亲、湖心亭、孤坟、空。这是表示心灵状态的关键词。这些频繁出现的词是我们看透一个诗人的灵魂的基础。

"诗人是与语言独处的，而语言也从远处对他做着独自的拯救。"（周理农《非人的诗学》）陈先发通向了无限的语言，通过创造性直觉和创造性语言获得了"唯一的拯救"，试图用尘世语言为绝对所拥有的无限的、空洞的空间编写密码。他获得了"孤独（现代诗人的原状态）、暗礁（使他遭受挫败）和恒星（遥不可及的理想状态）"三种思想的基本力量，将自己的作品推进到一个将其自身取消的点，即他所言的"我渴望我的文字能彻底/溶解掉我生活的形象"（《榕冠寄意》）。他以孤而直的姿态，造就了依靠词语而存在的诗歌王国——《九章》。他借助精确的词来表达不确定性，借助凝练的诗歌来表达复杂的哲学，借助语言和世界的关联来表达人与语言及世界的疏离和无关，借助一个好没来由来表达当头一棒，借助词语的魔力来把割裂的事物和世界还原为一个完整的事物和世界，借助随意的形式来表达严整的内容，借助感性的逻辑来表达理性的逻辑，借助良善的"修辞的进取"来反对"笔底的麻木不仁"。他的诗是一种在语言的生产力之上不断增长的哲学货币，是一种多面体的精致结构或一种"偏远的建筑"，不管读者以如何严苛的目光审视这些作品，都会被他的诗的璀璨光芒折服。《九章》是字面义、隐喻义、道德义和启示义并存的，可供读者多角度、多层次来解读的佳作，《九章》提高了作品的难度而迫使读者来提高自身的"文学能力"去适应作品的难度和跨越"阅读的门槛"。

陈先发说："诗是以言知默，以言知止，以言而勘探不言之境。"

"以言知止"，即维特根斯坦所谓的语言的边界就是思想的边界。

"以言知默"，正如耿占春在《退藏于密》中所说："你意识到自己语言的吊诡，既非圣言也与利益无关。然而如果不希望陷入深深的沉默，不希望陷入'道德话语的无力'处境，你必得继续恢复点点滴滴的'语言的欢乐'：在启迪与论争之间。"

"以言而勘探不言之境"，是语言背离"沉默的古训"，是日常之道向"非常道"的转向，一种诗写行为，就是耿占春所说的"从政治修辞学转向诗学修辞学"。

　　对陈先发《九章》的阅读，就像是一位"喜欢葱茏的、有弹性的东西"的年轻人严守边界一侧，忽被"请来这一侧"的推杯换盏，随他"坦然享受从残缺中投射/而来的、嗡嗡响着的光和影"。如果按照陈先发《黑池坝笔记》中的说法："对一首诗行使最大权力的是它的误读者。它使一首诗具备不断死而复生的能力。"那么我对《九章》的误读，恰恰是在行使我作为一个"误读者"的最大权力。

　　总之，陈先发是一个有着明确诗学观念、诗学理想、诗学美学的强力诗人，他的《九章》是自我的诗学理念自觉转化为诗歌实践的写作，是一种理念高于写作、写作落实理念的写作，是以一种新语言来适应自身不断更新的诗学观念，是在一种确定了方向的写作道路上为读者制造万千个歧途的写作，是使自我免于被同质化、免于被世界异化的写作；他以倾听之眼和观看之耳来感受这个世界，他以一种自由的飞翔之姿在自我的诗学天空翱翔。他的诗囊括诗学、美学、哲学和禅学，有一种"凌绝顶"的感觉。面对着人与自然、人与社会、人与自我的割裂，他的诗写似乎做着诗的大一统事业，他的诗是宗教性、现代性、灵性、智性的合一。

　　陈先发说："诗最大的危险不在于读者众寡，而在于即便只剩最后一个读者，它也没有真正地挫败过他。"毫无疑问，他的诗是成功的，因为读他的诗，我有深深的挫败感，即便我是一个有备而来的读者。

现实之重　魔幻之轻
——评汤养宗诗集《去人间》

　　马拉美认为，诗歌创作意味着"在着意为之的晦暗中，借助暗示性的、永不直白的词语召唤沉默不言的实物"，而诗人是"字母魔术师"。汤养宗将经过高度反思的诗歌与魔幻而古老的灵魂层面相结合，使他的诗句具有语言魔术，集反常性、神秘主义和先锋性为一体。他发现"人与万物间的隔阂其实是光"，以诗人的敏锐和颖悟，"打通过无数的事物"。在诗里呈现他的"凹与凸，因与果，对与错"和"呼与吸，隐与显，拒与纳"。他的生命意识、生存经验和道德判断以及诗歌中体现的他的气息，他遮蔽了什么彰显了什么，拒绝了什么接纳了什么，这些共同构成了汤养宗诗歌的繁复、精约和奥义。

　　读者和作者的关系，在汤养宗的《房卡》一诗里被比喻成"房锁"和"磁卡上的密码"，这是读者通过阅读完成的"还魂术"，也是作者通过写作完成的一次"密码设置""穿墙术""虎跳"和"飞翔练习"。读者与作者的互动是通过诗歌文本这个中介来完成的，二者之间的默契"相当于一句黑话通过了对接"，然后门开了。汤养宗在诗里写道："不要光/这里只凭认与不认。但黑暗/显然在这刻已裂开。"在《圣经·约翰福音》里有这样的经文："生命在他里头，这生命就是人的光。光照在黑暗里，黑暗却不接受光。"把这两段文字放在一起来比较阅读，有种互文性的感受。这会不会是另一种通过了对接的"黑话"？

汤养宗的诗中有一种打破固有秩序的力量，有反常性和打破常规而形成的张力。打破的过程也是一种重新确立诗歌美学和秩序的过程。秩序就是"蛇走蛇路，牡丹想开花就开花，无路/可走的汉，身上已长出穿墙术？"（《我想去天堂一趟》）作者显然对秩序是心存不满的，作者应对秩序的"捆仙锁"，用的是自己的"读心术"，穿墙而过或是飞翔。他用魔幻之轻来对抗现实之重，"长羽，长翅，却隐忍地用着本质的蹄掌"（《云中散步的大象》）。在诗句中，我们似乎可以从反常性的举动中窃取到事物之美，从无望之中生出希望。

汤养宗心中所在意的人是"子虚乡乌有人"，想去的地方是"圣城。或者去荒域"，这些都与现实有点格格不入。"一个人愿意痴迷地/在同一块石头上让自己被绊倒多次"（《红豆诗》），"同一块石头"譬喻着同一个现实，"让自己被绊倒多次"，看似愚不可及，却也是一种大智，是希望用"执念"来破除"现实"的坚硬与冰凉。"我不是百足虫，又能去哪里/每天用假腿跑步，假的塔，假的桥，还假惺惺说"，汤养宗用"假"来弥补"不是"的不足，造成了一种"以假乱真"的心理满足感。他在《某年某月某日，致某人》中写道："某年某月某日，小雨，空茫，十个指尖又布满修辞"。可见他的"第十一根手指"是用来反修辞的。他所期待的不是"蛇走蛇的路，文字出现别的脚印"。他在另一首诗里颠覆了《房卡》里所建立的哲学和准则。"相当于一句黑话通过了对接"，已经替换成了"更没有土匪窝的黑话或晦暗的对接"（《声声慢》）。汤养宗不再考虑外部世界和他者，而是更多地潜入内心世界，他在意的是"我心头的雷声已赶不上上一阵雷声/是这张嘴再难以接近大地的声母。是我再没有/隐身法"。内心世界和外部世界的契合，口中的言语与真实事物的触摸、还原和那一种血脉关系，只能依靠"声声慢"来逐步接近和实现。"那么，再慢下来，让语言继续变黑/只剩下我对你的手势。只剩下，不知如何是好。"从充满无奈和悲凉的变黑的语言里，我们只能寄希望于"只剩下我对你的手势"是一种 V 字形的胜利者的手势了。

汤养宗的一首诗绝非"一首诗"，对他的一首诗的深入阅读离不开他的其他诗的佐证。一首诗是另一首诗的引子和注解，或者说，所有的诗都是一首诗。他的所有诗是连贯的，互文性的，他在写一首"大诗"。他在诗中说："就像这首诗遇到了真正的黑夜/而另一盏灯，点在另一首诗里，另一个/好命的人，正在那里与一个鬼谈笑风生"（《掘井者》）。如他写《一个人大摆宴席》《虎跳峡》《穿墙术》，用一首诗立一个意象，再在另外的诗里用这一意象，"它"已经不是原初意义上的使用了，已被汤养宗赋予了新的内涵。汤养宗多次写到穿墙术，如在《欠条》里写道："往年立下的界定，穿墙术，去与不去"，又在《夜深人静时你在床上做什么》里写道："有时不是这样，类似要穿墙而过"，又在《三个场景时间里的一个叙述时间》里写道："而另一个时间，我还写穿墙术"，还在《还没有到老，我已认下什么叫垂暮》里写道："也问过别人／穿墙术的要诀，得到的回答是，出手易／变回来难"。汤养宗反复提到的"穿墙术"，实际上是作者"破障"的一种企图，"不群"的练习，一如他在多首诗中提到的"练习倒立，练习腾空翻"和"像在午夜间作一次莫须有的飞翔"。

《总是一而再地拿自己的自以为是当作天大的事》，与其说这是汤养宗的一首诗的题目，不如说是他的一个诗歌观的体现。"总有意外的裂变之力被我找到／谢天谢地，反常理的人没有遭受刀棍"，诗歌中提到的"自以为是""裂变之力"和"反常理"，应该说是汤养宗诗的三个特性。"把夹竹桃养成大红大紫的玫瑰／改写过闪电的线条，教会了两三块石头开口说话／有一天，还责令落日分别用三次降落于三个山头"。密集的"反常理"的诗句同步造成了"裂变之力"，汤养宗的"自以为是"，实质上是甩开了众多追随者和模仿者，在众多的诗人里，彰显出一个独绝的自我。"反常理"的诗句，比比皆是，如"故意将开水瓶的塞子拿掉，为的是／让什么早点变凉"（《越来越想损坏自己》），"富翁与穷光蛋要共同抓住悠悠白云的技艺/这里在研墨，反向着工作/从黑磨到白"（《戒毒所》），"深夜的镜前，我独自伸出一条长长的长长的舌头"（《万古愁》），"先是我们当中的一员，再变成石头/再日久月深地在海滩上听潮，之后就成佛了"（《捡一块石头当作佛》），"蚂蚁伸出了一条小腿/砰的一声，被绊倒的大象便一头栽在半路上"（《坚信》），等等。

耿占春在《失去象征的世界》中写道："象征不仅是诗歌与经书共有的修辞方式，不仅是神圣启示所得以传达的方式，它还意味着一种历史时期独特的文化秩序。象征所体现的是事物之间的连续性和统一性，它建构了一个关于意义的伟大链条，建构了世俗世界与道德根基的联结形式。那是用纯粹的能指说话而意义却能够被一个想象力共同体所普遍感知的时代。"汤养宗在诗里寻求重新确立人与世界之间的象征的意义关系，旨在修复词与物、语言与自然之间疏离的关系。他是"没有确定信仰的炼金士，其诗作就是没有神秘的语言炼金术"。

在《星云图》这首诗里，"十个指尖"成了联结"天上的星云"与"心"的纽带。诗人汤养宗握有"一些星光的轨迹"，握有消弭词与物、语言与自然之间的沟壑与距离的神秘力量。"指尖上的乱云"，形成了一种人不是外于物的感觉，事物与人本为一体，神秘的符号隐藏着人类返回天国的奥秘，"说不定是今夜，就随同白虎沿那些弯道逃遁"。诗人，终其一生所摆弄的词语，也只不过是模仿整个星空，让词语像星星一样各归其位，让词语获得肉身。"那些叫作簸箕和斗笠的图案"暗含着簸箕的扬弃和斗笠的接纳，也在呼应着诗人在《房卡》里说的"呼与吸，隐与显，拒与纳"。

汤养宗在《与某诗人谈心》中写道："当神委托把它写出的人/写出它，没有第二人可以插进来指手画脚/将一块石头改换成另一块石头，说这座建筑/不是这样，应该那样。"这与胡戈·弗里德里希的著作《现代诗歌的结构》中的论述不谋而合，"诸神满怀恩惠地赠予我们一句诗；但是之后就要靠我们来制造第二句，这第二句必须与它的超自然长兄相称。而这唯有起用经验与精神的全部力量才能刚好达到。"《与某诗人谈心》是一首以诗论诗的诗，类似于司空图的《二十四诗品》，里面谈到了多条诗歌的秘诀或者诗歌的特性。第一，"诗歌自己有嘴唇"，独自地呼吸。第二，"有时是棉，也是铁"（诗歌的柔软与坚硬）。第三，"每首诗都有无数次往外走的可能，但最后/只能是这一个"（诗歌的唯一性、必然性）。第四，"处子的血"（诗歌的独创性，戒他人染指）。

他作为诗歌上的异类，以一己之力与整个人群作对，同时他也是自己的"异类"，左手与右手对抗，我与"反我"对抗。"我无群无党，长有第十一只指头/能随手从身体中摸出一个王，要他在对面空椅上坐下"《一个人大摆宴席》。"我一直是你们的另一面/用相反的左边，对决你们的右边/

在反方向，隐姓埋名，肉身在石头里/侧转着身，睡成与谁作对的逆子模样"（《私章》）。甚至在一首诗里也会出现左右互搏和悖论。在《私章》一诗里，一方面写"纸上加盖印章"，"将一纸如麻的文字/确认为命中的确认/这等于要我交出自己的反骨"，另一方面写"一个人的反面，再不能确立/多像是，一颗人头终于落地/白纸上，映出了一摊喷出的血"。到底这"私章"是盖还是不盖？一个我对另一个我是不是确认？这不是单纯靠语言形成的张力，而是依靠复线的结构形成的内容的张力、诗意的张力。为与不为反倒退居其次，而所为的"内容"变得"举重若轻"了。"一纸如麻的文字"，变成了一颗颗人头。"白纸上，映出了一摊喷出的血"，既是印章盖出的红印，也是诗人用血给"诗"进行的洗礼。

从先锋性脸孔到玲珑心

——对诗人汤养宗的透视

经历了数十年如一日的如修行和祈祷般的写作生涯，汤养宗在诗中进行着"心灵与自身的对谈"，与词语之间建立了一种彼此信任和舒适的关系，他用词语建构着自己的乌托邦和实践着自己的诗学、美学理想，把现实转化为美学上的变形和抽象。他向着内心的美学标杆奔跑的同时，也将自己树立成了一个新的美学标杆。写作于他而言，既是"神秘而美好的绑架"，又是按他的意志管控文字气息的"炼金术"。勒内·夏尔说："诗篇，是神秘登基。"从他的诗中散发出一种"不战而屈人之兵"的王者之气，换言之，他已有一双"摘星手"，好像在空中构筑道路的"蜘蛛"，他在诗歌中因"登顶"而更加接近星辰。汤养宗的诗不仅多样化地掌握外部现实而倾出其全部意义，还讲述通灵者的诗人的身上强大而任性的"诸神发出的命令与阐释"，激活了能指的全部躯体，使词语在亲密无间的互相拥抱和彼此冲突之间释放出最丰沛的潜能。因此，他的诗既能满足对意义的渴求，又能提供一种诗化的现实和不会熄灭的"硬化事实"以供审视和剖析。后结构主义描述文学语言本身的特点用的是这样的术语：诗是一种"无底"的语言，仿佛是由一个"空的意义"所支持着的一个"纯粹的暧昧"。汤养宗的诗也有这种后结构主义的性质，看似是"空的意义"，实则是对隐含读者的召唤，他的文本意义需要有文学能力和批判能力的人把意义灌足和充分提取；他的诗是写给诸如神、未来的读者和过去的艺术家这样的"看不见的倾听者"。诗是学者的艺术和最复杂的话语形式，诗歌文本是诸系统的系统、诸关系的关系。从这个意义而言，汤养宗的诗符合这样的特质："包含它自己的种种张力、种种对称、种种重复和种种对立，每一个都不断地修订着所有其他的系统。"（伊格尔顿《二十世纪西方文学理论》）

汤养宗的诗的特点，大概有这样几点：第一、他的平民化立场和在场感。他"站在平民化个体的角度恢复对社会世相的叙述与把握"，人在生活的现场，言说也有在场性，不但让阅读者感到这是当代人在诗歌中说话，而且还是一个"闻其声如见其人"的有效言说。第二、复杂多维的诗歌结构的肌理。他的诗追求一种开阔复杂化的书写，有更为"多维复杂"的诗歌结构的肌理，文字结构发生了从线性到转轨的变化，意义始终处于一种不稳定不确定的状态，这种能指的剩余和丰沛的意义供给，是对读者提取要义的能力考验，从而把读者引入一种无比新鲜而开阔的至美境地。第三、他的平民化的心境促使他选择符合自己心境和地位的"鲜活的口语"来表达一个普通人的人生情感，作品的所有表层结构都能被还原为一个灵魂或圣灵的"本质"。

汤养宗在《三人颂》中写道："那日真好，只有三人/大海，明月，汤养宗。"如此自信而豪迈地将自己与大海、明月并置，产生一种"三足鼎立"之势，而无丝毫不妥之处。他没有被消费社会和商品拜物教异化，个体情感、价值得到认同和确立，这是他的独异之处。伊格尔顿说："符号则是意识形态的物质媒介，因为没有符号任何价值标准或观念都无法存在。""大海，明月，汤养宗"如此并置，这是一种将自我"符号化"，且以一个异质闯入者的符号的身份对语法规则的冒犯和惊吓，从而产生新的意义。这三者既是整一又是殊异，又或者说是汤养宗与大海和明月产生一种"互文性"。他既在世界之场，又在词语之场。在自我确认的同时，他还有着一个"非同一性主体"，正如他在诗集《制秤者说》的序言中所说："我一直在顶替他写作。反过来，我也是他的另一个。我的身体里一直是两个人同时活着，一个肉身的我与一个被我虚拟出来的他。"写诗的过程，就像是汤养宗逐渐让"被我虚拟出来的他"占据主格的过程。他的另一本诗集叫《去人间》，原本就身处人间，为何还要"去人间"？这是因为他有着殊异于他者的世界观和认识论，"我按照他的眼界在我的世界里写我的人间，也按照我的眼界描绘他指认的人间。"如此说来，他的肉身之我与虚拟之我，就有两个"眼界"，"人间"就有了被一个我"写"和被另一个我

"指认"的双重性，人间就有了如实描绘和修正的无限可能性。

米沃什在《诗的见证》中写道："诗歌是一份擦去原文后重写的羊皮纸文献，如果适当破译，将提供有关其时代的证词。"优秀的诗人不但是见证者，还能发出警醒之音。汤养宗的《制秤者说》就是一首醍醐灌顶之作，它是对丧失了尺度、标准的时代的鞭笞，是对"天公地道"的呼唤，诗人凭一己之力对抗整个低于"全世界的公约数"的现实，像一个孤独的斗士坚守着"一是一/二是二"的刻度。诗人的武器或道具只有这"一杆秤"。诗人进行去蔽，还原一杆秤的原始意义，说出"北斗七星和南斗六星，再加上/福禄寿三星组成的一斤十六两"象征的"天人合一"和事物本身具有的完美秩序。福禄寿三星，短一两无福，少二两少禄，缺三两折寿。缺斤少两就是蔑视和践踏头顶的星空和内心的道德律。北斗七星由天枢、天璇、天玑、天权、玉衡、开阳、摇光七星组成。南斗六星分别为天府星、天梁星、天机星、天同星、天相星、七杀星。星宿原本在我们的头顶，但一杆秤上的"秤星"，把高不可攀的星空拉低到可以被人触摸和衡量的程度，一杆秤就是连接神与人之间的"中保"，就是衡量万物尺度的墨线与准绳。诗人说出"一杆秤就是条脊骨，身体的中点线"，继而把外在于人的秤内化于人的体内，或者说，这在人们之间的"中保"，又变成了在人体内的"圣灵"。诗人的这把秤，称量宇宙万物，也同时称量人自身，

"你的肉身太重，但骨头太轻"。

失衡的世界和丧失掉规则准绳，远离诸善和神的旨意，"世界就出现病句/出现疯人院，秤砣就压不住秤花/天理就要下坠，跑出人狼，神器崩坏"这样的结果，必然能够验证诗起头的那句："这真不是你的好时代。""短斤少两的事，不是发生在精忠报国上/就是在尖叫出来的带血的冤屈中"，诗句有丰富的寓意，让人想到岳飞，六月雪，窦娥冤,："我本将心向明月，奈何明月照沟渠"……"自从有了天公地道这个词条/牛羊便去吃草，狗吃屎，蜜蜂采花"，"而草木们按自己的草木之心活着"，这些诗句是《圣经》中"万物各按其时成为美好"的另一种诗意的表述。"一杆秤出现，也就/认出了谁是哑巴与撒谎者"，"你损破的十指，一生在搬弄/这世上分厘不能差缺的刻度"。诗人，终其一生所摆弄的词语，也只不过是模仿整个星空，让词语像星星一样各归其位，让词语获得肉身。那"秤砣"多像是一颗悬挂着的心脏！"你手上的斤两/在挽救几个正越变越坏的词，它名叫/无法无天，也名叫世风日下与人心不古"，这是诗人在履行"挽救"的职责，是善对恶的斧正，法对无法的纠偏。

"你都会喃喃自语：人心向下，天空在上"。诗人把象征人心的"秤砣"小心谨慎地移位于"秤星"的精确刻度上，这是现实和理想的平衡，神与人类的平衡，也是法度和良心的平衡。诗人汤养宗在一首诗中，作为"道"的代言人，宣说惨遭遗忘沦丧践踏的法度，深刻挖掘"一杆秤"的寻常

批评之道

意、诗意和神意。一杆秤就是连接世界和人心的通道。

寺院

> 多么宏伟而寂寞的一座寺庙
> 住着一个孤单而热闹的僧人
> 这座庙宇就是我的身体。
> 天空多么辉煌，太阳只有一颗，身体里只有我一
> 个人。

诗，就是人言和寺院（圣地）的结合。诗里既有言语的力量，也有静默的力量，人一旦开始言说，就停止了觉悟；一旦获得了启示，就开始言说。诗，是一种寺院里修行的语言，是从寺院里传递扩散到寺院外的一种拯救或救世的语言。诗的言语里，暗含着一个人修行的起始、经过和结果。用帕斯的话说，诗就是一种原初的宗教，而宗教就是行动着的诗。"那么，诗就是这样一种语言，一种在自身停顿的话语，一种既行进又停止的话语，既言说又沉默的语言：它以某种方式说出和包含了一切，又以某种方式显示出本质的虚无"（耿占春《隐喻》）。换句话说，诗就是用语言抵达圣地（寺），又从圣地（寺）出发返回俗世的语言。诗中隐含了一种自救和救世的力量。汤养宗的《寺院》的题目和正文的言说（话语），就构成了一个大写的"诗"。"多么宏伟而

寂寞的一座寺庙/住着一个孤单而热闹的僧人"，寺庙和僧人在某种形式上，也构成了一首"诗"，寺庙的宏伟而寂寞是大而无边的"寂寞的人言"，而僧人的孤单而热闹是一座"热闹的寺院"，僧与寺互相倾轧，相伴而生。僧的倚寺而立，构成的是"侍"，它侍奉的是寺院里的"佛"，僧人倚寺而发出的布施的语言，构成的则是"诗"，诗的指向是俗世和众生。"这座庙宇就是我的身体。/天空多么辉煌，太阳只有一颗，身体里只有我一个人。"从诗句里可以读出两层意思，一层是汤养宗已经把整个天地当作一座辽阔的寺院，把天地当作自我的肉身，而他是行走着的"灵"。另一层意思是对肉身终将朽坏和庙宇的神圣性、永恒性的欣羡。他要为自我寻找一个新的居所。虽然太阳唯一，汤养宗唯一，但是天地的庙宇又不仅属于他自己，汤养宗的"庙宇的身体"没有排他性，不拒斥任何人的靠近。唯一的汤养宗已经像唯一的太阳那样，发出彻照的光芒。

汤养宗的诗呈现出一副先锋性的脸孔，越深入他的诗，我们就越接近他的一颗玲珑心，他是为万物寻找尺度的"制秤者"，诗人即"制秤者"，制秤者说的理想之境是万物不偏离自己的属性，"草木们按自己的草木之心活着"。他拿着"人心"之秤，走向另一个自我所指认的"人间"。

被词语找到的人

——论张执浩诗集《高原上的野花》

　　一个成熟的诗人总是在不断地更新着自己的诗学观念、更新着语言。就像一个人抵达了远方，而不忘追问为何出发。

　　在张执浩的诗集《高原上的野花》中，第一首诗《写诗是……》就探讨了诗学的问题。这首诗写于 2017 年，且被放在了这部诗集的首篇，可见这首诗的分量。这首诗不解决如何写和写什么的问题，而是在论述"写诗"这个行为本身。"写诗是干一件你从来没有干过的活/工具是现成的，以前你都见过"，但是要把"一件你从来没有干过的活"干好，实属不易，虽有现成的工具，但是要把"以前你都见过"的工具制造成别人不曾见过的"诗"，绝非易事。"写诗是小儿初见棺木，他不知道/这么笨拙的木头有什么用"，诗人正是拥有把词语之木制成诗之棺的技艺，正如诗人有"把恐惧转换成爱的能力"（《晚安之诗》）。从木到棺，木的属性没有改变，但是形状变了，这就带给读者一种陌生化的感受。"小儿初见棺木"正是诗人应该保持的对这个世界的神秘性的好奇和对生命的本源与归宿的追问，同时也是好诗应带给读者的惊奇的阅读感受。写诗是诗人使用词语的工具干活，也是一个我与另一个我的此起彼伏，一个我与另一个我的对峙对抗和达成的平衡，正如诗中所写："写诗是你一个人爬上了跷跷板/那一端坐着一个看不见的大家伙"。在"跷跷板"的两端，是存在与虚无的对抗，是意义对无意义的对视，是可见的事物对不可见的事物的角力。

"写诗是囚犯放风的时间到了"，"写诗是记忆里的尖叫和回忆时的心跳"。写诗是张执浩在被现实囚禁的肉身和被肉身囚禁的灵魂中"放风"的时刻，是在局限性的世界中所享受到的片刻自由。写诗也是一种记忆的回放。那"尖叫和回忆时的心跳"，是对麻木的感觉的一针清醒剂，是提醒自己这个世界还依然新鲜，生命依然鲜活。"写诗是五岁那年我随哥哥去抓乌龟/他用一根铁钩从泥洞里掏出了一团蛇"，在五岁那年的记忆中，抓乌龟掏出蛇的结果，也是一种"小儿初见棺木"的吃惊和不解之感，何以一个想象中的事物在视线中却呈现出另一个事物的模样？是想象出了问题，还是眼睛看到的现实世界出了问题呢？亨利·柏格森在《材料与记忆》一书中写道："记忆的实际功能（因而也是其通常的功能），当前行动对过去经验的利用——一句话，就是认知（recognition）——必须通过两种不同的方式产生。有时候，它在于行动本身，在于自动激发与环境相适应的机制；而另外一些时候，它意味着大脑的一种禀赋，即在过去中寻找最能介入当前情势的那些表现（representations），以便将过去用于当前。"换句话说，张执浩的诗有一种将过去用于当前的技艺，写诗的行为包含着"对过去经验的利用"，"过去"不因时间的流逝而损耗半分的意义，"过去"的记忆对"当前"之我有拯救的功用。就像他在《春雷3号》中写道："我眯上眼睛想象着原野上/迎风而尿的少年"，在《春日垂钓》中写道："我想起来了：那年春天/一位少年守着四根鱼竿/在它们之间气喘吁吁地来回奔跑"，在《听说你那里的梨花开了》中写道："那一年我还是少年/那天晚上我还是独自回家"，在《那些能当作引火的事物》中写道："手持吹筒蹲在灶膛门前的人/从前是一个少年，现在什么也不是"，可以想象张执浩的心中始终有一个"少年"形象，那是对旧时光的怀念，也是对"愿你出走半生，归来依然是少年"的珍贵品格的持守。

张执浩的诗有一种"召唤"功能，这种"召唤"勾连了生者与死者，生者只不过是"替你，和你们/在树丛中战栗/在大地上蠕动"，生者只不过是替死者无止境地受难。"所有对我的召唤都来自喑哑的过去/给我喉咙和声带的人/已经不在人世；教我歌唱的/要我把歌声还给他们"（《召唤》），从诗中依然可以看到"喑哑的过去"对诗人的一种沉甸甸的意义，过去已经成为喑哑的昨日，诗人的言说或歌唱，就是替"喑哑的过去"的发声与疾呼，"我"的歌唱是一种对过去的呼应，是替"不在人世"的人发出的祈祷，于是我的歌唱似乎隐现着一种不在人世者的复活；我的歌唱也暗含着我对教我歌唱者的感恩与谢意。张执浩在《召唤》这首诗中呈现了一个通灵者的状态，有一种"寻根"和"探源"的意图，诗句"我有义务为未亡人寻找/声音的旧址或遗骸"，其实就可以看作他要找到发声的源头和生命的源头。

他的作品本身也在召唤理想读者的出现。正如他的《危险的梦话》："林东林一大早告诉我/昨晚我说梦话了/我担心梦话的内容/但他说没听清我说了什么/这是不是意味着/他仍然不是我期待中的/那个危险的听众"。写诗就是"说梦话"，会泄露心灵的真实，作者的"梦话"，也在期待着一个"解梦人"。

海德格尔在《在通向语言的途中》中写道："道说与存在，词与物，以一种隐蔽的、几乎未曾被思考的、并且终究不可思议的方式相互归属。"

张执浩的《被词语找到的人》一诗正是写了词语与人的这种"相互归属"的关系。被词语找到的人，是另一种更超然的境界，诗人不再是急于表达、急于塑造一个理想的我和"另一个世界"，无言静默反而言说得更为久远和深邃，他拥有随时间而增加的智慧，自我散发着理想的光芒。一种词语所代表的精神状态和生命境界找到了确切的归属和收留的主体，无数个词语的碎片拼凑成一个完整的灵魂，无数片真理

批评之道

的羽毛拼凑成了一对完整的翅膀。词不是指向某物，而是贴近某物，词与物（诗人）仿佛经历了误解、疏离和对抗之后，在时间的劝说中达成诗意的和解。

他不再言说更多而渐趋于沉默，那些曾派遣出去的诸如慈祥和悲伤的词语，在他人身上短暂驻留之后，返回到了言说者的身旁。一如诗人运筹帷幄了然于心地在诗中说出："平静找上门来了／并不叩门，径直走近我／对我说：你很平静"。这种找上门来的平静携带着一种无法拒绝的力量，你不是伪装出来的平静，而是一种不证自明的平静。"并不叩门"，也在暗示着一种词语和人之间的熟悉、默契和相知的关系。"慵懒找上门来了／带着一张灰色的毛毯／挨我坐下，将毛毯一角／轻轻搭在我的膝盖上"，词语就像一个有温度和温情的人，而诗人成了一个被照顾者，这应该看作词语对诗人的褒奖。词语和诗人消除了主体与客体的界限、消除了主与仆的身份的差别，词语成了有灵的活物，补足了诗人心灵的那一小块儿区域的欠缺。"健忘找上门来了／推开门的时候光亮中／有一串灰尘仆仆的影子／让我用浑浊的眼睛辨认它们／让我这样反复呢喃：你好啊"，"健忘"不只是一个词语、一个生命状态，它指代一个健忘的人。在"健忘"一词和人，经过了"辨认"之后，人就像穿上了一件合体的"衣衫"和合脚的"鞋子"。"我融化在了这个人的体内"，也可以说，我融化在了这个词的体内。"慈祥从我递出去的手掌开始／慢慢扩展到了我的眼神和笑容里"，"慈祥"和"健忘"

在诗中既有了词语的辨认，又有了人的辨认，就像是一个慈祥的我原谅了另一个健忘的我一样。"我"终于可以使一个"词"具有复活的生命，也终可以使一个人具有"词"一样的永恒性和神性。被词语找到的人，就是另一次的"道成肉身"，就是真理临到了一个人的身上，就是人变成了一条移动着的"道路"。"仿佛是在看一部默片/大厅里只有胶片的转动声"，诗人深谙静默的力量，展示了一种静默之美学。诗人深信词语的深情必不辜负人的深情，词语的安慰和医治必不辜负"疾病的承受者"。"当镜头转向寂寥的旷野/悲伤找上门来了/幸存者爬过弹坑，铁丝网和水潭/回到被尸体填满的掩体中"，镜头的转向，改变了只有词语和诗人二者的互动，从词与"我"的关系转向了词语与众生世界的关系。在诗人笔下，词语不仅是和诗人之间的寻找，词语还像探照灯一样，不仅使提灯者发亮，也提示了有更大的黑暗尚不能驱散。还有弹坑不能抚平、铁丝网没有拆除、水潭还没有用泥土掩盖。这是词语的无奈，也是诗人的无奈。对这些负面词语所携带的负面经验，诗人因不能有效地予以坚决地铲除而悲伤。"幸存者爬过弹坑，铁丝网和水潭/回到被尸体填满的掩体中"，这既是现实的悲伤，也是一种精神上的困境，幸存者爬过弹坑，也隐喻着诗人经历词语的苦难，终不能使受难的"尸体"得以拯救，为尸体的掩体终将成为幸存者的坟场而悲伤。这已不是个人的苦痛，而是众人的苦痛，这已不是一个幸存者的苦难，而是所有人的苦难。诗人的"但我曾在凌晨时分咬着被角抽泣",就不难理解了。

"为我们不可避免的命运/为这些曾经以为遥不可及的词语/一个一个找上门来/填满了我/替代了我",或者也可以这么说,当一些遥远的词语变得切近的时候,正是"我"接近终极的真理和生命的意义的时候。被词语找到的人,自有他的幸与不幸,自有他的无奈和伤痛,也自有他的愉悦。所有的人都会被词语找到,被词语所裹挟的真理拯救。当词语"填满了我/替代了我"的时候,正是词语为自身找到了栖所,一个肉身的人,变成了一个"意义"的人。

张执浩的诗正是那种活到豁达境界的分上,自有境界的诗;正是活到智慧境界的分上,自有智慧的诗;正是活到通透境界的分上,通灵之诗。

张执浩认为,诗人是一个疾病忍受者。"一个写诗的人生病了/他会在半夜爬起来冒充自己的医生",写诗就是自我诊治之后,为自己开出医治的药方,而一首诗就是医治心慌无诗光顾的良药。"没有诗来找你就像活着没有爱情光顾",诗的缺失和爱情的缺失同样令人生活乏味。从《疾病忍受者》这首诗里,可以再次看到"写诗就是记忆里的尖叫和回忆时的心跳"的诗学观念,写诗就是过着有心跳的生活,这次诗人说:"已经很多天了,我在忍受/这种听不见心跳的生活"。

张执浩的诗中还能读到一种终极审判的味道,《白芝麻,黑芝麻》就是明证:

白芝麻比黑芝麻香

黑芝麻比白芝麻有营养

当你把它们拌在一起时

为什么我总是想

把黑芝麻从白芝麻里挑出来

把白芝麻从黑芝麻中捡出去

《圣经·马太福音》中记载："天国好像人撒好种在田里，及至人睡觉的时候，有仇敌来，将稗子撒在麦子里就走了。到长苗吐穗的时候，稗子也显出来了……容这两样一齐长，等着收割。当收割的时候，我要对收割的人说，先将稗子薅出来，捆成捆，留着烧，唯有麦子要收在仓里。"诗中张执浩把黑芝麻归为一类，把白芝麻归为一类，有点像是区分"稗子"和"麦子"，可以看出诗人那种黑白分明、泾渭分明、爱憎分明的态度。

最好的诗

—— 给小话

最好的诗应该在两个人之间发生

譬如我和你，譬如你和另外

一个你；最好的诗

像昨晚来到世上的那只羊羔

今晨以世间所有的活物为母亲

最好是这样：你叼着一根青草

从梨花树下跑到桃花树下

结果浑身落满了李子花

最好不要结果啊

花一直开，一直这样开

像你在夜色中手握方向盘

让探头灯替你去翻山越岭

　　最好的诗是什么样子的？张执浩给出了自己的答案。在《最好的诗》中，他写出了理想之诗的场景和状态。他认为"最好的诗应该在两个人之间发生"，连接两个人的最好的一个词应该是"爱"。一首充满爱的力量的诗，让两个人是两个肉体却共用一个灵魂；最好的诗如镜子一样，映照出自己的心灵，最好的诗是可以分化出另一个自己，"你和另外一个你"，一个我修正着另一个我。"最好的诗/像昨晚来到世上的那只羊羔/今晨以世间所有的活物为母亲"，在这里"羊羔"一词，是一种献祭的隐喻，最好的诗是一种为了挚爱亲人所献上的赎罪祭。这种献祭，其实也是爱的行为和具体表现。张执浩的诗不仅仅是在描述一种理想之诗，他还把一种爱和救赎的思想融入诗之内。诗于他而言，是他在现实之中不能获得圆满的一种心意上的圆满，就像他在《终结者》中写的那样："河水喧哗，死去的浪花将再度复活"，他的诗似乎不止是对消逝之人之物的惦念，还有对逝去之事物的施以还原和复活的拯救。"最好是这样：你叼着一根青草/从梨花树下跑到桃花树下/结果浑身落满了李子花/最好不要结果啊/花一直开，一直这样开"，诗中仿佛是一个伊甸园般的"美地"，在这个自足的世界，没有罪行也没有罪性，没有沾染俗世的染污，完全就是"落花香满衣"的诗意之境。与其说这是一幅诗中有画、画中有诗的境界，不如说是诗人的美学思想在诗中的具体体现，他使美学投向了诗，又让诗彰显了一种爱人如己的神学思想。"像你在夜色中手握方向盘/让探头灯替你去翻山越岭"，手握方向盘的诗人拥有了方向和目的地，仿佛不必身临，而已经意临。仿佛所有的崎岖和磨难，都可以如探头灯发出的光一般轻而易举地逾越所有的障碍和险阻。最好的诗，就是诗人给出了一个"美地"，给你一个净化后的世界，修复后的世界。探头灯替你去翻山越岭，也是诗人隐喻的一种担当的精神，就像救世主背起了世人的十字架。

最好的诗应该是爱、美学和神学的结合，它既能给人以审美的满足，又能给予灵魂的净化和救赎。或者说，诗是不外于人的，诗的意义就在于使人和睦、清心，使饥渴慕义者得饱足。诗提醒人修复自我与他者的关系，或者说诗本身就是一种自我与他者的关系的调和剂，诗使自我把投向世俗的目光转向内心的神。

"在灵魂探索自身的终点，假若达到真正的终点的话，它就发现了上帝。从另一光源得到光，从超越于我们的东西那里获得理性标准的存在体验，被看作极为内在性的体验，上帝的存在证明已经阐明了这点。那就是说，正是在这个典型的第一人称活动中，我努力使自己对自己变得更加完全地在场，努力认识到全部潜能，这潜能在于认识者和认识对象是同一存在的事实，这样我就有效而令人信服地达到了关于上帝在我之上的意识。"（查尔斯·泰勒《自我的根源：现代认同的形成》）张执浩以一种无差别的眼光打量着这个世界，"水杉树都长得一模一样/高或矮，一模一样"，他看这个世界不是独断的态度，不是"我观"，而是"物观"，"香樟树在一旁看着/梧桐树在一旁看着"，而他自己像一个超然物外的人，不介入事物的秩序，也不被事物之间的秩序影响。事物之间取消了差异性，这是万物为一，这是事物之间的众生平等。他也在做着一种探索自身灵魂终点和世界边界的努力，他似乎获得了一个别样的视角，即上帝的视角。他俯视着世间的万物，就连自身也在他的俯视之内，就像他在《无题》中所说："照过张之洞的阳光转眼照在了/张执浩的身上"，这种俯视的视角对自我的审视，是一种对自我身份的确认和自信。张之洞与张执浩同享一个太阳，但谁又不遮蔽谁，又隐隐然有着诗之开头说的"一模一样"的精神相似与灵魂相通，这是张执浩对遥远的时空里的张之洞的致敬。这是张执浩从"太阳"这一光源得到的"光"，也是张执浩从张之洞身上分享来的"光"。《无题》之诗，诗人表现出"更加完全地在场"，香樟树是他的在场，梧桐树也是他的在场，"春天来了，柳树披头散发"也是他的一个在场，是另一种人性的解放。而在他的《闻冥王星被排除在大行星之外有感》一诗中，也表达了一种对自我的认同，与众人的不同。"冥王星被排除在大行星之外"并不能削弱冥王星自身的光芒，这种被排除反而凸显了自身的存在。诗人说，"我不是你要照耀的人"，"我和你们没有关系"。在结尾他写出箴言般的诗句："我不与无中生有的人为伍／我不与看不见的事物为敌"。张执浩就像持定了一股浩然之气，既能从诗中读出他的遗世独立，又能看出他的善意和对这个世界的友善。"闪电划过，神在拍照"，他有那种捕捉一闪而逝的诗意的能力。

张执浩的诗有一股生生不息的力量，诗中处处闪现着一股向上的力量和引导人向善的精神光芒。诗中有他做人的品格和风骨，"小河涨大水，河面飘过阵阵湿气／一群螃蟹手忙脚乱，而我／是镇静的，浑浊中自有一眼清泉"，彰显了诗人卓尔不群的独立品格。"半夜圆睁的眼睛里含着沙子／他告诉自己：这不是泪，是雨和水"，这是诗人对人世的一种颇为宽仁的容忍度。诗，是张执浩"从空虚里长出了新芽"，空虚里生发出了意义，"新芽"是一种生命脱胎换骨的生机。"这是新茶，采自新枝／这是新人脱胎于往事"，宛如新人脱去旧衣后，在一个"新天新地"里重新开始，他的诗有一种启示性的力量。

张执浩的今日之诗是对自己的昨日之诗的承继，如他在2005年写下《小魔障》："来世我要当木匠，走遍世界/只为找一截马桑木/打一副舒适的棺材，厚葬那些说过的梦话"，又在2017年写下《写诗是……》《诗歌中的马桑木》《危险的梦话》等诗，再次触及马桑木和梦话的话题。可以看出写诗，是他以一种持志如心痛的执念来面对内心的小魔障，和消除魔障的长久的过程。他还在重复这些词语，是因为这些是"越用越昂贵的词"，"今天雾霾依旧深重/少女依然无名无姓/但怀抱温暖，鲜花灿烂"（《怀抱鲜花的少女》）。这些昂贵之词，越用越稀少的词语，依然是对抗冰凉冷硬现实的"温软的武器"。

张执浩以一个疾病承受者的立场，写出了弱者在所处的世界中的精神品格，即他所言在困境之中但不失却人之美德。这本时间跨度将近三十年的诗集，完整而清晰地呈现了一个诗人的心灵史、精神受难和获救的历程。将近三十年的光阴，诗中一以贯之的是"爱"。无论是他的一个"少年情节"，还是他对天真的执念，"我还是喜欢/那样，那时候/空气天真，你无所不能"（《我还是喜欢你明亮的样子》），都传递了诗人对一个美好世界的向往和那些美好时刻的怀念。诗人虽不能再造一个现实，但可以在诗中再造一个比现实更温情和美好的"诗意世界"。

三十年的写作经历，足以使他成为一个"胜利者"。

就像他 2009 年写下的《最后一封情书》："接过笔，在这张纸的右下角签下了/一个胜利者的名字/用他那逆来顺受的笔迹"。

通过闪电的意象看见更多

——评《经济学的闪电：黄礼孩的诗和经济学家的对话》

  林江泉所著《经济学的闪电：黄礼孩的诗和经济学家的对话》一书颇为独特，诗人和经济学家之间的对话，二者作为施话人与受话人已经构成一个平衡的天平。一个批评家的闯入，只适宜做一个沉默的倾听者，而不应该打破这样一个经济学话语和诗之间的双向流动。

  鲍德里亚说："消费的逻辑被定义为符号操纵。"他把符号学作为一种批判理论，解开了当代资本主义消费控制的秘密。林江泉将经济学作为一种批评理论，也揭开了黄礼孩诗的"闪电"的秘密。在这样一本"诗和经济学"对话的著作中，很难分清究竟是经济学阐释了诗，还是诗验证了经济学，它们彼此融合，产生了一种"互文性"的关系。本文试图找到诗和经济学对话的一个"对等"的基石，把一个经济学家眼中的诗人形象刻画出来。我们总是用自己所擅长的知识体系、理论框架对一个事物和现象进行描述、分析、阐释和判断，就像哲学家要从诗里寻觅哲学性，神学家要从诗里寻觅神性，精神分析学家要从文学里寻找"力比多"的含量，政治批评家要从文学里找出意识形态的影子，诗学理论家要从诗里寻找诗性那样，经济学镜像下的黄礼孩的诗，有可能被一套经济学的术语裹挟和荫蔽，诗有可能成为经济学的脚注和配角。"诗的重量在于它自身，任何阐释都是多余的。"更进一步说，经济学对黄礼孩的诗的阐释也有可能是多余的。"经济学的闪电"有可能是过度包装的一个精美华丽的"椟"，我们不应为这个奢华的经济学之"椟"所"乱花渐欲迷人眼"，而忽略了诗歌这颗高贵的"明珠"。"批评之批评"是一种有难度的写作，对批评者提出了更高的要求，批评者应调用一切经验和素养来对一个文本进行价值判断和审美阐释。如果"否定之否定"接近了事物的本质和真相，我把我的批评行为比作一次螳臂当车之举，当作一次歪打正着式的接近真相的幸运。《经济学的闪电》这样一本经济学介入文学的批评著作，它是一种"浅草才能没马蹄"的自性具足，是珍珠在蚌里，是金苹果在银网子里。我的工作类似于拔除经济学的"浅草"，露出被埋没的诗之"马蹄"。"闪电"之诗包裹在"经济学"之椟里，我的批评绝不是一种"买椟还珠"的蠢行和反制，而是打开"经济学"之椟来欣赏"闪电"之诗，虽然我觉得，应该把闪电从经济学家的手中抢夺回来交还给诗人和天空，或把"经济学的闪电"还原为"诗学的闪电"。

　　　　　　　　　　　　　　批评之道

一、闪电的启示

黄礼孩说："通过闪电的意象看见更多。"福音书里也有
关于闪电的话："闪电从东边发出，直照到西边。人子降临，
也要这样。""闪电"作为诗人黄礼孩的一个核心意象，它的
重要性正在于它的启示性，它是一个拯救的预兆和圣临的异
象。通过闪电的意象他看见了一个超验的世界，闪电之出现
正是他"活泼的盼望"不减弱和熄灭的动力源。如果说勒
内·夏尔是"居住在闪电里的诗人"，那么黄礼孩就是看见
和知晓了"闪电的启示"的诗人。

"海浪在体内奔跑，模仿着轻盈的海鸥。"（《奔跑的波罗
的海》）这句诗被林江泉先生定义为"黄礼孩农业经济主题
的诗歌"，我是不敢苟同的，窃以为这是一种"朗照宇宙，
包含万有"的浪漫主义诗歌，"在体内"既是一种对事物和
世界持开放性的态度，又有一种物我合一的海纳之感；"模
仿海鸥"之说，有一种不执着与主体性的地位和我执的破除
之感。读林江泉先生此书，在感受到他经济学知识渊博的同
时，其对诗的切入和剖析虽有恰切和妙处，但多有一种诗被
经济学的海浪逼迫而节节后退的压迫之感。经济学和诗的关
系，这让我想起金庸先生在《倚天屠龙记》中提到《九阳真
经》是写在《楞伽经》经文的夹缝之中。

黄礼孩在《诗歌的边界》中写道："诗歌是诗人展示出

来的荒诞世界，一如在阴影中，我们看到光反抗着诞生。我确信，明暗之间，有一条界线，仿佛词的闪电。界线就是赌注，存在看不见的活路，存在闻所未闻的词语，并深埋着赌徒之心。赌徒之心有时也是诗歌之心。此时，写作重要的不是经验而是对边界超验性的寻找。"林江泉将凯恩斯的"在市场上赌拐点"的经济学思想和黄礼孩的"对边界超验性的寻找"的诗学思想相类比，甚为妥帖。这个"界线"找到了就可以是逃出升天，在经济学的市场上是"拐点"，在数学上是"黄金分割点"，在人生那儿就是鲤鱼想跃过去的"龙门"，在宗教里那就是"窄门"或"法门"。黄礼孩的诗力图呈现出来的是"光反抗着诞生"的状态，探寻的是"词的闪电"背后不可见的世。"反抗"是他生命体验到的"仿佛疼痛，的确疼痛"的部分，而诗是从反抗里诞生的"光"，这"光"就是一种自身的点亮和对自身以外的世界的照亮，同时这"光"还是对他的奖赏。他的诗虽混杂着疼痛，却有光的抚慰和照亮的复合型感受。黄礼孩说："让更多的人看到诗歌这个看不见的载体本身含有巨大的想象力、创造力和竞争力，从而去改变生活，改变世界。"在他看来，诗歌具有改变和革新一切的力量，他对诗歌所寄托的改变生活和世界的厚望和深情，是一种朴素的理想主义。正如以赛亚·伯林所说："对于备受鼓舞的个人或民族而言，这个观念开启了一种巨大的驱策力，驱策他们不断地重塑自身，不断地追求净化自身，直至达到一个未曾听说的高度，永无止境的自我

　　　　　　　　　　　　　　　　批评之道

改变、自我创造，成为不断创造自身的艺术品，向前，向前，犹如一个浩瀚的宇宙设计那样永远在更新自己。"在诗歌本身含有的"想象力、创造力和竞争力"之后，似乎也可以再添加上伯林所说的"驱策力"。诗的驱策力是一种促使自身处于更新的状态，净化自己和改变世界是同步发生着的，正如伯林所说："我建造我的世界正像我创作我的诗歌。"如黄礼孩所言："我们交谈，面庞变得清晰起来"。（《夜气》）又如他写道："尚未到来的世界在外面闪耀/深夜，我们围着炉火交谈/出奇地喝出了门外的闪电"。（《在甲乙村》）而经济学家和黄礼孩的诗之间的谈话，也是一次"面庞变得清晰起来"的谈话，经济学没有成为对诗的强行切入和暴力阐释，他们之间"不存在被割开的空白"，反而制造了"门外的闪电"的效果。他又在《如此，如此……》中说："所有的一切都处在速度中，所有一切等待着创造性的精神速度将其从僵化的概念范畴中释放出来。"无论是"词语的闪电"，抑或是"门外的闪电"，还是"内心的闪电"，都是他对僵化的思维和生活的打破，运用创造性直觉捕捉到了"闪电"，在"一种电的诗歌，在词语与陈腐含义之间设置了各种不同的可能性，能够制造闪电，唤醒词语，确立新的并且可以无限更新的可能性意义"（雅克·朗西埃《马拉美：塞壬的政治》）。他对"闪电"的偏爱，在心灵与天空之间架起了一道能量交换的线路，一种对闪电之能量源的汲取使他可以书写"闪电的诗歌"，并在诗中释放源源不竭的心灵能量。闪电不仅是一种自然现象，也不只是一个符号的能指，而是将闪电纳入了心灵的空间和诗的空间。闪电既是天空能量的释放，也是诗人通过诗这个载体释放心灵能量的过程，他写出"喝出门外的闪电"这样的诗句，也就不难理解了。闪电不单单是能量，也是速度的象征，换言之，闪电是能量和速度的结合。"人生像一次闪电一样短/我还没有来得及悲伤/生活又催促我去奔跑"（《谁跑得比闪电还快》），诗人既艳羡闪电之能量的凝聚和一闪而逝，也伤感人生之短如闪电。在诗中高频出现的词，是一个诗人的灵魂所留下的蛛丝马迹，是快速进入一个诗人的灵魂的一把钥匙，是看透一个诗人的灵魂的必经之路径。黄礼孩多次写到闪电："每一处敞开的事物都是痛苦的闪电""它那么弱小，不曾想变成闪电"。闪电，一个蕴含了实践性的词，一个占据了空间的词，一个既有速度又有能量的词，也就无怪乎诗人将它据为己有，作为心灵的私产了。

二、站在诗这一边

林江泉在《动态汇集成弗里施》一文中介绍了挪威现代经济学的奠基人之一朗纳·弗里施的经济学思想，弗里施认为经济学应该像其他科学，特别是物理学和诗歌那样，走定量分析的道路，在经济学中引入动态分析。林清泉用经济学动态分析的方法来剖析黄礼孩的诗《挪威森林》，他认为，经济现象的"变化"和诗歌的"节奏"都被当作一个连续的过程来看待，这是动态分析法能被用在经济学和诗歌这两个领域的原因，最终他得出这样的结论："哪里有问题哪里就有经济学，哪里有动态哪里就有诗歌，诗歌和动态是一起分担命运的。"在此文的结尾处有这样的观点："诗歌学者认为：诗歌的'非逻辑主义'是一种语言的'高等数学'。"且不管这是哪个诗歌学者的观点，我们可以在《现代诗歌的结构》中看到类似的表述："诗歌语言'就如数学公式；它们制造了一个自为的世界，只与自己本身游戏'。"这两个观点成为一个互证。这就在诗歌写作与数学的缜密逻辑之间找到了相似性，一首诗的语言之精确不亚于解一道数学题的精确。"数学般的精确"也成为当代的诗学观。

　　林江泉在《蛛网的影子中有个丁伯根》一文中提到了经济学家丁伯根和他的"蛛网理论"，并用"蛛网理论"来阐释诗人黄礼孩具有"蜘蛛网"意象的诗，如黄礼孩在《花园陡然升高》一诗中写道："蜘蛛网，收集着/你生活的浮尘与迷梦/所有的影子看起来都如此可疑"。在《我爱它的沉默无名》一诗中写道："薄纱里的秘密悬在蜘蛛网上。""蛛网理论"是"由于价格和产量的连续变动用图形表示犹如蛛网而得名"，黄礼孩只是在诗中用到了"蜘蛛网"这个词，用经济学的"蛛网理论"来切入黄礼孩的诗，略微有点牵强。倘若黄礼孩的诗中有情感、情绪和节奏的"连续变动"，倒也能与"蛛网理论"有些许契合。黄礼孩的诗，也许并没有预设一种经济学的思想在写作的过程中有意识地植入，他反倒是将自己的诗学思想一点一滴地渗入诗歌之中，正如他曾说的那样，诗歌是打捞，是抓住，是对现实经验的捕捉。黄礼孩的"蛛网之诗"在于他对"现实经验"和"神秘经验"的打捞和捕捉，如他在《秋日》一诗中写道："给你的果实在到来，你伸手接住/还有那看不见的"。他既有一双接住果实的"手"，也有一双能看见"看不见的"眼，无疑，黄礼孩就是一个用务实之手捕捉通灵之眼所见事物的诗人。他感兴趣的是"隐秘的花园"和"薄纱里的秘密"，他有"要从中辨认出真实的光线"的智慧，他使用通向真理的隐喻来抵达隐喻的真理，想打通一条"此世界与彼世界的隐秘关联"的道路。

黄礼孩在一首致俄罗斯诗人库什涅尔的诗中写道："在他人与自己，自己与万物之间/你用心灵的比例丈量一切"。这把"心灵的比例尺"是在他人与自己之间的进退之有度，是上帝的全知视角所见证到的自己与万物之间彼此成就的各自的美好。美国诗人乔直·欧康奈尔在《地图》一诗中也写到比例尺，他说："而比例尺取自生活：/一万步为一英寸。"黄礼孩作为拥有"心灵的比例尺"的诗人，他和乔直一样，洞见了一个把现实世界凝缩为一个内心世界和"火储存在人性的树里"的奥秘。在懂得了"比例尺是关键"的诀窍之后，可以把现实的世界凝缩和再现到一张心灵地图上，也可以把图纸上的世界按照比例尺还原为真实的世界。而诗就是他按照心灵的比例尺把世界和万物纳入内心世界的产物。他深谙以比例尺为关键的凝缩和还原的技艺，也了然于诗的自我和现实的净化、对历史和时代的见证、对不公和偏见的纠正的功效。诗既有逼迫你为其舍弃某些东西的一面，也有给你"黄金种子梦想般的馈赠"的福利，正如他在《诗歌福利的措辞》中所说："诗歌也有福利，它带走的与带来的一样多。"

三、慰藉的诗学

黄礼孩是一个开拓性和开放性的诗人，有着极强的"边界意识"，这种开拓性不仅体现在诗中，也体现在他的诗学观念中，如他在《诗歌奔向未卜的道路》里写道："诗歌命名神圣的事物，从本质上讲，它朝向未知的事物，是对神秘的某种召唤……"这种开拓性是对"未知"事物和世界的窥探和向往，是一颗被圣言洗过的心对神秘的召唤的倾听。这种开放性也体现在他的诗学观念里，黄礼孩在《诗歌的边界》中写道："光的走向是无限地向外延伸，也是无限地向内探索，不停往返循环，如变压器一样运转，形成内在冥想的光之场。"开放性的心态形成了他的开放性的作品，向外和向内两个维度的探索，使他获得了一种深度的觉知和体验，他在内在冥想后达到一种澄明之境，他的身体仿佛是光的容器，内心深邃如"镜子里无限的国土"（《牧云》）。不仅仅是"向外和向内",还有"上升和下降"两个维度,在他的诗中不难发现沉潜和上升的诗意呈现,"太阳下落/向日葵上升/这个不屈的生灵/在高处召集/满天的星光"(《野兽》)。"如果有云朵飘来,那也是上升的身体"(《风吹草叶参差不同》)。而他写下降的诗,如"奥依塔克/奥依塔克/两座山打开/阅读一个下降的词/一朵纯净的火焰盛开"(《雪》),在"沉下去是为了浮出海面"的思想的指引下,上升为了"成为更好的人",倾听美意和进入"美地"的欲望。

在黄礼孩的诗写中,有"元诗"的部分,有一种"潜在的诗学和神学"需要"隐含读者"来将其破译。"内心存有自由元素的人,他为爱的灵光吹拂,他追随了自己的信仰。"(《爱是自身力量的联合》)黄礼孩的诗是一个"光之场"、一个丰富的异质世界,这是一种有爱和光的神学,一种容纳了神秘之物的神秘主义,一种发挥着认知和伦理功能的关于灵性生命的现代思想,诗歌和诗学是他生命中至关重要的事业和对生命回响的倾听。诗歌是他生命的幸运星和守护神。他有被诗学和神学浸润滋养的感受力与想象力,这样的感受力能够从世界之表象进入世界之深层,他赞叹的是"把桥比喻成铁鸟"的伟大想象力,这样的想象力使他写出了"台风,宝石般燃烧"(《穷人的粮食被取走》)这样的惊艳之诗。他在给扎加耶夫斯基先生的诗中写道:"波罗的海的声音正一层层落下来/'在从前,我们信仰不可见的事物/相信

批评之道

影子和影子的影子，相信光'/此刻，就要收拢的光线为你
说出一切/大海的涟漪归于静谧/而它底下暗潮的影子难以触
及"。对"不可见的事物""影子""光"的信仰，符合福音
书中所写的你"必须用心灵和诚实来敬拜他"。"相信光"，
光到底是什么呢？光就是毫无黑暗，就是创世之初的第一句
话"要有光"。相信光，就是相信光所带来的普照和拯救；
相信光，就是相信光对"残缺世界"的彻照、更新与还原。
他还有"以诗论诗"的部分，直接以诗的形式来写对诗的领
悟和感知，如《灯塔》："从清晰到朦胧，一种转调"。他希
冀的是一种具有"转调"性质的诗，一种"朦胧而清晰"的
语言风格。诗歌的"转调"就是从想象力的共同体转入个人
的修辞学，就是借助个人的修辞学对希望与慰藉的稀有元素
加以提炼与转换，希望和慰藉的稀有元素也必然会像放射性
元素般对人自身起到深层次的医治作用。再如他的《远行》：
"那是一个我用斧头/修改木头的日子/它是白昼也是黑夜/我
企图在中间修出一条路来"。"用斧头修改木头"，隐喻诗人
利用词语的斧头修改木头所指涉的现实世界的高尚动机，是
革新现实世界的企图。斧柄是木质的，当斧头砍入木头的时
候，又会被木头的柔韧阻隔，作为语言的斧头和作为木头的
世界，有一种锋与钝的相对性存在。斧头和木头的相生相克
颇为符合语言和世界的关系，世界在语言中生成，语言的边
界就是世界的边界。改变世界与改变语言，在"改变"这一
点上达成了经济学和诗学或哲学的共识。正如耿占春所说：

"当代的思想与写作仍然处于这样两个要求的交汇点上。有时我们发现自己置身于'改变世界'的道德律令之中，并在那里碰到了'改变说话方式'的启示。这恰好体现了我们置身其中的此世界与彼世界的隐秘关联。"所以，黄礼孩的诗有一种审美意蕴和哲理蕴含在内。"我企图在中间修出一条路来"，这句诗也符合神学思想中的"合乎中道"的训诫。

四、结语

黄礼孩的诗歌风格可以用"边界""转调""异质"诸如此类的词来概括。他的边界意识使他不断获得一种新的边界，转调意识使他拒绝重复和线性的声音，从而发出一种警醒的声音，"异质"或陌生化的美学追求使他获得一种与他者的"区分"，正如他在《诗歌福利的措辞》中所说："诗歌的存在，就是让人找回生命中异质的感触。"他把美学理想、诗学诉求、神学和哲学思想巧妙而柔软、合情合理地嵌入诗歌之中，这是一种有着深厚承载力的诗，有着清晰诗学和美学追求的诗，是人之诗意与神之美意相遇的诗。黄礼孩说："在诗人当中，最接近耶稣忧伤美意的是但丁。为了真理和公义，但丁陷入伟大的旅途。"殊不知，在黄礼孩对但丁的评价与肯定中，自我无形之中也在崇敬并憧憬着"接近耶稣忧伤美意"的时刻，他在这样的崇敬与憧憬之中，以一颗"伟大的心灵"陷入"伟大的旅途"，也让自己接近了"耶稣的美意"。

批评之道

梦已失信梦中人

——评《森子诗选》

清凉的语言

耿占春先生在《沙上的卜辞》中写道："回到清晨。回到清晨的思想风格。写下清凉的语言，写下清晨的语言。"诗人森子在《生活》中写道："那些落雪的日子，清白的日子/心情似初开的江水/漫过一冬的渴望"。美国诗人史蒂文斯在《雪人》中写道："你必须有一个冬天的心境/去关心寒霜/松树一样迎接落雪"。从以上三位诗人的文字中，我们可以得到一个共同的感受，那就是诗人都渴望"落雪的心境"。"我独自坐在家中""我只是忙手里的活儿，并不抬头望云"（《生活》）。"望云"和"落雪的心境"，这种闲适的生活才是诗人所渴慕的。

布谷鸟途经一座城市

播种的神翼途经一座城市
她叫喊："布谷，布谷，布谷。"
在黑玉米穗上
穿过巨大的烟囱区

这时，我铁青的脸埋入
一本书页，怀念那场过山的小雨
布谷的歌声翻卷树叶，翻卷
瓦棱上的草，楼下
行人抽长的脖颈像一穗穗
青楞楞的玉米和谷子
晃动在爆裂的石板上

沿着雨水冲刷的河床，我寻找
神的踪迹。树木潮湿的灵魂
翻过城市的高墙和屋脊
有一个小男孩在叫
"布谷——布谷——布谷。"
在灰色的街面上飞行

"'人的心灵与整个自然一致'。或者说这就是人与神的一致。这种思想是充满诗意的和散发着深沉的宇宙宗教感的。神是人与自然或人与世界之间关系的一个集中点"（耿占春《隐喻》）。从布谷鸟的叫喊到小男孩的叫喊，诗人完成了一次角色的替换。诗中有对布谷鸟声音的模拟，也有飞行的模拟。在《布谷鸟途径一座城市》这首诗中，有"播种的神翼途经一座城市"的仰望，也有"我铁青的脸埋入/一本书页"中从现实世界遁入精神世界的一次短暂逃离，以及"我寻找/神的踪迹"的努力中，不见神，唯一得见的是"有一个男孩在叫/'布谷——布谷——布谷。'/在灰色的街面上飞行"的"声音"的踪迹与"飞行"的踪迹。

良知与真诚是诗人所坚守的，正如诗人在《一代人》中所写："烟囱对天空所说的全是屁话，但幸福感犹在/庆幸我们没有成为一代暴徒。"

"怀疑一把铁铲的种植力/除了铁铲你握住钢笔/钢笔之后排列着妻子，女儿，桌凳/你还能握住谁"（《怀疑一把铁铲》）。诗中对铁铲所代表的"农耕"与钢笔所代表的"笔耕"进行了思索。与其说诗人怀疑"铁铲"，信任"钢笔"，不如说诗人信任词语。"你举起——水，瓶，陶罐"，这些都是诗人所信任且钟爱的词。词语从说出的口中消失，从写出的笔尖消失。写在纸上的文字，犹如举起的双臂，"失败的意思"。诗人处于一种"坐在椅子上，阴影就会来敲门"的动荡与恐惧之中。诗人既怀疑词语，又信任词语。

"坠落吧——梧桐叶/落到集体中，直到铲子/被丢弃乃至销毁"，既是诗人个体对集体的抵制与反抗，也是诗人对单个词语落入词语集体和语境的不可知性的陈述；同时也是笔耕对农耕的一次挽歌。诗人手中的那支笔，犹如爱尔兰诗人希尼所言："我的食指和拇指间/夹着一支矮墩墩的笔，偎依着像杆枪"（《挖掘》）。

诗人森子追求"能高于那闪电般的语言"，日臻于比闪电"更亮，更纯洁、迅猛"的诗艺，掌握着一种"雨夹雪"般的现实与梦想的平衡术。"我喜欢雨夹雪/喜欢雨雪共存的章节/南方和北方抱在一起哭/内心有一种说不出的焦灼"（《d 小调》）。"雨夹雪"，从自然现象生发成一种社会现象，寻常事物因诗人赋予的"人性"内涵和诗意洞察而充满了诗性。诗人刷新了"雨夹雪"这一词语的内涵，体现的是"人类对世界展开了他的全身心，去同化和认同于世界万象。在用身体去思的那种原始的符号性的巨大能力中，语言使沉埋在肉体式的大地中的人类灵魂的形式呈现出来"（耿占春《隐喻》）。

他不断在一首诗中注入"新词"，用词支起栅栏、鹅卵石路面和迷宫。他仿佛拥有那根"撑杆"，跨过层层障碍跃升至云端的高度。比如《角色，起来……》：

> 不看天空，我有了面壁的
>
> 嗜好，群星算什么
>
> 太阳，谁家的风车

不同寓所内的堂吉诃德

穿着花格衣裳，他不能重复

同一个故乡

梦已失信梦中人

"角色，起来——去撒谎。"

　　这首诗中快速的词语转换带来迅疾的阅读转弯（这首诗写于 1993 年，这种词语的快速裹挟着思维的"快速"已初现端倪，随着时间的流逝和技艺的精湛，森子诗的词语的快速切换、诗意的多重复现和一首诗的松弛的饱满，将会有更多的诗歌文本加以佐证）。天空、面壁、群星、太阳、风车、堂吉诃德、花格衣裳、故乡，纷纭的词语被一道无形的网络罩住。诗歌不是蛮不讲理的词语罗列和堆砌，而是合情合理的排列。"梦已失信梦中人"，这是何等的悲凉，诗人连"不具体的生活，做做梦"的权利都已经丧失，这是现实和梦想对人的双重打压和失信。

　　"踏雪者离我们很远，他由三个人的/心脏组成，有六条大腿，三张脸。"（《踏雪：插话三种》）如果"雨夹雪"是诗人对现实和梦想的调和与持衡，那么"踏雪者"就是诗人塑造的一位类似于史蒂文斯笔下的具有丰富性和多种视角关照下的"黑鸟"。"我有三个想法，/像一棵树/上面有三只黑鸟"（史蒂文斯《看一只黑鸟的十三种方式》）。

　　　　一个小时前，他从三个屋子里出来，
　　　　带着不同的气味走近雪；
　　　　一小时前，他的三个情人抛弃了他，
　　　　多声道的责骂风一样刮过去；
　　　　一小时前，他是分裂的，没有理由和借口。

　　　　现在，他什么都不是，谁也没有弃绝过他。
　　　　他擦擦脸上的雪水，骂道：
　　　　　　骗子，浪漫的骗子，滚吧！

插话一：

　　　　　"我有过一次被完成的感觉，
　　　　　好像是偷了人家的自行车。"
　　　　　"谁也没有看见，你怎么能确信?"

　　　　三张脸对着雪地傻笑，
　　　　听不清究竟是谁在偷，问，笑，
　　　　或者本是一个混沌的声音
　　　　在巨大的搅拌机中。
　　　　他们相互否定着各种推测，

直到脚底出汗，六只鞋子冒出热气。

他们各自惩罚着自己，做鬼脸，伸舌头，

在没有大门的花园里放下衣领。

　　"一小时前，他是分裂的"，这个分裂，森子在另一首诗中这样表述："白天做人，夜晚做灵魂的动物"（《夜布谷》）。三头六臂的"踏雪者"，以及诗中的"三个屋子""三个情人""三张脸"，构成了复杂的人物关系，织出了一张巨大的网。"三个屋子"也许是居住的房子，也许是灵魂栖息的肉身，也许是婴孩蜷缩的子宫。这"三个屋子"同时也是踏雪者的三个情人。诗人在一首诗中，极尽相互否定和"搅拌"之能事，"本是一个混沌的声音，／在巨大的搅拌机中。"

　　插话二：

　　　"我有过一个远房叔叔，
　　　开枪打了自己的腿……"

　　　"兔子呢？"

　　　"兔子躲到一边哭去了。"

他想重新编一个故事，

学着兔子，他在花园里蹦。

　　在叙述言语中远房叔叔变成了行动着的叔叔，这首诗恰如史蒂文斯在《论现代诗歌》中写的："这诗写思想在行动中寻找／令人满足的东西。"既不低于思想，也没超越思想的欲望。可以毫不夸张地说，森子的《踏雪：插话三种》是一首"思想的行动的诗"。在做到一流诗人才能掌握和穷竭语言资源之后，森子转向了更高贵的语言——行动。这首诗里除了复杂经验的呈现，也有清凉的语言和落雪的心境，比如诗人在诗里说："让文字都跑出来看看雪。／如果他是总编，一定会光脚丫出来转转，／看看雪，脚丫子，麦苗，矮冬青，／伸出舌头舔舔雪。""你抓起一团雪砸向矮冬青／在平顶山，雪不是盛大的"（《悬崖》）。诗人在"语词的谱系中沉寂"，又试图在"大脑的魔方"中呈现"事物的疆界和愿望"，又终将在"相互妥协，取消差异和个性"中，给无序的世界以秩序。

　　森子说："我们给古诗涂清凉油，／在他的眼皮下放一桶清水。"（《细草间》）。这无疑是一种对待古典诗词的情感态度，古诗被"现代性的蚊虫叮咬"，用现代性的"清凉油"进行消肿，止疼。我们既可以用现代性的眼光去审视古诗，也可以从现代诗中读出"古意"。何为诗歌的现代性呢？也无非就是那种穿透千年和穿透心灵的诗意洞见，是"独钓寒江雪"，是"泉声咽危石"，也是"山中元无雨，空翠湿人衣"。这种陌生化的感受，这种"清凉的语言"，不分古代和现代，打通了一条从外部世界到达内心世界的通道。

言辞的魔术师

"在这座城里谈论写作是虚妄的/那是小丑干的事/那是我反复干的事"（《虚妄》）。写作的虚妄，在卡瓦菲斯笔下是写作的沮丧："缓慢的进度使我沮丧。"

> 没什么两样。诗歌。魔术
> 杂耍。乞丐。妓女。神甫
> 钉鞋匠。农民。工人阶级
> 小偷。警察。教授
> 幼儿园里的孩子
> 没什么两样
> …………

森子在这首《虚妄》里传达了两个意思，一是诗歌跟魔术没什么两样；二是一个词语跟另一个词语没什么两样。语言魔术，"甚至是专断地让其出自语言音调的组合可能性，出自词语意义的联想式振荡……在词中释放出了非逻辑的力量，这种力量引导着言说，借助不同寻常的声音排序发挥出一种不同寻常的魔力。"（胡戈·弗里德里希《现代诗歌的结构》）要想变好诗歌的魔术，不仅仅是最佳词语的最佳排列，也是最佳声音的最佳排序。一首诗是声音与意义的和谐。正如兰波所言："你的手指敲一下鼓，就释放出了一切声响，开创了一种新的和谐。"

"光有敌人、女友和银行／还不够，还要有异样的灵魂／才能在大脑中反复印制／不安的兔子，数一数它的／脚印。"这不安的兔子和它的脚印，"是语言而不是词"，也恰如特朗斯特罗姆笔下的"空白之页向四方展开！我碰到雪上鹿蹄的痕迹"。"敌人"暗含着的憎恨、"女友"暗含着的爱和"银行"蓄积的财富，这些不足以让一个诗人丰富深刻异质。森子点明了"异样的灵魂"，才是关键。"在多变中不变，在对称中不对称／既永远相同又永远不相同"，这也是森子的独特之处。

在诗人语言的尽头，强光开始照亮。在《废灯泡》一诗中，诗人开篇直言："灯丝断了，它从光明的位置退休／它最后的一眨眼解除高烧"。黑暗的来临，是不是可以反向证明诗人即将抵达"强光"？一首写"废灯泡"的诗，森子使用了"退休、高烧、灯的死法、废弃的大脑、灯的嫡孙"这些"人性的词"。森子使一个冰凉的词（灯泡）具有了人的体温、伤痛和死亡，消弭了词与物、词语与人心的距离。"生产线上的女工被安置到医药商店"，从生产光到售卖药，现实的异变导致身份的转变。"光和玻璃是乌托邦的建筑""会有别的光线照进肉体的角落""我们需要的是药，不是光"，从森子的这些诗句中，我们可以看到诗人作为"乌托邦"的建筑者，他兢兢业业于美且易碎的梦，渴望发光与医治。诗人的内心像钨丝一样，"当诗人越来越接近神灵所在——火玫瑰的中心——转化成言语的任务变得越来越艰难"（乔治·斯坦纳《语言与沉默——论语言、文学与非人道》）。当神启如闪电和高压电流通过诗人内心的钨丝，将痛苦转化为美，诗人要么传递光明，要么"最后的一眨眼解除高烧"。"灯丝断了"也隐含着"神最初把光倒进一些器皿里，然而这些脆弱的器皿经受不住强烈的光的冲击就破碎了"的象征，无论是盛放光的器皿，还是盛放言词的肉身，都是人类试图获取不朽性的实验，诗的精神总是永恒地表达了"光明的渴望"。森子在这首诗中，写了诗人作为光的接受者、药的贩卖者和乌托邦的建筑者三个身份。通过高超的诗艺将客观事物得以肉身化，语言似乎比邻了边界。"语言到了尽头，精神运动不再给出其存在的外在证据。诗人陷入了沉默。在此，语言不是接近神光或音乐，而是比邻黑夜"（乔治·斯坦纳《语言与沉默——论语言、文学与非人道》）。

森子作为一位"言辞的魔术师"，有着自己的警醒，他说："我受到的掌声的攻击，它赞美我，将我揉碎。"他像一个魔术师一样，在诗里施展自己的技艺。他渴望观者看到魔术师愿意呈现出来的世界，而忘掉呈现的手法。

《面对群山而朗诵》写于 1999 年 6 月 29 日，是森子传递自己诗歌理念的力作。面对群山，"我"开始发声。面对群山，首先诗人会将自己变成一座"空山"，不搅乱"蜥蜴的春梦、蜜蜂的早餐和兵蚁们出行的仪式"。从这首诗里，可以看出森子所认同的诗应该具备"风弯曲树枝的节奏"和"散发出的味道、气息/我从没想过一首诗会超过一片嫩树叶"。诗人的姿态不高于一个词，"如果它能变成一株草、一滴露、一粒沙石/我愿意和它待在一起，以它的方式感受或消失"。诗人理解词的愿望，对待词语，不奴役它，要恢复词的自由身和它的高贵。正如诗人所说："每一个词都渴望消失，离开字面上的意义/每一个词都不甘于搬运工的角色/每一个词都渴望嘴巴烂掉，置入空气"。诗人用词语制造了一架爬出自己身体的梯子，如果梯子向上，将够得着繁星；如果梯子平躺且足够柔软，那将变成一张网，网住豺、狼、虎、豹、蛇、蝎、鼠、兔。

　　"诗歌语言具有了一种实验的性质，从这实验中涌现了不是由意义来谋划，而是以自身制造意义的词语组合。常用的词语材料展示出了不同寻常的意义。出自最生僻的专门用法的词语通上了抒情诗的电流。句子失去了肢干或者收缩为有意原始化的名词型表述。"（胡戈·弗里德里希《现代诗歌的结构》）森子的一些诗句正是一种句子的收缩带来的"名词型表述"，如"枕着悬崖下的波涛""星夜传来的雁声掰开枯枝""外省在你手提的皮箱里""雨滴，瘦小的脚趾""篝火旁挂着蝙蝠的衣服""一群西瓜像带引信的地雷",等等。森子的诗常有妙喻和语言张力带来的阅读美感和快感。他是一位能听到"猿的尖叫"（当体内的生物钟/敲响 24 下，你仍然可以听到猿的尖叫）和"火车的哐当声"，并将传统与现代融为一体的诗人。他的诗具有反常化的特征，带给读者"打电话/给斑马，结果却接通了鳄鱼"（《在雨中打电话》）的错愕效果。

在《卡夫卡日记》中，森子袒露了自己的写作历程。"唯有写作之外围着一群魔鬼/才能成为我们在尘世中不幸的原因。""我已能模仿卡夫卡，以至于没有任何人/能分辨出来。""三四年中，我写下了大量/相同的东西，毫无目的地使自己精疲力竭。/似乎写作就会幸福，其实不然。""一口井干涸了，水在无法到达的深处。""隐喻是一种使我痛苦的东西，/唯有写作是无助的，一个玩笑，一种绝望。"森子对写作的坚守与怀疑，经过对"卡夫卡"的模仿与自我写作的重复化，一种永远在靠近却无法到达的绝望和无助，这是他个人的经历，也是所有人的共性。

有生之年

下午的阳光有智者的温和，
它也老了，我说。
走过杨树林时，我想到了

无用的智慧，就这样

直挺挺地傻站着。

一排排，一行行，不猜度别人的心思，

不幻想房梁、课桌、枪柄、镜框，

更不做实用主义的新郎。

阳光梳通了它们的血脉，在它们

稀少的头发上，鸟雀如漂亮的发卡飞走。

在我有生之年，我也要像它们一样，

更加挺拔，更加无用。

　　犹如米沃什的《礼物》："在这个尘世，我已一无所求。/我知道没有一个人值得我嫉妒。/我遭受过的一切邪恶，我都已忘记。"和瓦特·蓝德："我和谁都不争，和谁争我都不屑；我爱大自然，其次就是艺术；我双手烤着生命之火取暖；火萎了，我也准备走了。"

　　森子的诗源于生活经验，又不仅止于经验，从经验上升至超验的境界。既能让读者从现实经验层面获得阅读的共鸣与满足感，又能让读者获得纯精神层面的享受。比如："挂在梁上的篮子触不到我的手指，/饥饿迫使我长高，而诱惑像面包，虚无来填充。""麦田尖挺的坟丘依然提供冥想的乳汁；/每一座不吭声的碑都忽略了生活的琐碎；/对无意义保持敬畏，由衷的。"（《敬畏》）"挂在梁上的篮子"一下子就唤醒了读者生活的记忆，既可以防止老鼠偷吃，也可以防止其他人偷吃。森子的诗精准而富有张力，一句"饥饿迫使我长高"，具有多重意指，有现实层面的为了摆脱饥饿而长高，也有精神层面的饥饿感，唯有用虚无的面包来填充精神的胃。这种双重的饥饿感，使诗人的目光如电，诗人眼中是既可以满足胃，又可以满足内心世界的饥渴的麦田和坟丘，诗人又通过自己的通灵之眼和言辞的魔术，从生机勃勃的麦田和死寂沉沉的坟丘发掘出乳汁的泉眼，这一切都在"麦田尖挺的坟丘依然提供冥想的乳汁"这样充满梦幻和饱胀的诗句里。寻常人看到麦田和坟丘，也就仅止于此，而诗人更进一步地看到"坟丘"里饱含的"冥想的乳汁"，从死亡里看到生机，这是修辞的力量，经验的力量，同时也是诗人慧眼和通灵之力的胜利。

诗歌，如病句之美

森子的诗，从最初的快速的密集意象转换，到后来慢的密集意象转换，是一次诗艺的升华。如《闪电须知》：

> 五垄葱绿如共青团，
> 偷开的小菜园茵勤，
> 恰似邻居李二嫂。
> 傍晚，向日葵低垂，雨燕
> 在肚皮上行酒令；

豆娘和蜻蜓熠熠生辉，

目光停向湍湍激流中的一艘皮划艇。

这首诗既有"枯藤老树昏鸦，小桥流水人家"般的词语流畅度，又因着"共青团"和结尾处加入的"皮划艇"二词，使得一首诗既有田园诗的闲适感，又有现代生活的气息。

又如《软弱》一诗，"伞叶""雨点的断线接通""消过毒的话筒""青蛙轧扁在车轮下""接线员在读琼瑶""堤角上，/柳丝抱住波涛痛哭""在每个傀儡/前面，我放一个积木"，这些看似互不相关的词句，又似乎有着藕断丝连的感觉，摆放在一起，制造出了戏剧化的效果。

读森子的诗，既能从他的现代性的表达中读出古诗的风骨、韵味和性灵，也能读出西方诗歌中那种看待世界的思维方式，是"物性"和"人性"的统一。他的诗有着开放性的入口，"朦胧而精确"，既有陌生感和张力，同时也弃绝了碎片化的割裂感，使得自己的诗在流畅的同时富有质感，延长了读者对一首诗的审美难度和时间。他摆脱了众多追随者，也摆脱了自己对自己的追随，孤身一人，站在语言的尽头。正如他自己所言，诗歌，如病句之美。他深谙这种"美"，也在努力克服和医治着"病句"。这种克服，"就像李白克服杜甫，抒情诗/克服史诗。"（《比喻》）他的诗中也有一些佛经中的哲学思维，如《传记与飞蛾》中写道："诗不等于

　　　　　　　　　　　　　批评之道

生活，诗不等于不生活。"这跟《金刚经》中的"佛法非法，非非法"，有相同的哲学意味。"根在飞，许多人丢了户籍，／最短的路在单杠上挂了半个小时。"《两只燕子》中的诗句同样耐人寻味。诗人森子发现了一条神秘的路，这条路是挂在单杠上的，有两短，一是路短，二是时间短，只有半个小时。挂在单杠上的路，像是一个十字架，又仿佛瞬息间闪现的一条从大地到天空的路，这仿佛是诗人用羊的眼神触及到了闪电。诗人享受如同阿里巴巴发现宝藏，并知晓如何念出"芝麻开门"般的咒语和掌握通往陌生之境的钥匙。

森子在《风紧树松》一诗中写道："一直想松开自己，做不到，做不到／灰喜鹊似乎办到了，一棵树松开了它"。这首诗近乎完美，诗人的坦诚自己做不到的事情，借助"灰喜鹊"做到了。森子的诗给人一种"放松"和"平滑"的感觉，诗人松开抓紧自然万物的手，反倒获得了整个世界。森子的诗不因"我已经不喜欢平滑的过渡，而是如麻雀一样／把自己扔出去"而减少平滑度。扔出去的麻雀，也并未下沉，而是拍拍翅膀，飞走了。

自我的辨识和有辨识度的写作

——读舒丹丹诗集《镜中》

舒丹丹的诗集名为《镜中》，与诗集同名的《镜中》这首诗被放在了第一的位置。可见，这首诗在诗人心目中有着非同一般的重要性。

"像婴儿第一次看见镜中的自己/你举起手，不自觉触摸那冰凉的镜面"（《镜中》）。我和镜中之我产生了对视。是一个我与另一个我的拔刀相向和握手言和。

镜子是诗人可信任之物，可以坦然说出内心的隐秘，是诗人回望生命之开始和源头的处所，故她之所见既是"像婴儿第一次看见镜中的自己"，又可说是她看见了婴儿状的自己。

帕斯说诗"是重返童年，是相爱，是对天堂、地狱和天地之交的怀念"。舒丹丹在《镜中》中所写，正是一种不自觉的"重返童年"的举动。

在镜中，看到一个不被世俗染污的自己，是重新认识自己，也是重新找回自己。既是让一个走得稍慢些的自己追赶上走得太快的自己，又是让飞着的灵魂等着步行的身体。镜子使"一生中总该有一次"的自我辨识，得以完成。

"盯着镜中的影像"，诗人说出了她的"发现"，一点是"并不像你想当然的那般熟识"，另一点是"所知甚少"。其实这是诗人对生活和自我的一种审视和省察，正如诗中所写："你看见她刚从市场买回三月的艾草／正要洗手做羹汤，却忽然疑心／手里握着的是茵陈蒿""你无望地消磨着生活，生活也无情地剥蚀着她"。寻找北极星的人和白日梦中流泪的人，在消磨生活也被生活消磨的时光流转中，合二为一。

在镜中分化的多个自我，在生活中呈现的是消磨后的钝化状态，是抹杀了众多可能性的单一状态。"你清醒，如同你手里总是握着一枚镍币／一面是悲哀，一面是欢喜"。这就是生活的一体两面，这就是自我的悲喜交集。镜子既是镜子，又不是镜子。能让诗人完成自我辨识的不只是一面镜子。现实是一面镜子，众生是另一面镜子；内心是一面镜子，内心的神是另一面镜子。

诗人不仅静观，也静思。"完美的疏离，完美的幽寂，而你／静笃如一个内心的听戏者"（《古村池边独坐》）。"静笃如一个内心的听戏者"，这是另一种的"观世音"。静笃中是她内心的自足和丰富。

"虫鼓，鸟鸣，黑蝙蝠扑翅／青蛙跃进古池里——"，一切音声都是带给诗人启示的箴言。她在独坐中自有一种高贵的自足，"你是你自己的水面／你是你自己的影子"。"墨绿的池水"，此时是一面天然的镜子，诗人在潜移默化之中又一

自我的辨识和有辨识度的写作

次完成了"自我的辨识"。"掷一枚小石子/击碎水波的褶皱中你自身的幻象",她清楚何为清醒,何为幻象?那击碎自身的幻象之后,就是投身于"镜外的现实"。

在《庄园之夜》中,诗人依旧写到了独坐,"晚来天无雪,冰心一片依然自足/独坐亭台的人,用无边的夜色涤洗身心/山水雍容,连咳嗽一声也是唐突"。

"独坐"似乎是诗人的一种明心见性的传统,古典诗人也写独坐,如独坐敬亭山的李白,独坐幽篁里的王维。

舒丹丹写独坐之诗,是现代诗人与古典诗人的行为和诗心的相合,是精神世界的相合。

在舒丹丹笔下,心是冰心,呈自足状。"用无边的夜色涤洗身心",从她的诗句中,可见一种高洁的品性和自我的净化。

如果说诗歌检验一个诗人对世间万物的感受力,那么诗歌也见证一个诗人的智识增长和对宇宙万物的吞吐能力,见证一个诗人对受难者的悲悯,见证一个诗人如何在"恋恋红尘与内心的梵音"两个世界中取得平衡。"用无边的夜色涤洗身心",是诗人自我净化的一种方式,同时也是诗人如何自处的生活美学。

"无边的夜色"所代表的现实世界和"身心"所隐喻的"自我"之间,她选用了一种"涤洗"的关系。人和现实之间的紧张关系变作了一种增益的关系。

在无边的夜色的洗涤之下,是身得清净和心得清净。

批评之道

"用无边的夜色涤洗身心"和"广阔而宁静的暮色/会疗愈它黑色的伤口"（《一只堂吉诃德的乌鸦》），这两句诗有某种感觉上的相似性，"夜色"和"暮色"都被诗人发掘出别样的用途。夜色、暮色等事物散发出别样的光芒，给人或其他事物一种洗涤和疗愈的功效。这促使我们重新思考和事物如何相处，重新审视每一事物的效用。

"夜读摩诘，'寒山转苍翠'，似有所动"（《非典型年度总结》）。看到"寒山转苍翠"这五个字，心有所动。这样一种景色的转换已经上升到了生命境界的转换，是无望转希望，是现实转理想现实，是不可能性生出一丝的可能性，是"引你走出荫谷的杖，正用脚踪叩醒春天"。

从舒丹丹的诗中，不难感受到她那颗心灵的寂静、自足和丰富。她深谙无边夜色对身心的"涤洗"的智慧。

"寒山转苍翠"是心灵逐渐变得苍翠和丰盈的状态，是另一种活泼的盼望。

"寒山转苍翠"与其说是诗人的期盼，不如说是诗人预言了这个现实，先见了这个现实。这是诗人"看见不可见的事物"的能力，"我们的眼睛/只看见那有形的果实，而往往忽视/那让我们身心渐暖的/无形的温度——"（《火》）。

如果说"寒山转苍翠"是诗人给事物披上了绿意，那么空山转苍翠，就是诗人的一种把外在事物搬运于内心的能力。

诗人知晓"流水不可挽"，于是她"面对世间最高的秩序，唯一能挪的棋子：顺从"，这是诗人顺从的智慧。

"某日发现生涩的黄心猕猴桃/和苹果放在一起，很快就熟了/莫非蔬果之间也有霍金辐射？"（《春日印象派》）这种生活的经验如何转换为诗歌经验呢？无非也是"黄心猕猴桃"和"苹果"放在一起，换言之，就是把能够产生诗意的"催化剂"的词语排列在一起，使诗意快速产生。

"秋天肉体丰盈，而灵魂消瘦/带着番石榴和月亮的气息"（《秋天的二元论》）。舒丹丹的诗是能从思想的核桃里剥出诗的果仁的，她把"秋天"肉身化，也把自己当作一个在秋天的肉身里游走的灵魂，她享用秋天这具肉体"听着自己的呼吸，重新进入秋天"。秋天既非一个季节，也非一种景色，或许秋天是一个时间：

> 孱弱如月光的一地碎银子
> 深暗处，谁是那隐形的天使，魔鬼，或一个
>
> 与自我抗衡的虚构的敌人，令我深宵独坐
> 投掷我到一个巨大的虚妄之中？

这首诗有独坐，一个我与另一个我的抗衡等元素，构造出一个复杂的诗歌结构和开阔的诗歌空间。

她带着你感受一个我与另一个我的争战，天使与魔鬼的争战，她与时间、黑夜、死亡的争战，"从最深的阴影里爬

出"，已然是一种诗对时间，灵魂对肉身的微弱优势的胜利。

她丰盈的感受力由精确的诗歌语言传递出来，她的所见是"如月光的一地碎银子"，她的所闻是"我听见流逝的时间吃吃笑着"，她的感知是"投掷我到一个巨大的虚妄之中"，她的诗艺足够把感受力提纯为诗。

"一个巨大的虚妄之中"是她捕捉到的一个瞬间感受，这"巨大的虚妄"足以使人恍惚找到一个精神受难之时的暂避之地，就像"鸟雀歇在余荫，像琉璃嵌在琉璃瓦中"（《庄园之夜》）。

《秋天的二元论》就像插在她头顶上的一个旋转着的"竹蜻蜓"，带领她飞升。飞升得以脱离世俗而进入神圣，"走向他永恒的天家"。舒丹丹的诗隐含着一种自救的力量，"我靠近我自己，又将自己/从自身中收回"，可以看作是她击败了"虚构的敌人"，凭着随时间而来的智慧，"重新进入秋天"，即"枯萎而进入真理"。

从"就要有木头开裂的觉悟""走出荫谷的杖""阳光温煦，像给愁苦人施洗"等不同的诗句中，可以看到舒丹丹的这些带有宗教色彩的用词：梵音、施洗、天堂、天家、上帝、苦厄、生命的盐、救赎……

诗人写生活感受和信仰体验都无可厚非，也有"诗和宗教同源""诗是人类的原始宗教"的说法，诗歌成了最合适的方式去揭示宗教神界事实。帕斯在《弓与琴》中说："宗教是诗歌，撇去任何宗教主义的看法，宗教的事实都是诗歌的事实：象征和神话。"舒丹丹的写作已经摆脱了宗教和信仰的束缚，已经从单纯的写个人的宗教体验跨越到一种"文化的诗学"，换句话说，她即忠于自己的信仰又忠于自己写作的自由。信仰和写作二者都属于心灵花园的一部分，写作对信仰不构成牵绊和阻碍，反之亦然。写作和信仰共同丰富着她的内心，"写诗就像剥开阴影，探索/可能的内心"（《心灵的花园》）。

《钓鱼》是她给卡佛的一首献诗，其中有几句是："最好的东西都是朴素/而天真的，你说，和写诗一样"。

在《夜行》中："还有什么能对抗人生的厌倦？/在这荒凉的夜的旅途/月亮走，我也走/竭力保持最后一点天真"。"天真"是可贵的品质，天真保存着世界的神秘性，不被科学和理性驱逐及破坏。

我们对世界的诗意认知抵抗着科学认知对神秘事物的侵袭。对内心的探幽和天真品质的持有，对绝对者的"信"，对天家的"望"和对众生的"爱"，舒丹丹的这种诗歌观正是一种在诗写的过程中逐步完成对自我的辨识。对自我的辨识愈清晰，诗歌确立的自我的面目亦愈发清晰。

你跟着她在诗中完成她对自我的确认和辨识，也就发现了在同质化写作的重灾区所建立的一个异质化写作的"苍翠"之地。"如果雪底的冰没有消融/那就是旧雪在等待新雪……"（《雪的践约》），新雪对旧雪的覆盖，即今日之我对昨日之我的覆盖和更新，旧的我被推翻，正是新的我被建立。"诗,是一面筛子",诗的筛子在人和现实世界的对望之中,起着扬沙存金的作用。经过诗的筛子对自我的扬弃和留存,自我被完善和确立。舒丹丹的"自我的辨识"最终转化成了"有辨识度的写作"。

诗,就是舒丹丹落在纸上的"最好的雪";诗,就是肉身的擦银布和时间的银器之间的磨损和对抗,"锈蚀擦去/那留下来的,发着微光……"。

在寂静里获得神圣
——评舒丹丹诗集《蜻蜓来访》

　　"诗不是哲学……诗不是观念……诗是它自己。"舒丹丹在《诗思录》中，用几个否定确立了诗是其所是的观念。诗只能是它自己，就像诗人也在尽力摆脱强力诗人的影响、次要诗人的影响、同时代诗人和时代的影响，摆脱"影响的焦虑"，让诗人成为他自己。舒丹丹既是译者，也是作者。在翻译的时候，她要清空自己，接纳异域诗人的灵魂，并用汉语为异域诗人的灵魂再塑造一个"词语的肉身"；在写作的时候，她也要清空自己，接纳圣洁的灵，用自己的语言"为凤凰寻找栖所"。舒丹丹能很好地平衡写与译二者的关系，翻译的时候，她无限接近被翻译者的思想、性情、气质、语气、境界；写作的时候，她只是她自己，摆脱了诸般影响。

　　诗人舒丹丹认为写作是"搭建一座云中的庭院""在纸上建一座大海""打开一座丰盈的心灵迷宫"，这就决定了她的写作是一种把目光投向云中的有高度的、向上的写作，同时也是一种注重内心质量和对内心世界的探视、挖掘和开拓的写作。云中的庭院,这注定不是一个可以在当下居住的庭院,不是沉重的肉身可以居住的庭院,而是一个洁净灵魂的栖息地,是神思而往之地。诗歌写作的目的就是"去往陌生处""看到不可见之物,听到不可听之物";就是抓住闪电、鸟鸣和行云流水,把不可能把变作可能。纸上的大海,固然有一种汹涌澎湃,但也有海水洇湿白纸的危险之美。在纸上建一座大海的企图,或许终究是一场"有意义的徒劳"。从另一个角度来说,诗人是立法者、预言家,诗人不仅站在人这一边,有时还有顶替神的僭越之心。诗人模仿上帝。诗人也想尝试说出什么什么就诞生的创世之快感,诗人也想说出内心的光。写诗,就是人企图模仿上帝进行一次新的"创世纪",从这个世界返回另一个"世界";是对"道成肉身"的逆向而行,即肉身成道的野心与渴望。

舒丹丹的诗中,"浓荫"一词的出现频率比较高,如"同看山樱树/肥美的浓荫"(《雨后》)、"此去苍茫,有多少浓荫和光照需要领受,/才能像一棵树在悬崖上孤独地站定——"(《神农山,或朝圣之旅》)、"它已腾空飞起,从逐渐成形的默契中消失,/又栖息在玉兰或榕树的浓荫里。"(《某个下午与木瓜树和小鸟的无声交谈》)等。波德莱尔说过要看透一个诗人的灵魂,就必须在他的作品中搜寻那些最常出现的词。这样的词会透露出是什么让他心驰神往。我试图从舒丹丹的"浓荫"里获得一些清凉与荫翳,获得一些她的灵魂所洒下来的月光。我发现的浓荫,或许只是她灵魂的一个衣角。浓荫只是光照树木而投下来的实体的阴影，透过浓荫可以反推背后有一个实实在在的"树木"。有多少浓荫和光照需要领受，舒丹丹用了"领受"，足见她是怀着一颗感恩之心对待日光之下的一切事物。或者可以这么说，我们内心的圣灵即神投下来给我们的"浓荫"。舒丹丹用"肥美的浓荫"，她确乎是用一种虔敬的态度，透过肥美的浓荫望见了信实的"上帝"。她领受了一次丰盛的筵席。

她在《平衡》一诗中写道："香气是它空中的路径，／一只蜻蜓悠然来访，落在我／举起的手机上，练习平衡术。"这应该是这本诗集名字的由来。"它是来端详影像中的自己，还是为了让我／在它千百只复眼中，辨认千百个的我？"舒丹丹在"物观我"和"我观物"之间自由地切换，正如她在写作与翻译之间游走而游刃有余。她随众生心，有一颗博大而睿智的心，千百只复眼，与千百个我。舒丹丹不是一个孤独的个体，她在独处中有对众生的爱，每一念化百千万亿身。在观物与被观之间，她从事物之中抽身脱离，"夕阳的金手指正抚摩群山的脊背"（《野鹿》）。这是一种"远取诸物，近取诸身"的表达，是词与物消弭了距离，词即是物，词即是"我"之身体的一部分。"一棵白蜡树的牵引让山崖躬下身子"，山崖之躬身，事物仿佛获得了生命和人的品性。事物的鲜活正是诗人把自己的情感思想经验灌注于它的结果。

事物的品性，正是诗人赋予的结果。而诗中事物的丰富，亦是诗人心灵丰富的见证与呈现。正如诗句"木瓜丰满，棕榈坦荡"所示。"你是谁，就会遇见谁"，事物与诗人，达到了微妙的契合。在诗人的世界里，她一无所缺。"没有阳光，就在纸上圈个太阳/没有鸟鸣，就捉来画眉和喜鹊"（《另一个世界》）。在纸上，她实现了词语王国的自治。事物的秩序，也即诗人心灵的秩序。在《秩序与悬念》一诗中，她写道："一样的夕光从窗口涌入，锅盆碗柜各有定局。/炉火生动，菠菜已洗净泥土。/她在火炉前，等待一钵土豆慢慢成熟。"这就是诗人的秩序，她用内心的宁静和秩序抵抗现实的风暴与无序。锅盆碗柜的有序，就是诗人内心世界的有序，洗净泥土的菠菜，也可以看作诗人被洗净的一颗心。诗中呈现一种宁静、温暖、有秩序的境界。"杯盘洁净，瓜果安宁"，这是诗意的世界，也是神圣的世界。

"每个人都在用自己的语言与他的唯一真神对话"（《在马六甲海峡》）。诗人在与唯一真神对话的同时，在寂静里获得神圣。她"被一座山的身躯和智慧充满""万物都在分享禅意之美"，而诗人自身也按其时成为美好，她"听见泉声已足够"，而不探寻源头。她的诗可以让你体验一种"仙女把笑声扔进溪水"的清脆。

净化之诗

——对叶舟诗歌的简要解读

一

　　读叶舟的组诗《短歌行》，我知道这是炼金术士熬炼出的金子般值得信赖的诗篇。他已铅华洗尽，袒露"一个朝圣者的灵魂"。世界在身后，真理在前方。他写《朝觐》之诗，就像看穿所有的世相，找寻到了"一介僧侣，抱着半本经/无法立地/难以成佛"这个难题的解决之道。诗人在《朝觐》一诗中写道："在深处的大漠，一眼石窟/一行热情的鹰/一介僧侣，抱着半本经"。开篇寥寥数语就勾勒出了他眼中的天、地、人的图景。诗中所写之景已不是单纯的眼中之景，而是经过心灵的净化和纯化之后的产物。"石窟""热情的鹰"和"抱着半本经的僧侣"，就是一种心灵秩序的物化和体现。"一行热情的鹰"和一行热情的诗，此刻它们是等值的，又或者说诗人理想中的一行诗既是热情的，又是动态的。一切存在的事物都沾染上了诗人的气息和体温。"半本

　　　　　　　　　　　　　　批评之道

经"可以看作一种现实的残缺，也可看作给人启示的经书的残缺。现实的残缺需要人去修复，经书上的残缺需要"僧侣"凭借自身的智慧去参悟和补足。诗人是处理"词与物"关系的智者，"遗址像一场/干旱的夜宴"，遗址、干旱、夜宴，风马牛不相及的几个事物，它们之间渺远的距离在一行诗中被消弭，产生出诗意和张力。正如耿占春在《隐喻》中所说："少数富于诗性的人才会以远距与异质的组合来违反这种选择限制。""干旱"一词原本用来形容田地，但田地如果丰产无疑也是一场盛宴，干旱和夜宴之间若有若无的相似性被诗人捕捉到了，这就是对固有语言秩序的违反，它虽不符合事实的逻辑，但却符合感性的逻辑，有一种感受性的真实。优秀的诗人遵从规则，而更具创造性的诗人创造另一些规则。从这个意义上而言，诗的确需要一种"出格"的创造性。"我是最后一个走的，锁住/灰烬的门"，叶舟在诗中呈现了一个觉悟者的诗人形象，他必然是打开了真理之门，窥见了火光，才最后"锁住灰烬的门"。"伸手拉灭灯绳，扛起了/东侧壁画上的/班班诸神"，从"锁住灰烬之门"到"伸手拉灭灯绳"，对诗人来说，世上的光亮已经满足不了他的精神需求，他的朝觐，或许是一种内心对真理之光的追索。

二

在《问答》一诗中，诗人频繁发问，却没有给出答案。

"谁把天空打扫得如此干净?"诗人所做的工作无非是一颗天真的心面对现实的世界,把内心打扫得干净如天空。"但乌云的/台词,闪电的罢工/险些来袭,谁在护城河的对岸/驱散了背信的暴雨?"不得不叹服诗人的语言技艺,他把事物的世界变成了意义的世界,把静止的事物变作了言说的事物,借助对事物的批判来声东击西。"乌云的台词""闪电的罢工""背信的暴雨",词语的新组合产生奇异的感觉,"词性—物性发生了语义转移,词性的明亮进入了意义丰富而晦暗之地",诗人通过共建词与物的新型关联生成诗意。

诗人发出的诸般探问,是对造物主的赞美,是对神秘事物和宇宙秩序之美的赞美,是对事物之静默美学和奥义的叹服。诗人在诗的结尾写道:"——每一次仰望时,我都会流下/泪水,用它滚烫的体温,开始抄经。"这是头顶的星空唤醒了内心的道德律,这是内心的秩序和世界的秩序产生了和谐共振。

三

在《飞跃天山》一诗中,诗人写道:"白色的黑板,大雪沉积",诗人把天山当作一间巨大的露天教室,把雪山当黑板。"仿佛鲁莽的狮群、鹰部落、豹骨与爱情/冲冠一怒,端坐课庭。"诗人不是要扮演传道授业解惑的师者,而是"我知道自己心里,有一根粉笔,/要去点灯/取火,续写后

　　　　　　　　　　　　　批评之道

记"。诗人的每一首诗都是上一首诗的未完待续，所有的诗都意味着同一首诗的变体。这首诗中的"点灯"和"取火"，无疑是《朝觐》中"伸手拉灭灯绳"的变体。诗人更加注重对精神之光的需求，诗人把探索世界的视角放在了内心这个更广阔和丰富的世界。"而诗歌仅仅是一步悔棋/难以复盘。"诗中的点灯，似乎是对《朝觐》一诗中"拉灯"的"悔棋"。

另一枝花不在这里（节选）

…………
　　另一枝花不在这里，譬如
　　酥油脱离了水，
　　爱没有杂质，一个啼哭的女婴
　　找见了佛陀的奶瓶，
　　它一定不在这里，即使秋天溃败
　　半途而废，嗓子里也含着
　　一股庄严的惊悸。

　　"供养的灯，夤夜而飞/不会于暗夜中熄尽"，"灯""经书"等词，诗人在几首诗中反复提到，"这一阵街角的花香，来历不明，/教堂里没有，/经书上也无"（《描述：一阵花香》），"你在洗墨，在褪尽/乌鸦的本色；/但你不知，它刚刚飞离了寺院，/将一本经书，/砌在了天空的佛龛"（《一首诗早已慷慨赴死》）。诗人重视经书的启示性和光的烛照作用，他拒绝接受一切事物中的晦暗和一切晦暗的事物。在《另一枝花不在这里》一诗中，诗人仿佛是在呼应和唱和罗伯特·弗罗斯特的《未选择的路》："林子里有两条路，我——/选择了行人稀少的那一条/它改变了我的一生。""另一枝花不在这里"，是因为它"选择了行人稀少的那一条"。

这是被拟人化的一枝花，这是"带着秘密的意志"的一枝花，这是有修行的一枝花，这是"酥油脱离了水"的一枝花。这种脱离使一枝花获得了清晰的面目和独特的个性，这实际上是诗人借助一枝花来托物言志。

"爱没有杂质，一个啼哭的女婴/找见了佛陀的奶瓶"。在诗人的叙述里，"啼哭的女婴"和"佛陀的奶瓶"构成了一种需索与供养的关系，实际上，诗人是隐喻一个内在生命的饥渴与成长，佛陀是在喂养肉身里一个灵性的婴孩。那么，经书就像奶一样，是灵魂的粮食。

《另一枝花不在这里》分为三个小段，分别写了另一枝花不在"人世"、"暗夜"和"酥油与水"的混合中。在"束身，正冠，扪心"的庄严仪式里，它不从众，趋光避暗，在"酥油脱离了水"的过程中，完成了自我的净化。整首诗中，"秘密的意志""经书"和"没有杂质的爱"是关键点。"有人打开了经书，但更多的人/抟土，烧砖，筑梁"，在这种对比中，反映出了两种人，一种是"为凤凰寻找栖所"，执着于内心的建筑，另一种是执着于给肉身寻找居所。诗人有属于自己的得着与舍弃，它的"脱离"是一种有方向有追求的脱离，再也没有比"一个啼哭的女婴／找见了佛陀的奶瓶"更有满足感和幸福感的了，那是内心深层次的饱足。

四

净化之诗，不单是指诗所呈现的状态和最终结果，而且包含着一种净化的过程。正如叶舟在《一首诗早已慷慨赴死》一诗中所写："你在洗墨，在褪尽／乌鸦的本色"，这正是一种石褪玉露和吹尽黄沙始见金的自我净化和提纯。"褪尽／乌鸦的本色"，这是一只经历过洗礼的乌鸦，也是一个脱去了它身上所携带着不祥之兆的古老象征，它不仅是颜色的改变，亦是灵魂的改变。"它刚刚飞离了寺院，／将一本经书，／砌在了天空的佛龛。"这只经过净化的乌鸦，哪里是将经书砌在天空的佛龛，分明自身已成为一本飞翔着的"经书"，它不是在传递不祥之兆，而是在布施真理的佳音。这首诗中，再一次出现了"秘密的意志"，"一定有秘密的意志，／可在你心中，一首诗早已慷慨赴死"。这种"秘密的意志"，就是诗人所追求的道或真理，愿意为所信仰和持守的真理而殉道或受难的意志。

诗的净化是指诗的语言是"炼净的语言，就像金苹果落在了银网子"，鼎为炼金，炉为炼银，唯有苦难熬炼人心。

诗人扮演的就是鼎炉，经过苦难对人心的熬炼和诗人对自己吞下现实的苦痛苦难苦酒的转化，之后倾吐而出金子一样的语言，银子一样的诗。让自己的诗歌从表现对真理和光的追求到转变成自己的诗歌本身就是"发光体"和"真理的碎片"。叶舟的诗就是一个诗人经过苦难的反刍，将苦难酿造为美酒的过程。

洁净的诗写者或独立的"他者"

——评姚辉诗集《另外的人》

　　姚辉在《诗意之外的断想》中如是说："一个洁净的诗写者可以成为某种独立的'他者'。"从他的这本以《另外的人》命名的诗集中，也能管窥出他作为一个独立的"他者"的观念和用心。他不仅是一个洁净的诗写者，同时也是一个独立的"他者"，洁净和独立既是他的人格特质，也是诗歌特质。借用查尔斯·伯恩斯坦的说法来说，"我从不认为我用的词语表现一个既定的世界；我用每一个词去创新作品。诗歌既是错觉也是启示的产品，既是幻想也是现实"。姚辉的诗也有这样错觉幻想和启示现实的功效，他不是表现既定的世界，而是描述一个动态的变化着的世界和动态的心灵世界。除此之外，姚辉还处理另外的人和另外的时代的关系，如果这个时代不甚美好，那处于这个时代的就不是自己，而是一个"他者"；如果这个时代不甚理想，那他就是一个"另外的人"。换言之，在诗里他有了辗转腾挪的时间和空间，他用自己的分身去感受不同的经验。他对这个时代有深切的感受，他的诗里有这个时代的脉搏和自己的心跳，作为一个他者的自我，他已经跑到了时代的尽头，而这个"时代的尽头"即另一个时代的前端。

一、洁净的诗写者或独立的"他者"

洁净的诗写者，意味着他蚌一样的生命存在，咀嚼人世的苦难、荷担现实的重负、承受精神的试炼，体现了他把痛苦转化为美和含沙孕珠的诗学净化观。

每一个词都经过了诗人的擦拭和浸润，因此，每一个词都是洁净的。这些由洁净之词汇聚成的诗篇，就如莲叶上的晶莹泛光的水珠。洁净的诗写者，写出洁净之诗，实属必然。"一滴水确立了整部涛声的流向"（《开始》）。洁净的诗写是从"一滴水"开始的，"一滴水"和"整部涛声"构成了一个单独者和整体的一致性，"一滴水"不是一种从众心理，恰恰相反，它遵从的是自己的内心。我们从一滴水里感受到一种左右"流向"的意志，一滴水的微小之中潜藏着"涛声"的启示性力量和"殷红的辽阔"，一滴水也可以照见大海。

独立的"他者"，使他获得了"反观自照"的他者视角，对我进行审视和省察，"另外的人"对这一个人进行诗意的纠正。"另外的人"对这一个人形成镜子式的洞见和灯一样的烛照，"另外的人"成为这一个人的倾诉对象，"另外的人"消解这一个人的孤独，"另外的人"增添这一个人抵制虚无的侵蚀的积极力量，自我和他者的双重身份在对话和理解下，达成诗意的和解。

正如保罗·利科在《解释的冲突：解释学文集》一书中说："对于一个有限存在而言，理解便是想象自己置身于另一生命之中。"姚辉成了一个作为他者的自我或作为自我的他者的复合体，洁净的自我理解了独立的他者，独立的他者也理解了洁净的自我。作为一个"他者"，姚辉得以跳出肉身对心灵的约束，得以逃脱社会秩序、自然秩序和心灵秩序对个体的规约和束缚，从而可以从感受力的约束走向想象力的解放。

另外的人 （节选）

他适合将鸟影捏制成雨滴
他把歧路放置在浪潮中　雨滴漫长
他说出那些命定的水势与忧郁

他比我们追忆过的种种幸福更为险峻
他有云的疼痛　或者萤火之远
他在风的缄默里　写下我们不变的质询

怎样的年代还将属于泪水砌成的魂灵？

诗人在《另外的人》一诗中塑造了一个"他者","隐入苍翠的石头""多变的棱角"等句，好像是作为自我的他者和作为他者的自我在自我把脉和诊治。"他说出那些命定的水势与忧郁"，从诗中出现"忧郁"一词，就判定姚辉是一个有着忧郁气质的诗人，未免有些武断。但"忧郁"在诗中出现，焉知不是那把心中之忧"放置"在诗中的举动呢？况且诗人的"放置"行为还有"他把歧路放置在浪潮中 雨滴漫长"。"另外的人"约等于"诗人"，得出这个结论也很恰当。"将鸟影捏制成雨滴""他有云的疼痛 或者萤火之远"等句，非诗人之魔术手不能为也。"他在风的缄默里 写下我们不变的质询"，他不仅是有忧郁气质的诗人，也是一位"从'无人祈祷'的尘世质询美学的天空"的质询式的诗人。姚辉在《乌鸦》一诗中写道："难以放弃的梦境坠入泥泞/质疑的人 为值得质疑的时辰活着"。

"另外的人"是更为理想化的自我，是一个"闪射光亮"的自我。"他让那块无辜的石头/再次拥有 艰辛的勇气"，或许，这也就是另外的人存在的意义吧。

二、另外的人和另外的时代

从姚辉的诗中，能看到一个诗人"忧天下"的情怀，他发出时代之思和时代之问。"从脂粉到典籍/从暗疾到酒/一个时代揭开了自己的隐痛"，这是属于他的"时代之痛"，他

批评之道

曾经身处一个不甚理想的时代，表现出一种兀立的品格，一如他的诗所表明的"而一朵花兀立　铁铸的芳香/凛冽如刃"。诗人的所见是"巨石挪动了自己的阴影"，在这里巨石和阴影之间是一种隐喻性的关系，那是诗人的一体两面，是一个人身上的自我和身上的他者之间的角力。在《猜测》一诗中诗人说道："你好像来自另一个时代。血滴毛羽遍布/你好像与另一种遗忘密切相关/你　好像只能让无辜的飞翔不断重复"，通篇都是"你好像"作为起始，符合"猜测"这个题目，作者虽不太肯定，但已经隐隐约约感受到了"另一个时代"的风。作者笔下写出了"血滴毛羽""无辜的飞翔""随雨声蜷曲的某种疼痛""燃烧的尘土"，而这些经历并不是白费，因为"苦难带来启示"。"你好像习惯了过时的幸福""你好像放弃过太多的爱憎""你好像忘记了微笑"，从"习惯""放弃""忘记"这些动词中，能感受到"历尽沧桑的人"的一种面对苦难的负轭与荷担的能力。面对着"那样的时代"，渴想着"另一个时代"。作为一个"挺住意味着一切"的诗人，他既能够闻弦歌而知雅意，也能洞悉"泪水中掩映的全部隐秘"，"你好像带来了另外的时代/——格格不入的风　尖啸/谁消失在风霜之巅？你/好像已绕过了镀金的梦想与祝福"，作为"他者"的个人，他既是一个受难者，也是一个施救者。就像他在诗中所写："歌者自篝火边缘归来/一次咏唱　便是一次牵魂的救赎"，他就是那个从篝火边缘归来的歌者，他不仅带回来了"救赎"，也带回来了"篝火","他"便具有了歌者与救赎者的双重身份。"格格不入的风",是他与"那样的时代"的错置和错位,他经受时代的磨难,也用"尖啸"同时代抗争过。没有被"那样的时代"捏碎的人,才能等待"另外的时代"的来临。"那样的时代"给予他的苦难,实际上成了一个"镀金的梦想"。

他在《守护篝火》一诗中写道:"为守护篝火 我已征用了/三种滚烫的身影——"。朗西埃在《词语的肉身:书写的政治》中写道:"彼得潜进湖中以求重返救世主门下,而救世主现身在岸上,使徒们发现岸上有一小堆篝火,这篝火既是烤鱼的炭火,同时又是降入世界的光。"姚辉守护的炭火,也就是"降入世界的光"或"篝火成为似是而非的启示"。他不再是一个普罗米修斯式的盗火者,而是篝火的守护者。他被篝火启示,也被它温暖和照亮。"篝火"是他"值得坚守的最初时刻","从绿到暗黑/从赤红到痛"的变换,是他守护篝火所付出的代价。守护篝火不是一种远观和守望,而是经历了近距离地"卷过篝火",以身体为襁褓,以篝火为婴儿般的裹紧,再到篝火为襁褓而自身成为进入篝火的襁褓中的婴孩——进入篝火,"撑起过火焰虚无的往昔",仿佛他已经过篝火的净化,成为浴火重生的凤凰。篝火不只是"世界的光",在诗人这里"篝火在我们锐利的瞩望里探出身来",篝火已经成了人格化的篝火,而守护篝火的人,已经胜过了篝火对他的考验和试炼。他是篝火懂得者,"我懂得篝火枯落的理由"(《在乡间》)。

守护篝火（节选）

为守护篝火　我已征用了
三种滚烫的身影——

第一种身影闪耀翠绿的光芒
它有些脆弱　但能凭一卷绿光接近怀念
这是身影值得骄傲的时刻么？
绿光让大片雨露退回到卷曲的旷野中
旷野燃烧　这是翠绿的身影
值得坚守的最初时刻……

——而另一种身影开始闪现
它卷过篝火自身试图放弃的梦境
在烟尘与思想之间　这样的身影轻轻滑动
像赤红的眷顾与缄默——这种身影
摁住星盏最初的光亮　然后
袒露出　骨缝间种种彤红的潮汐

篝火在我们锐利的瞩望里探出身来
为了第三种身影　我曾找遍全部典籍
它是篝火已然遗弃的骨头：暗黑

洁净的诗写者或独立的"他者"

嶙峋　酸涩——它撑起过火焰虚无的往昔

它仍在呼啸　像一柄弯曲的刀子

它　记得我们伤痛过的所有挚爱及期许

…………

　　第一种是"翠绿的身影"，第二种是"像赤红的眷顾与
缄默——这种身影"，第三种是"暗黑"的身影。"三种身影
交替出现"，构成了一个多样性的自我。"三种滚烫的身影"
也可以看作诗人的一种自我分化的能力和非同一性的主体意
识。阿多诺的非同一性概念是这样说的，"从同一性中发展
而来的非同一性，并不试图将事物归于一个统一的起点或参
照体系，也不追求一个最终的确定的归一。非同一性重视同
一性中的个别性，强调非连续性、自我改写，意味着主体的
自我建构和生成。"耿占春明确地提到"非同一性主体"的
问题，"认为纯粹认知领域的自我非同一性对敞开封闭已久
的集体心智有着重要的作用。"诗的结尾："像三根吱呀燃烧
的骨头/发出　篝火哽咽的回音"，"三种身影"在对篝火的
守护中，"我"近乎完成了自我的构建和生成，生命的意义
正如篝火，是一种燃烧与耗尽。"篝火哽咽的回音"，正是
"我"完成的自我认知的明证，篝火的回音在某种意义上等
同于希尼所说的"黑暗的回声"。希尼说过："我作诗/是为
了看清自己/使黑暗发出回声。"查尔斯·伯恩斯坦在《回音
诗学》中说："回音诗学是美学的星丛中一个母题反弹到另

一个母题所产生的非线性的共振。……它是暗指缺席情况下对暗指的感知。换而言之，我所找寻的回音是一个空白：一个缺席的本源的阴影，一个临时替代品组成的网。"姚辉的《守护篝火》，无形中契合了伯恩斯坦的回音诗学。"篝火哽咽的回音"，昭示出"我"与篝火之间的守护，产生了伯恩斯坦所谓的"非线性的共振"，"我"对篝火的守护，已经让"我"成为"美学的星丛"中的一颗星。或者也可以这么说，篝火只是一个"缺席的暗指"，它是不存在的，"我"的守护也就是对感知到的暗指的守护，"我"倾听到的"篝火哽咽的回音"，只不过是"倾听到了自己"。而在《火焰之舞》一诗中，篝火有了另外的情状，"篝火在梦境边缘喘息"，"骨头"也有了不一样的结局，"那堆骨头　沉默够了就会吐露霞光"。

三、数字诗学

姚辉在《卜筮的人》一诗中写道："而卜筮者需要三块呐喊的砾石：一块碎裂/一块镌刻天穹惊悸的遗忘　往昔/另一块沉醉——在蓝雾状的未来上"。在《乌鸦》一诗中写道："岔路口与天穹轻轻对撞一下/你会听见三种鸦声　响起/像三条道路倏然分开的沉默——"。在《抬灵者独语》一诗中写道："'他在第三个岔路口逐渐变得沉重。'"在《遗忘之前》一诗中写道："有三种天色值得重复"。在《与水车有关的人》一诗中写了三次"死亡","我是在水车的阴影里死过一次的人""第二次死亡来得更快""这一次/黑蛇随水势摆动/像一缕吐着赤信的星光　黑蛇消失/我死在最为漫长的千种凝望深处"。在《梦游者和他的第三种暗影》一诗中写道:"他只记得两种暗影　在消失之前/第三种暗影湛蓝　从星盏内部/暗影上升——这样的暗影/依旧泥泞　锐利"。从他的不同诗中,我们发现了"三块呐喊的砾石""三种鸦声""三条道路""三种天色""三种死亡""三种暗影"等,不知姚辉何以如此偏爱"三",这就使他可以不用在左或右之间犹疑,也不用固守一种"中庸"的美学,这或许是一种"道",即"三生万物"的道,他在数字"三"里获得了属于他的辽阔,有了自己的不用从众的走向。他的诗中不仅有数字"三",还有其他数字,比如"你有羞怯之美　有一根骨头装卸的暗/有闪电抽打灵魂的十五种理由和方式"(《辨认》),"像寻找一个少女碎裂过千遍的梦想"(《铜号与风》),"我们无法割裂的千种耻辱与质疑——"(《在黎明》),"风的黑发指引季节的九种方向"(《风的肖像》),"最好让它就这样在空旷里　静着/不吭一声　像油灯的第二种身影——"(《唢呐之夜》),"我将接过他抚热的六种群山"(《可能》),"一千条路通向一抔滚烫的黑土"(《家》),"铜在三千种陡峭的缄默里磨砺自己的缄默"(《铜鼓》),"——风成为千种道路"(《二月》),"一个歌者对苍茫的千种默许"(《异乡人》),"吹动回望中的千种回忆——"(《想到家园之类》），"生命固有的千种光芒"（《在山中》），"从千万叠黄土中　我探出身来"（《蚯蚓》），"神用三种草茎做成姓氏最早的偏旁"（《神》），等等。姚辉的诗中这些数字的使用，使他的诗充满了数的美和奥秘，这不是"白发三千丈"般的夸张的修辞，而是一种属于姚辉的"数字诗学"，这些数字凸显的是一个诗人的富足而辽阔的内心。

个人词源，个人史诗

——评潘维组诗《童年，孝丰镇》

里尔克在《给青年诗人的十封信》中说："即使你自己是在一座监狱里，狱墙使人世间的喧嚣和你的官感隔离——你不还永远据有你的童年吗，这贵重的富丽的宝藏，回忆的宝库？"潘维的组诗《童年，孝丰镇》，就是诗人拿着一把解锁童年宝库的钥匙，开启了宝库之门，他开启的是一座心灵的宝藏，也是一颗宝藏的心灵。潘维在题记中说："五十之后，我开始我的前半生。"这个题记既是他的人生哲学，也是一种"倒退着前进"的诗学。五十之后，既是孔子所言的"知天命"的智慧，也是"知使命"的个人志趣。五十之后，就不急着与死神搏斗，奔赴生的终点了，不再是急着与世界相遇，而是到了重新寻回自己的时候了。可以说，五十岁作为诗人的一道分水岭，一次新的诞生，一次对"前半生"反刍式地重新活过。五十岁面对的不再是未知的未来，而是要面对已知的过去，已知的童年和孝丰镇。但在这已知的部分里，依然有未知的内容。或者可以这么说，潘维在知天命之年，终于获得了既可"按照内心生活"的自由，又可按照自己内心写作的权限了。

潘维的这组诗，整体印象是他在用一种诗性思维跨越不可言说的界限，对童年的经历和体验经过净化和反刍之后，再诗性地言说。他作为一个见证者，完全有资格对童年的经历和孝丰镇的事物进行有效梳理和呈堂证供式地言说。他是利用"个人词源"刻画精神谱系和一个人的心灵轨迹，甚至是在"自传式的诗学"写作观的指引下的"个人史"写作，他是利用"倒退着前进"的诗学来拉回和固定失重的肉身及灵魂，一种精神的返乡和童年的反刍，使他获得了一种陀螺般旋转着的站立之姿。他的诗有一种束缚与反束缚之间的张力，一种既置于精神重力之下，又濒临摆脱重力之后的破障境界。他不被语法规则和抽象的概念约束，以创造性的诗性语言返回童年和自然，孤身一人返回前半生，把曾经的亲历和亲见重新再体验一遍，与"孝丰镇"的事物同喜乐和忧伤。诗意味着人对背景的依赖性，他在场的权利不仅仅是历史的偶然性，在很多方面是对生活自身的对抗。潘维对童年和孝丰镇的追忆和呈现，体现的是摆脱对背景的依赖而重置一种新的语境的努力，重置一种新的语境也就相当于对生活的意义进行重估，使逝去如飞的生活如播放电影般重映。这种写作有"新历史主义"的味道，历史充满断层，历史由论述构成。潘维对孝丰镇的时间、地点、观念的还原，归根结底是对历史的还原。历史的还原还伴随着诗意的转化，孝丰镇不但是一个地理坐标，而且还是一个精神坐标；孝丰镇不但是他个人词源中的一个词，而且还是他开始精神溯源和还乡的一个起点和参照，正如诗人在诗中所说："安吉孝丰镇，我投胎今生的坐标点。"孝丰镇是他肉身的起点，也是灵魂的目的地，这组诗就是一次肉身与灵魂相向而行的运行，灵魂再一次的"道成肉身"，返回孝丰镇就是灵魂返回肉身，五十岁的"我"返回自己的童年。换言之，孝丰镇和他建立了一种隐喻关系，这种隐喻关系使他和孝丰镇之间不仅是地理意义上的关系，甚至也有了一种消除了物我之间隔阂与距离的关系，孝丰镇更像是一个自然的摇篮。潘维的诗是一种"文学与人生、文学与历史、文学与权力话语的关系"的综合性文本，应该从意识形态、文化等角度对文本实行一种综合性解读。

《童年，孝丰镇》共分 16 个小节，每一小节都耐人寻味。

诗是从"我的童年依然在溪水里汩汩流淌"开始的，这预示着一种干净如洗的童年，流动的或曰动态美的童年，他的童年是"流水不腐"的，是可以"掬水月在手"的具体可感的童年。"大片桑树林，赤裸的脚"，也隐喻着一种摆脱了束缚的自我与不束缚人的世界，和谐相处，赤诚相见的景象。诗人笔下是"细长的木桥像一条新鲜丝瓜"，这是诗人对世界的观看之道，他遵循的是"像"的逻辑，遵循的是相似性和相关性，一个事物与另一个事物被"像"的逻辑抹去了差异性，这使人的观看变得丰富和生动，木桥和丝瓜好像

批评之道

变得彼此相似和相关。在"像"的逻辑和比兴思维的美学自治下，一个事物是另一个事物出现的契机，一个事物有了另一个事物的属性，无生命之物获得了生命。这种比兴思维在潘维的诗中数处可见，比如"报晓的晨曦""镰刀形的县城，似在收割天空的蔚蓝""也没有锄头，填平城乡鸿沟/顺带把她的处女地开垦""用月光腌过的眼神扫了房间半圈"等。他的童年不是孤独的童年，而是"沃"的童年。一些人"飞出了我的通讯录"，但另一些人"进入了童年，孝丰镇"的诗中。这些人是"浓荫"般的存在，"身后，树荫浓密：阿姨、姑姑、表姐、表妹，/还有外公的遗产：外婆，支撑着天空"。

潘维在第 1 小节中写道："急速的水流牵引着木偶小王子/前额的金币是正午太阳的礼物。"无独有偶，他又在第 7 小节中写道："我印堂上的太白金星，/亮得比太和殿的夜明珠还要值钱。"前额的金币与印堂上的太白金星，这个相似的比喻出现了两次，绝不是偶然，这揭示了诗人潘维对思想和智慧的重视，对某种身份认同的心理。他在第 9 节中写道："我看见，塔像一柄竹叶的剑，/刺入我尚未发育的思想；我隐秘地看见，封藏的经文，/翻动着无人知晓的愿景"，从"我看见"到"我隐秘地看见"，可以一窥作者视角从可见的到不可见的转换，"可见的与不可见的"和"可说的与不可说的"，二者之间构成了一个十字形的"坐标"。观看与言说之间就处在一种变动不居的关系之中，而诗就是在观看的横坐标与言说的纵坐标之间画出的曲线。如果说观看是横向的，那么言说就是纵向的；如果观看是把事物纳入的过程，那么言说就是释放事物和能量的过程；如果观看是对事物符码化，那么言说就是解码、赋意和增值的过程；如果说观看就是抵达，那么言说就是越界。凡有所见，皆可言说。把可见的转为可说的，只是一种初级的阶段，这只是构成了信息的传递，是把"苹果"从左手传递到右手。当开始把不可见的事物进行言说的时候，就出现了神话和传说，就有了神秘主义。言说不可见的事物，抵达陌生处，去往时间和空间的外部，正是诗的奥义和秘传知识。

孝丰镇是什么样的呢？循着诗人的诗句，似乎能找到一个轮廓，"整座城镇，安静得毫无情欲""街道，清晨般纯净、透明"，诗人赋予孝丰镇以安静和纯净的特质。"解放牌卡车""长征老干部""红旗小学""高音喇叭"，看着这些带着浓厚的时代色彩的词汇，读者很容易被带入一种怀旧的情绪和年代感之中。从某种意义而言，潘维的"个人词源"有两面，一面是特定年代的特定词汇，时过境迁，这些"旧词"已经被丢入历史的角落，被拿出来的旧词，如今就像是年代戏的"道具"，是用来营造环境和氛围的必不可少的摆设；另一面是附着在具体事物之上的心灵之词，诸如"瓦片""青石板""泥巴""打谷场""耕牛""泥塘""秧苗""牧笛"等，这些词不因时间而改变，具有一定的恒久感，是心灵秩序的物化的表现。孝丰镇具有淳朴的生活气息，用诗人的诗句来说，就是"广场上晾晒的白床单，放映着/家庭主妇粗壮的肥皂味和棉布的气息"。

从第 3 小节，可以感受到诗人追求宁静的旨趣。虽然"知了的叫声填满了树叶间的空隙"，但是"突然，万籁寂静，凝固成真空"。寂静是绝对的，而声音是相对的，树叶间的空隙像消音器，首先就把知了的声音给吸纳了。甚至直接坦言，"我多病、安静，接受自己影子的宠爱"，自身的安静从内心漫溢出来，盖过了"知了的叫声"。诗人把自己描述为一个"不合群"的孩子。"不合群"的证据有二：一个是隐喻的说法，"每天都是一只不合群的白鸭/把夏日凉爽的蛋产在草丛里"；另一个是明说，"从断奶起，玩泥巴的男孩们就在我的世界之外"。"公鸡/把青石板路面啄食得坑坑洼洼，/连报晓的晨曦也没法修补平整。"诗人看似在写一种眼中所见，实则是在写看不见的心灵世界，那"坑坑洼洼"焉知不是心灵的坑坑洼洼呢？"报晓的晨曦"，发生了词语的转义，"晨曦"获得了公鸡"司晨"的职分，"公鸡"增添了照亮的功能。这样符合诗学规则而偏离语言学规则的词语组合，使意义变得丰富。

潘维深谙形式主义美学和陌生化的写作手法，诗中多充满张力和新鲜感的诗意表达。如第 4 小节中的"被星光叮咬了一夜之后，大地惺忪蒙眬/几朵玫瑰的红绊倒了地平线"。第 11 小节中的"外婆的膝盖是一支摇篮曲，/轻快地把我催眠到床上"。第 12 小节中的"那未红透的椭圆形果子内含苦涩，/那伸展的细枝正把风托举在蟋蟀的缝纫里"。

在第 11 小节中，诗人这样写道："我首先获取的特权是属相，龙的家族/通过梦的脐带，向我输送着命运"。"龙"这个意象也在别的章节中出现，如第 5 小节中，"某种隐秘的灌顶，使他鹤立鸡群，/让他获得一只从天上俯瞰人间的龙眼睛"。诗人已经从俗世生活向神圣生活过渡了，他对孝丰镇的观察视角既是身临其境的，也是"龙眼睛"俯视的视角，一种"在诗学的天空俯视下界的伦理"。"他正与一条龙搏斗着。/菊花状的云垂挂下梯子"，他是一个凡俗的我与另一神圣如龙般的我之间的搏斗。他是一个在天空与下界架起"梯子"自由往返的诗人，这梯子是主观与客观的统一，客观之梯子是"菊花状的云垂挂下的"，主观之梯是"探进星空的梯子"。云垂下的梯子与探进星空的梯子，进行了一种双向的对接，星空与大地之间就多出了一条可以往返的通道。

"印堂上的太白金星""龙眼睛""某种隐秘的灌顶"，种种迹象表明，这是一个卓然不群的人，一个获得了灵性和神性加持的诗人。他在诗中没有对自己过往的生活经历进行美化和伪饰，敢于直面惨淡的人生，"有一次，在中途，我被高年级学长拦住/逼迫我承认踩踏秧苗、丢弃白馒头的罪行""除了这场社会学考试，/我的书包里，似乎拿不出更深刻的记忆"。可以说，潘维诗歌美学直接来源于自然的不言之教而非社会学的规训与惩罚，他易受美的诱惑和精致事物的俘虏，诚如诗中所言："我的动植物知识来自蜜蜂和玫瑰，/我格格不入的精致表情，来自对粗糙事物的先天免疫"。

"溪水，/带着满足和失落，流向成长""当我乳臭未干，思想把肉体弄成了一个问号"。思想的力量终究是大于肉体腐朽的速度，肉体的胳膊终究别不过思想的大腿。这就是潘维在16节诗中凝缩的童年，用诗意结构固化的记忆，重新开始的"前半生"，这种溪水流动的成长，虽遇石之阻，但也有"绕道之行"的快乐。

用诗的无数的可能性应对唯一现实
——论吴少东的诗

吴少东的诗给人以日常、哲理、思辨的阅读感受，又能超脱于日常、哲理、思辨之上，建构一个灵性自足的世界。他的诗像一棵苹果树，有树根向下"接地气"的一面，也有树梢向上"接天气"的一面。

他的《苹果》一诗，从日常写起，又没有止步于日常。他巧妙地抒写了人和人的对峙与紧张的关系，正如他诗中所写："一个天然的果实排斥另一个/果实，一条在春天就开始分岔的河流。"这种"排斥"，说明了他不再像以往的诗人那样寻找事物的相似性，而更多地开始思考和确认差异性。在修辞的层面，儿子自是一枚"天然的果实"，但在现实的层面，儿子又是独立的个体。"一条在春天就开始分岔的河流"又在指涉"成熟"。苹果的成熟，会从枝头坠落。而儿子的成熟会成为脱离父亲掌控的个体，即成为"一条分岔的河流"。整首诗围绕"苹果"来展开，儿子拒绝吃带皮的苹果，所以就削皮，诗人又把"果皮的颜色"与儿子绘画所使用的油彩巧妙地勾连，"他三岁时用过这几种油彩/绘就一幅斑斓

批评之道

的地球。而现在，我们削去它/从极地，沿着纬度一圈一圈削去"，苹果、地球、儿子，诗人从中发现了相似性，又确认了差异性。"削皮"的行为，意味着脱离了日常而拥有了哲学。那既是对世界认识的深化和洞察，也是自我的去蔽和卸掉伪装矫饰。削苹果从"小"削向了"大"，那是内心世界的扩大，也是对遥远的抵达。正如他在《悬空者Ⅰ》一诗中所言："我思之者大，大过海洋与陆地/我思之者小，小于立锥之地/我之思，依然是矛与盾的形态"，他是一个把思等同于诗的诗人，诗与思的合一，加添了诗的思想性。这种思之大和思之小，正是诗人"心略大于整个宇宙"的理念的体现。"在他的意识里，劳作、直立或旁逸的植物与/果实是分立的"，从中可以看出诗人在处理自我和世界的关系时，认可的是那种"井水不犯河水""上帝的归上帝，恺撒的归恺撒"的关系，植物与果实的分立，是人脱离"世界的母体"而成为单独者。"苹果是孤悬于/空中的一轮朝阳或满月"，这句诗的落脚点其实应该是"孤悬"一词，把苹果比作朝阳或满月，也并不新鲜，但作者强调的是那种"孤悬"的状态，他既脱离了人、他人、世界的联系，又对这个世界和众人施以一种"光照"，诗人甚至直接以"悬空者"为题，写悬空的感受，"思之以形，而忘了具体"。这种"思"的飞升，是灵魂先于肉身抵达"圣地"的时刻。

吴少东的诗既有苹果的饱满属性，又有一种满月的孤悬状态。从某种意义上说，他召唤优秀的读者，召唤"无限的少数者"，他要求读者有"去蔽"的能力和穿透云朵看见光亮的耐心。"看不见它／是因为云朵"。"风吹开树叶能看见许多苹果"是吴少东这首《苹果》的诗眼，也可以看作是他的一个诗学上的追求和等待，既有作为"孤悬的苹果"的自信，又能耐得住树叶和云朵的遮蔽。"风吹开树叶"是一种去蔽的能力。既是对读者的要求，也是对自身的要求。"去蔽"的能力，是读者看到诗中诗意的必然要求，也是诗人自身把握世界本质，从现象中透视真相的必然要求。

"常觉着自己站在大地的尽头，看波浪一圈圈／弹开，像正在削去的果皮，或像／滚出去的一团毛线，被抽离，被缩小。／对称、对峙、对错的核心"。从这些诗句中可以看出诗人吴少东处理事物复杂关系的化繁为简的能力，与其说诗是"站在大地的尽头"，莫若说是一种极尽语言的极限尝试。维特根斯坦说，我语言的界限就是世界的界限。那么也可以这么说，世界的尽头亦是语言的尽头。诗人站在大地尽头，也站在语言的尽头。诗人要突破语言的束缚，释放被语言囚禁的真理和肉身。诗人观望语言的尽头是不是有真理和"另一个世界"。诗人又有"被抽离，被缩小"之感，像"滚出去的一团毛线"，这个比喻是在指涉对秩序的拆解，希望摧毁"语言的牢笼"，从而释放没禁锢的词。诗中的"对称、对峙、对错"，这几个词不是简单的一个罗列，他隐藏了诗人的诗歌美学和对这个世界的审美价值判断。对称是一种秩序之美，对峙是诗人和这个非诗意的现实的相处之道，对错又

　　　　　　　　　　　　　　　　　　　批评之道

隐含着诗人的一种对诗意偏离诗、美偏离美学、人性偏离神性的一种"诗的纠正"。

"我们削去它/从极地，沿着纬度一圈一圈削去"，如果说从削苹果的皮到削地球的维度是由近及远和由小到大的，那么"看波浪一圈圈/弹开，像正在削去的果皮"，就是由远及近和由大到小。在事物和事物的对比中，体现了诗人缩减事物的距离和弥合事物裂缝的能力，以及对诗意的凝视和集中的能力。

吴少东在《苹果》一诗中写道："用一个苹果做喻体，说出/我的主旨是困难的。比如整体与独立，比如/平衡、方法与耐心，比如……"，从这些诗句中直接可以读出诗人的企图，即用隐喻编织一张天罗地网，让"无数个我汇合成一个我"，是自我在世界上的确认，而不是自我的疏离与异化。"苹果"一词倾注了诗人的全部思想和情感，苹果是他自我的化身，苹果想要获取独立就要摆脱树枝的牵绊，苹果满月般的孤悬是诗人要摆脱人世的束缚获取自由烛照的力，而把削苹果看作削减肉身对灵魂的束缚。诗人固然可以当自己是苹果，但又不得不面对从苹果返回自身的现实。一如诗人清醒的诗句："苹果/没有从预设的枝头落下，我的本领/正在恐慌"。

"平常，绷紧的苹果，期待的只是/一把刀子。我却在说服一只苹果/长出香蕉的模式"。诗的结尾写父亲没有动用"刀子"对"苹果"施以家法的修正，而是试图用"说服"

的办法，使"一只苹果长/出香蕉的模式"，这是对"诗的功用"的另一种探讨和阐释，即希尼所谓的"从来没有一首诗阻止过一辆坦克。在另一种意义上，它是无限的"。诗人的说服是使用语言的光对世界的暗的驱逐和医治，是对"语言不只是用于相互理解的交流工具，而是一个真正的世界"（海德格尔《在通向语言的途中》）的说法的虔诚，是用语言的世界代替现实世界的努力，这种苹果不能变为香蕉的说服的挫败，虽然是诗人的挫败，但又是诗的胜利。或许可以这样说，写作是诗的无数的可能性应对唯一现实的丰富和补足。

　　吴少东以一个"悬空者"的姿态，傲视众多面目不清、特点不明的诗人。悬空成了他独立而不遗世的诗学品格和特质。悬空使他获得了清晰的诗人形象和独特的俯视视角，世界在他的脚下，传递一种"我的午后晃荡不已"的陌生化的诗意和感受。"我的痛悬在我的胸口/但不能确定位置。"正如痛悬在他的胸口一样，他自身的悬空，或许也是这个世界的一个痛点，他在提醒在这个麻木的世界，还有一个需要确诊的"痛点"。"我的体内悬挂朝阳/也蓄满了耐药的落日"，诗人既是一个悬空者，同时自身也是这个悬空者的载体。"耐药的落日"，写出了在这个失去象征的世界，落日不再承载诗意和人自身进行一种象征的交换，达成一种内心和世界平衡的关系，落日不再具有光的医治作用，这不能归咎于"落日"的失效，而是人自身出现了病态和问题。人不再能解读出"湖面上枯荷铁画银钩"的诗篇，又何谈解读出用词语构筑的诗篇呢？

悬空者 II

我的痛悬在我的胸口
但不能确定位置。
岩浆在地壳下奔突，冲击我
薄弱的山河

这几年，我吞食过许多药片
大小不一，形色各异。
我的体内悬挂朝阳
也蓄满了耐药的落日

我的痛，明亮又明显
但一直悬而未决。
湖面上枯荷铁画银钩
我却一字也不能念出

风压低了林梢，露出
塔尖，将阳光掏空
将垂柳抛往高处。

用诗的无数的可能性应对唯一现实

我的午后晃荡不已

　　吴少东的长诗也很好看，长诗代表了他极强的言说能力，言说就是他凝视一个现实而再造另一个现实的能力，言说就是把浓郁的情感储存在诗的容器里面。在长长的篇幅里，能做到充分的言说而诗意又没有涣散，这很考验一个诗人驾驭语言凝聚诗意的能力。在他的《描碑》一诗中，情感如文火，温暖着人的心灵，而诗句的准确性，又真实传达了诗人的情思。"父亲离开后，她的火焰/就已熄灭了。""这色变的过程，耗尽了她/一生的坚韧"，写出了母亲对父亲的挚爱深情和坚韧的品格。"我用柔软的黑色覆盖她。"又写出了儿子对母亲的一份柔情，柔软的黑色是指把墓碑上红色的字迹描成黑色，是可以指诗人在用柔软的汉字使母亲在一首诗中复活。"将三个简单的汉字，由红/描黑，用尽了/我吃奶的力气"，"吃奶"二字不是指描黑的艰难，实则是诗人在回忆母亲的"哺乳之恩"。"母亲姓刘。/我一直将左边的文弱，当成/她的全部，而忽视她的右边——/坚韧与刚强。"诗人巧妙地用拆字法把"刘"字分成文字边和利刀旁，来表达母亲刚柔并济、温柔敦厚的品性，同时也表达了作者对母亲的"巧思"。从对母亲名字和姓氏的重视中也可以看出诗人大巧若拙的用心。"她的墓碑，/这刻有她名字的垂直的青石，/是救赎之帆，灵魂的/孤峰，高过/我的头顶"，在诗的结尾，诗人又一次在"青石"和"帆"之间建立了隐喻的关系，青石的重属性变成了帆的轻盈，这是诗人深重的情感释放之后获得的轻灵，也是诗的救赎力量。"诗人是与语言独处的，而语言也会独自拯救他们"（胡戈·弗里德里希《现代诗歌的结构》）。

吴少东也是一个入智慧海的觉悟者。《实际禅寺的蝉声》一诗，体现了他禅悟入诗的能力。"千万只夏蝉集体长鸣""我只闻蝉声未见一只蝉"，只此二句，足以看出他是一个慧根深种的人，他是一个不着于人相、我相、众生相、寿者相的慧者。只闻蝉声未见蝉，实则是脱相入法了。《金刚经》云："若见诸相非相，即见如来。"

他这种"闻蝉声未见蝉"，已转化为一种从世界中捕捉诗意的能力。

屈服某种秘密的秩序

——读颜梅玖诗集《大海一再后退》

"诗——作为一种含糊、意义不明确的艺术——的词汇的纯召唤力的理论……'当一件作品具有多重主题,有多重意义时,首先是有多重面貌,有多重被理解、被爱慕的理由时,它肯定就是很有意思的,于是,它就是一种纯个人化的表现'。"(安伯托·艾柯《开放的作品》)诗人颜梅玖的诗,因高度个人化的智性和经验写作,加之所呈现出的开放性的姿态,使得她的诗歌具有多种切入进去的路径和拓展延伸的空间。

在《歧途》一诗中,隐含着几种"秘密的秩序":一是文本的秩序;二是事物的秩序;三是日常生活的条理秩序;四是音符屈从于乐谱的艺术秩序。最终,这四种秩序都要规范服从于"心灵秩序"。

诗歌本身的"一切都出现了季节性",这种整饬的形式,建立了一种文本的秩序,仿佛万物都被网罗,都是蜘蛛网上被黏附和捕获的猎物。所谓的歧途,也有可能就是伪装了的正途或正觉。

批评之道

"几乎所有事物都淹没在一片阳光中了"，这"例外"中的"背阴的山坡，和更幽暗的房间"就显得格外醒目与卓尔不群。"河流全身鼓胀，山谷沸腾"，这种具有"反常性"的表述，产生了阅读的阻力并延长了读者对这首诗的感知。"一只孤单的白鹭，仿佛迷了路，最后又低着头飞远了"，这句诗轻飘飘的，好像作者完成了这首诗，自顾自地如白鹭般飞走了，留下读者在诗的迷宫里左冲右突。

> 一切都相互制衡
> 瓢虫悬浮在枝叶上跳着小步舞
> 树丛下埋着去年枯萎的骨灰

所谓的制衡，最终将通过补偿与消解，达成一种平衡的秩序，或如诗人所表述的"左边的被右边的削弱，右边的被左边的强化"。"瓢虫悬浮在枝叶上跳着小步舞"，瓢虫服从于舞步的法则，七星瓢虫背上所具有的七星图案，也是一种天体秩序的隐喻。这是事物的秩序。她甚至把一首诗直接命名为《秩序》：

> 黑色翅膀，在空气中划了一个又一个圆圈
> 这些圆圈像钟表
> …………
> 当鸟群散开，一定还有什么留在原地：

像这首诗。那几乎是可以触摸得到的

在她看来，秩序就是时间。秩序就是动复归于静，就是挤出多余的水分，提炼出大海里的盐粒，诗里的秩序就是鸟群散开后的剩余之物。

"一切都不可预知"，诗人具有通灵者、先知、替神灵发声的身份，那么诗人何为？诗人在诗中坦言"喜欢故事的不完整""时不时打翻水杯"，以一种残缺对抗完整，倾覆对抗圆满的勇气，对秩序提出了挑战，而结果却是"碰伤膝盖和手臂"。这种一意孤行或者说任性，到底有没有意义？这或许也是一种"歧途"。

"依然星期一忙碌，星期二叹气，星期三喝咖啡，星期四写字，/星期五去超市，星期六失眠"，这种日常性的秩序，使人倦怠厌烦却又无可奈何。然而却又不仅仅是一种日常性，它甚至具备了一点点对"神性"的模仿和戏谑。一如《圣经·创世纪》中神用五天时间创世一样，创世的神圣性在这首诗里变成了一种庸常、琐碎和情绪化的释放。诗人在不自觉中有在诗歌中创造另一个世界的愿望，可世界造好了，却又要服从"圆形"的规范、制约和秩序。

诗人在《歧途》一诗开篇写道："这个时日，几乎所有事物都淹没在一片阳光中了"，这恰巧暗合了"神说，要有光，就有了光"，这也是一种人服从于神的秩序。"光，作为存在毫无瑕疵的显像，是它的顶峰值；最能持有光的诗歌也是形式上最精确的诗歌。"（胡戈·弗里德里希《现代诗歌的结构》）经验与精神的全部力量，使诗人获得了一种诗歌的精确性。

　　　　就像昨晚，在梦中数次醒来，我看不见一颗闪耀的
　　星星
　　　　除了一颗美得惊心的月牙，陌生而孤立

　　除了说一句梦的秩序终结于醒来，除了仰望，我们让自己美得惊心的唯一方法就是"陌生而孤立"。

　　在《难以入眠》一诗中，世界具体化为"一张床"，睡眠的头颅服从于枕头，生要屈服于死。

　　　　我们在床上讨论着面包、牛奶、蜂蜜和苹果
　　　　谈论着星星、股票和疯子，做各种美梦

　　蜂蜜、苹果、星星，这些好看的词放在一起，产生了奇妙的化学反应。而股票和疯子，是这些美好之词的破坏者，把人从美梦中拉回到残酷的现实。"我们在床上欢爱，制造下一代填充我们的日子／又在床上，为死去的亲人穿上寿衣"，透过"床"这一生活的道具，诗人以自身的颖悟与豁

屈服某种秘密的秩序　　　　　　　　　　　　　　　　173

达看穿了生死真相，这是她独具慧眼的发现与洞察，也是隐秘的秩序。"世界空荡荡时/床上的席位却是满满的"，紧接着又给人强有力的一击。颖悟连着颖悟。

颜梅玖曾写过一首诗——《自画像》，如果说《自画像》是诗人对自我本真性的素描，那么《自我判决》则多了些对自己入木三分、鞭辟入里的拷问和审判。"就像蛋糕机弄糟了蛋糕，蛋糕又弄糟了鸡蛋/我承认我把事情弄糟了"，这种弄糟，恰恰是一种歪打正着，是一种秩序的解放和事物的还原。"弄糟""玩弄""对抗"，这些充满火药味和暴力的词语，让这首诗获得了最大意义上的诗性的解放。

整首诗是一种从楼顶坠落般的加速度的感觉。这与她的其他平静和缓的诗不同，排比句式"我是你的……"与"你给我……"，让人想起了纳博科夫的《洛丽塔》，"洛丽塔是我的生命之光，欲望之火，同时也是我的罪恶，我的灵魂。洛—丽—塔；舌尖得由上颚向下移动三次，到第三次再轻轻贴在牙齿上：洛—丽—塔"。

诗人的"心灵的秩序"的呈现必然要借助词语的调遣和排列，完成一次"最佳词语的最佳排列"。在《冬天之诗》一诗中：

　　一边是青翠的竹林
　　一边是摆好了阵势的桃园

桃枝上早已冒出了情欲的芽苞
半推半就跟芨芨草正谈着恋爱
草木各有其土，虫鱼各有其道
万物似乎都在这里修行

　　诗人用竹林和桃园营造出一种青翠和灼灼其华的自然情境，"草木各有其土，虫鱼各有其道"，无疑是一种万物各按其时成为美好的秩序。然而，诗歌并没有止步于美好，诗人在自己营造的性灵秩序面前，潜藏着"制造过的阴影"的隐忧。诗人无限靠近心中理想的圣境，却又不得不受制于黑色荸荠般的现实。

　　"水珠在洁净的叶子边缘滚动/花朵在藤蔓间伸展出鹅黄"（《南瓜记》），这既是诗人描述的自然秩序之美，亦是诗人所欣羡的心灵秩序；诗人沉溺于"一个又美又自我的世界"而乐此不疲。"我沉溺这茂盛的宁静/整个下午都是椭圆的"（《南瓜记》），时间的秩序在诗人的视线里发生了扭曲变形，"椭圆的下午"这一表述不仅打通了物与时间的通道，而且因时间的变形让诗句具有了陌生化的张力，这不能用简单的通感来判定诗人的这一诗意表述，从某种意义上来说，这是诗人的通灵和敏锐洞察力。"连日来，悲伤也是椭圆的"，诗人又在强化这种对"椭圆"的感知。"南瓜"这一意象，在诗人的笔下，就是一种隐而未现的秩序，就是时间的化身，就是圆满本身。

诗人对身体性和时间之间的关联，有着独特的把握。在《自我判决》一诗里，她说："这个世界我从不在场/在场的只是我的肉体"，而在《消逝》一诗中，身体不仅仅是一个在场，它变成了与时间相互对应的一个"生物钟"。

　　　　我的脸是下午一点一刻
　　　　我的心跳是下午两点
　　　　我的身体，是下午三点四十三分十六秒
　　　　我仿若一个钟表

　　时间与身体发生了隐秘关联和对应，这也不足为奇。直到诗人说出，"但我无法将指针拨回/滴答，滴答……空无的声音"，这使得诗句从平庸超拔到了深刻。诗人用修辞和技艺，巧妙地说出了一种返回"初心""初生""初见"的愿望，说出了一种对"空无"之境的渴望。然而这是一种可望而不可即。"我把自己又存进了睡眠/睡得像去年埋在土里的一截木头"，这是诗人的解决之道，"睡眠"仿若能催发新生的土壤，"一截木头"也可以从对抗时间中获取胜利。

　　诗人一直在思索"我"与这个世界所发生的关联。我在这个世界之中，即处在一种"困境"。在《卖鱼路》一诗中：

　　　　卖鱼路的河里，有我们
　　　　看不见的鱼。只有下雨的时候

空气才能钓出它们

从水面忽然现身到消失
像闪电
数次发生，终了无痕迹

似乎只有在困境中，这些
模糊的身影
才和这个世界构成相应的关系

　　诗人似乎以一种超然物外的视角，在观看着这个世界。
"看不见的鱼。只有下雨的时候/空气才能钓出它们"，似乎
"我"是这个平静安稳的世界的闯入者，只有我从这世界跳
脱出来，才能发生"无害而诗意"的垂钓，即"空气才能钓
出它们"；这跟柳宗元笔下的"独钓寒江雪"有某种暗合，
柳宗元是在"钓雪"，而颜梅玖是在用空气钓鱼。二者皆发
生了美学上的异化，因反常性而更加富有现代性。
　　"当一个人缺少好的父亲时，就必须创造出一个来……
焦虑和欲望构成了新人……当一位诗人经历了到达诗人地位
的成长过程后，他对任何可能会结束其诗人地位的危险都将
感到焦虑……诗歌一定要给人以快感……诗歌却并非源于
'快感'，而是源于危险情景中的'不愉快'。这种危险的情
境是一种焦虑的情景，其中'影响的焦虑'占据了很大一部

屈服某种秘密的秩序

分。"（哈罗德·布鲁姆《影响的焦虑》）试从《野心》一诗中看诗人颜梅玖如何进行自我缺失之事物和特性的再造，以及其诗歌在多大程度上对"不愉快"的展示和对影响的焦虑的摆脱。再看《野心》这首诗之前，先引另外两位诗人——

"我想到一只老虎。"博尔赫斯在《另一只老虎》一诗中写道："我仍然坚持着／在入夜的时辰里寻找／那不在我诗中的，那另一只老虎。"

英国诗人西格里夫·萨松在《于我，过去，现在以及未来》一诗中写道："我心有猛虎细嗅蔷薇。"原文是："In me the tiger sniffs the rose."

不同的诗人，写相同的事物，难免被拿来比较。所以，诗人颜梅玖的《野心》一诗，是一首"竞争的诗"，她诗中的"老虎"，要跟博尔赫斯、西格里夫·萨松等诗人诗中的老虎同场竞技。博尔赫斯笔下的老虎，"它要跨越蛮荒的距离／要在交织的气味的迷宫里／嗅出黎明的气味／和麋鹿的沁香的气味"。颜梅玖笔下的老虎，"它皮毛金黄，高贵，完美。连阴影都那么健壮，让我情意顿生"。三人都写到了一种"嗅"的味觉，一个嗅黎明的气味，一个嗅青草，一个嗅蔷薇，比较而言，博尔赫斯似乎更胜一筹，他已与那头猛虎合二为一。颜梅玖只是再造了一个"他者"，来消解孤独和时光。

"诗歌既是收缩，又是扩张。因为，所有修正比都是收缩运动，但创作本身则是一种扩张运动。优秀的诗歌是修正运动·（收缩）和令人耳目一新的外向扩展的辩证关系。"（哈罗德·布鲁姆《影响的焦虑》）在受到先驱诗人的影响之时，颜梅玖敢于坚定的转向，走出自己的足迹，这也是一种对写作的禁区和影响的突围。

"诗歌始于智慧，终于愉悦。"在《蛇》这首诗中，有"松弛"而带来的放松和愉悦感，也有智慧的洞见。诗人颜梅玖在用符号表意，却产生了比用汉字表情达意的更好的效果。像一个"？"变成了"——"，这"问号"和"破折号"，突破了符号本身的意，变成了象形意。这不得不说是诗人的"神思"和"妙悟"。

> 十秒钟。它渐渐松弛了下来
> 向密林深处慢慢游
> 像一个"？"变成了"——"

《露珠》一诗，写出了颜梅玖自身"晶莹，带着一点点的凉意"一般玉的特质。

很节制，但是很准确。词语散发着植物的香气，不沾染世俗和烟火之气。兀自静美，兀自明亮。仿佛翅膀触及了死亡的蝴蝶，又从死亡的边界重整羽翼，返回尘世。她是早起的灵，与其说她敏锐地捕捉到了自然中樱桃树的香气和小虫子的低语，莫若说她已融入其中，成为自然的诗意的一部分。她就是露珠，就是绛珠仙子。以凌然、自足的姿态，停驻在花朵之上。一滴露珠是小的，微不足道的，但是和花朵连在一起，就成了颜梅玖的最爱。她轻轻触及死亡，以露珠被风吹落，重建了"去似朝云无觅处"的个体命运。

"而我，是快乐的厨娘颜梅玖，我在厨房里叮叮当当/葱花，姜，黑胡椒/我叫我自己梅子，颜，长雀斑的梅姑娘"（《快乐厨娘》），这是诗人烟火人间的一面；而在《关于天空的经验论》一诗里，她也可以表现形而上的一面，写经验之诗，诗即思。

关于天空的经验论

它辽阔

它等同于零

它不凝固不松散也不起伏

存在于不存在里

它把波浪留给了河流，把边缘留给了堤岸

它永恒

它不属于时间

它没有工作日和礼拜天

没有数学，字母

没有饥饿和鲜花

也没有爱和恨

它只属于天文学

它被划分为数个星座，仿佛它是可以计量的

神秘的

无处不在的

不可触摸的

形而上的

虚无主义的天空，属于我们的经验论

它既不为美学存在，也不为我们存在

不过，如果我们愿意，里面也可以住着上帝

它不衰竭，不退化也不消失

和我们保持遥不可及的距离，像悬念

日，月，星，辰，在它的名字里

展示着各自的光芒

默无声息，互不打扰

只有风一个劲地向上吹。但无论怎么吹

风最多是悬在半空。而我们

骑着时间的马匹，夜以继日地奔向天空的尽头

仿佛奔向永远的自由

这昭示着话语的深渊？抑或是词语的命运

而不是，天空本身

　　天空的意义在她笔下被刷新，天空仿佛是一部词典，给

屈服某种秘密的秩序

了诗人挥洒词语的舞台。零、河流、堤岸、字母、饥饿和鲜花等，无论是名词、形容词，实词、虚词，概念的、抽象的、具体的，都在这首诗里被放置在合适的位置。词语的丰富性，即是心灵的丰富性。诗人用词语的铺展，显示了心灵的开阔。

综上所述，颜梅玖对诗歌"曾经的坚持如同宗教"般的虔诚，让她成为一个追求事物内在隐秘秩序、作品具有开放性和摆脱了"他者"影响的诗人，她为我们展示了一个具有内在丰富性的诗人的精神世界。

批评之道

一首行动着的思想着的长诗

——评李自国诗集《我的世界有过你》

翻开李自国先生的诗集《我的世界有过你》，看到分了五辑，分别是：大地的行走、大地的风声、大地的眼泪、大地的盛宴和大地的谣曲。虽说是五辑，但每一辑中都有一个限定词"大地"，可见他是一个立足于大地、扎根于大地的诗人，他和大地有一种互为知己、互相倾听的亲人的关系。大地就是给予他的听觉以风声，给予他的双目以眼泪，给予他的精神世界以盛宴的施予者，换言之，大地丰盈了他的灵魂和思想，而他的诗歌就是对于大地给予他的馈赠之后的歌唱与赞美。

大地的行走，这一辑是诗人在行走中的见闻录，其所见所感都化为笔端涌出的诗泉。《大漠驼影》《克孜尔千佛洞》《独行喀拉库勒湖》《格里坪叙事》《三星堆寻梦》，这些诗的题目，都指向了一个远方和陌生处。每一个陌生的名词背后都有着神秘意义和能量信息。只是看这些诗的题目，就足以勾起读者"神与物游"的冲动。在行走中，李自国丰富着自己的词群，也同时丰富着自己的心灵。

诗人在《塔里木胡杨》一诗中写道："生而不死一千年　死而不倒一千年/倒而不朽一千年　三千年的轮回里/你的抗争你的伤感你的满腹经纶/留给苍天和大地一个个生命的绝唱"。从这首诗中，我们可以感受到一棵与时间抗争的胡杨树，一个挺立着的斗士和英雄形象。在诗人的"生而不死""死而不倒""倒而不朽"的诗句中，是一个变换着生存状态但又不被时间和命运打败的"胡杨"。想起被鞭子抽打的陀螺，既有被抽打之痛，又有承受这痛而获得的"挺立"。李自国的诗中就体现着这种陀螺般经受捶打而挺立的品格，也体现着一种"把痛苦转化为美"的净化美学。无情冷酷的时间面对一棵"不死、不倒、不朽"的胡杨也是无可奈何的。他的诗是在纸上醒着站立的词语，而不是卧眠的词语。诗人是"追赶一片绿"的行者，就像在《大漠驼影》一诗中所写："不着边际的黄沙因想象而四处流浪/一念之差　它的睫毛已长成风景了/忧愁和伤感的泡沫/多像鲜艳的唇膏/涂抹了整整一个晚上"，诗人精于细节的捕捉，"鲜艳的唇膏"之句，是一个妙喻，诗人洞悉忧伤与美，正是一体的两面。既看到"行将枯萎的骆驼刺　茇茇草　银白杨"，也看到了"美"的一面。"即使是风/也脱不去一件十万吨黄沙做的衣裳"，这是这首诗中的另一个妙喻，每个人都是"负轭前行"，在诗人眼中"风"也概莫能外。大漠和骆驼，仿佛成了一个结合体，大漠成了骆驼所穿的一件十万吨黄沙所编织的衣衫，可以感受到诗人的一种"笼万物于形内，挫万物于

　　　　　　　　　　　　　　　　　　　批评之道

笔端"的诗意感受,诗人眼中所见的"大漠和骆驼"的一种
负重关系,实则是自己在人世中的一个侧影。诗人通过眼中
之景来写心中之情,"你来 它便用灵魂在唱",诗人自身就
成了大漠中骆驼的知音人,他听得懂彼此间的"灵魂
的歌唱"。

"觉与不觉 时间在你的洞窟里/塑造成静物 被游来游
去的目光供奉"(《克孜尔千佛洞》),李自国的诗有一种生
命的智慧和彻悟,在克孜尔千佛洞,他觉察到时间分分秒秒
都可能洞开一扇让人侧身进入的救赎之门,他区分到世俗时
间和神圣时间的不同,他的慧耳聆听到了"洞窟们吐露出的
真言",他在千佛洞发出"哦 千佛洞 假若万念俱灰/我还
能在你脚下立地成佛吗?"的诘问。诗人发出这样的疑问自
是怀着一种自觉精神,他还有一种不强求的智慧,"即便不
能成为你的一千零一个/也要化作一堵厚厚的墙/在克孜尔绚
丽多彩的天空下/为你遮雨挡风",这种自利利他和自解脱亦
令他人解脱的觉悟已经近乎佛陀的思想境界了,这种"利
他"的思想令他与千佛洞之千佛已无甚分别。

"我要和你的/家族族谱一一亲近。在银白杨、胡杨、山
柳/小叶腊中间,你留下太多先知的秘密和故事/我将同野蔷
薇、沙枣、骆驼刺等灌木小孩/玩一道道人生游戏。茫茫的
人生之河呵/到处弥漫着神秘,而天空中那只盘旋了千百年
的/苍鹰,如我满腹心事,久久不忍离去"(《天山神木
园》),诗人与事物之间是一个平等关系,不是俯视,而是

一种弯下来腰的谦卑姿态与事物相融。用诗人的话来说就是"亲近"和"将同"，他重新呼唤一种自然的秩序，人不是自然的闯入者和异己，他就是自然的一部分，他接纳自然也被自然接纳，他待事物以善意和亲近，也必然被事物回报以善意。在诗人的与万物平等相待的世界观的影响下，诗人融入了天山神木园，成了其中的"银白杨、胡杨、山柳"。而"野蔷薇、沙枣、骆驼刺等灌木小孩"也获得了人性的尊重和认同。在和事物近距离的相处中，人和银白杨、野蔷薇进行一种象征交换，在诗人和事物之间各取所需，诗人用爱的眼光从事物身上提取源源不绝的诗意，而诗人把富裕的情思花费在植物的身上，从这种象征交换中获得精神上的满足。一如鲍德里亚在《象征交换与死亡》中所说："我们生产并交换词语和意义价值。"诗人只能暂时在天山神木园获得一种内心秩序的平衡，终将从这种静态平衡中抽身而出，"天空中那只盘旋了千百年的/苍鹰"正是诗人对天山神木园这个精神家园恋恋不舍的写照。

《那个去安化的人回来了》《我的名片端坐在一道安化黑茶中央》《晨雾中，飘来一首安化籍的采茶歌谣》，这三首写安化黑茶的诗，可以放到一起来阅读。"遇见一位叫黑美人的姑娘/她芬芳的气息/就是林间的六月/若翠绿的嫩芽在枝头绽放/她有妙手回春的手艺/为夏日止血疗伤/为灵魂添加养料"，这首诗使人想起戴望舒的《雨巷》，"逢着/一个丁香一样地/结着愁怨的姑娘"。诗人李自国把安化黑茶拟人化为

批评之道

黑美人，赋予"黑美人"高贵的品性，芷兰一样的气质。黑美人的"疗伤"和"添料"的功效，令人心向往之。他不只是品茶，还是在识人和阅世，"资江水打开了煮沸的野史一皮箱"，水煮茶的过程被他隐喻为一种掀开历史扉页的过程，这也可以看作是诗人在合适的时间合宜的地点适时地敞开了心扉。《我的名片端坐在一道安化黑茶中央》中也写到了"黑美人"，"走进安化黑茶的内心/是黑美人的黑/黑玫瑰的黑/黑蝴蝶的黑"，他把黑美人人格化后又物化了，黑玫瑰和黑蝴蝶使"黑美人"的黑与美更具体化，有了玫瑰的芬芳和蝴蝶的灵动。诗人在深化着一种被美打动的心灵感受力。走进黑茶的内心，也是诗人同步进入自我内心世界的一个过程。诗人的内心是一个敞开的世界，正如诗人之诗是一个"开放性的作品"，他不拒绝任何一个读者的进入。"黑美人"成了诗人认识自我敞开自我的一个机缘和契机，"我务必将身体当作一具器皿/浸泡在你的日日夜夜/我务必将自身开垦一块净土/受孕一片月光/用生命的汁液/洗涤我灵魂的黑夜"，从这些诗句中可以看出，诗人已经把"黑美人"当作了一面认识自我的镜子，把"黑美人"当作了自我净化自我更新的动力。从诗句中的"器皿""净土"和"受孕"等词语来看，诗人已经对人和黑美人之间的物我关系采取了一种将自我物化的方式，来与黑美人保持一种对等关系。他将自己放低到一种施予者和奉献者的角色。"将自身开垦一块净土"，这句诗颇为高妙，诗人已经不满足于对"黑美人"的视觉拥有了，想在自身的净土上种植它，实现一种土地给它供养养料的奉献精神，渴望一种美在自己身上缓缓绽放。"水止于资江的脸颊/低矮的茶树　兴奋的身子/舔着发苦发绿的舌头"（《晨雾中，飘来一首安化籍的采茶歌谣》），从诗中可以看到，诗人李自国在自我的物化和物的人格化之间娴熟地游走，"资江的脸颊"和茶树"舔着发苦发绿的舌头"等诗句无不体现着一种"远取诸物，近取诸身"的引物譬喻的方式。

　　诗人李自国对"灵魂"一词有所偏爱，很多诗篇中都可见"灵魂"一词的出现。比如《大麦地傈僳族女神》一诗中："尽管岁月像我的肤色正一天天老去/但我灵魂　有一株傈僳族花朵正在开放"。《到金沙江漂流去》一诗中："让心灵被水洗濯　让灵魂/还原成一件水上漂浮物"。《嘉阳小火车》一诗中："冬去春来，抚慰着深山的寒冷/和山外那些受伤的灵魂"。还有《三星堆寻梦》一诗中："一些远古的血泊在荒原上游荡/一些复活的灵魂在古老的歌谣里生长"。对灵魂的重视，彰显了一个重视灵性生活的诗人关注自我灵魂的饥渴，他在喂养着自己的灵魂，也在净化着自我的灵魂，也关心着他者的灵魂。从某种意义上而言，对灵魂的关注和重视，已经让他从庸常的生活中脱离出来而过上了一种有价值的灵性生活。他的那双诗人的眼睛，不仅关注社会、人生，还关注内心的深处。或许，诗就是从他内心深处发出的灵魂的声音吧。

"我们走吧,为了更美好地生存/我们走吧,为了更快乐地活着……我们走! 走! 走!"(《迁徙,迁徙!》)"我要变成白天鹅,/高昂着愤怒的头颅飞飞飞,/在窗户内外飞飞飞。"(《鸭子河不知我心》)从"走走走"到"飞飞飞",可以看到诗人精神的嬗变和升华。当行走已经不能满足心灵的需要,那么就只有飞才能拯救他的身体和灵魂。

　　诗集中的"大地系列",其实可以当作是一首大诗、长诗。既是依言行事,又是以行促言的诗歌范式。恰如诗人斯蒂文斯所说的一首行动着的思想着的诗。著名诗人龚学敏对这部诗集如是评价:"李自国把世界走成一首诗的同时,把自己也走成了一首诗。"不仅如此,李自国也把自身当成了一个辽阔的疆域,不仅把自己走成了诗,也把自己走成了辽阔的国土。他既在世界之内行走,也在心灵之内行走,他的诗就有了一种对两个世界的洞察力和穿行于内外两个世界的穿透力。他的诗是灵魂的歌唱,是一种身体和灵魂在辽阔的国土上的行走之诗。每一首诗都是他记录行走时光的年轮。

余音即余生：一种睹物而反观自身或观物自证的诗学

——评灯灯诗集《余音》

读灯灯的《余音》，突然被触动，她的诗激活了我濒死麻木的感受力，触发了我想象力的机关，使人产生了共鸣。这哪里是"余音"啊，分明是余生。余音即余生，是我读这首诗最先想到的一句话。既然是余音，必定是在耳边回荡的绕梁之音，必定是心灵得清净的净化之音；既然是余生，必定是伴随着清晨里的清醒与黄昏里的智慧，"它把自己送出去：一条通向清晨／一条，通向黄昏"（《燕山下》）。必定是规避一些琐事，重启另一些"未竟之事"，正如欧阳江河在《一夜肖邦》一诗中所写："可以把已经弹过的曲子重新弹过一遍，／好像从来没有弹过。"这首《余音》虽然短小，十行左右，但是余味十足，蕴含深厚。

诗从"乐曲离开它的乐器"开始，亦从"乐曲离开它的乐器"结束，就像一个人行走在两盏灯构成的人生的直线上，从光亮处抵达光亮处。宛如"昨日重现"，宛如一次新的离开，宛如人生新的起头。一首曲子的以开始为结束，又好像是人生的以结束为开始。这是余音的余味，也是余生的，这种看似不经意的重复，是一种"叠加的智慧"和"以终为始"或"以始为终"的时间观。"乐曲离开它的乐器"，这是一个隐喻，是一个人离开"心灵的母体"，开始了独自的羁旅行役；是一个人摆脱了俄狄浦斯情结，成为一个自足的个体。反复默念这句"乐曲离开它的乐器"，心里不免生出一丝丝的忧伤，因为这种离开，缺少了乐器提供的源源不绝的供养和能量，它要在漫漶无边的空间里耗尽自己的能量，在寂静里藏身。余音有不知抵达何处的命运和恐惧，它有可能是启示之音，但需要有一双倾听之耳。余生有"认识你自己"的使命，一如诗句"一个人要在天黑前卸下容颜"（《余音》）。这句诗有两层意思：一个是"卸下容颜"，她要面对诚实，面对真实的自己、没有伪装的自己；另一层意思是这句诗的时间限定"要在天黑前"，这是要让真实的自己处于光亮之中，接受光的审视和洗礼。

"余音里有溪流/有险峻。溪流清澈/悬崖陡峭"。"清澈"是她在余生里所坚守的品性，而"陡峭"则是余生中所能预料到的凶险的部分。构成"余音"的是爱、痛和颤动，"再爱一次，痛一次/颤动一次"，余音没有止息，反而充满了"歌唱新生婴儿的热烈"。"一个人要在余音里/向低音致敬"，这种致敬含有某种自我的情感认同和价值认同，是不是也有某种众声喧哗，诗人却要引领我们把注意力放到"低音"和"暗处"，倾听低音里的如泣如诉如怨如慕呢？

"多么悲伤：乐曲离开它的乐器。"从另一面看，却又值得欣喜，因为乐曲经由耳朵抵达了心灵。

　　灯灯的诗是明亮的，是一盏灯与另一盏灯的重合之后，焕发出来的更亮的光，"它，还不足以熄灭内心的灯盏"（《承认》）。她的语言是富有层次的，是现实的画面与内心图景的虚实结合。她的诗能调动起你的视觉经验和听觉经验，甚至于你封藏在心灵角落的记忆与经验也能被勾起，你的全部的审美经验都能在她的诗里找到验证之机和用武之地。她是通灵的诗人，具备与这个世界的细小神秘的事物对话的能力，她在现实世界之中捕捉到的是事物的细微之美，在诗中呈现的是丰盈之美，这不代表美被夸大，而是美的感受被精准地传递出来。之所以说灯灯的诗明亮，是因为她本身就像一盏灯般明亮着，她的眼睛和所看到的事物是明亮的，构成诗的言辞也是明亮的，比如在《枝条》一诗中："扫落叶的人，会燃起一小堆火/你看，天黑了，还有那么多叶子在飞/那么多叶子在飞/每一张都像一张消逝的脸/每一张，都像一张消逝的脸在回来"，诗人在诗歌里精确地再现了她对身外事物的敏锐感受。她会区分大雨和小雨带给人的微妙感受，"水葫芦开粉花，但把秘密/深藏于水"（《即景》）。这应该就是诗的自然状态，有"开粉花"的显性部分，也有"深藏于水"的隐形部分。显性部分带给人直观的美，隐形部分勾起人去探究的好奇心，去挖掘出"埋在雪地里的三行诗"，实属不易。一个诗人对事物具有艺术感受力，

　　　　　　　　　　　　　　　　　　　　　　批评之道

"鸟鸣翠绿，蛙声清凉"，虽不符合常识，但符合感受的真实，艺术的真实。鸟鸣是一种声音，翠绿是一种颜色，鸟鸣翠绿，就带给人一种奇异的感受。这种把声音感受转化为色彩感受的能力，丰富了诗歌的表现力。"石头露出地表／泛红的纹路，透露艰辛"，"艰辛"一词，如一味必不可少的药引子，使这句诗活了起来。石头有了生命，传递出人的情感体验。在这首诗里，如果做一道简单的算术题，用"我说不出的事物"减去"我所能描述的"，得到的将会是"一只蚂蚁"。微小如蚂蚁的事物，来到了"清晨的高处"，多么荣光的一件事，就好比是卑微的小人物，跌入谷底的小人物，通过"艰辛"，终于赢得了那一份尊荣。"鸟鸣翠绿，蛙声清凉"，既是她在听觉里对事物的区分，也是她的诗所具备的丰富性和异质性。从鸟鸣中听出翠绿的感受，从蛙声中听出清凉的感受，这不仅仅是诗人敏锐的感受力和分辨力，而且是打通了眼耳鼻舌身意之间的通道，把感受力转化为诗意，在转化过程中还要保持感受力不被语言损耗，不被日常语言的思维羁绊与侵袭。她的诗就像是鸟鸣与蛙声一样，带给读者的是翠绿和清凉的感受。具体而言，她的诗是一种即时感、即视感、体感和心感的统一，她的诗提供的是复合型的感受，诗是有余味的。

灯灯的这部诗集虽分五辑，但辑与辑之间关联度颇高。可以说，一本诗集就是一首大诗。如第一辑中的《红河》：

"它高烧不愈。嘴里含着泥沙。"第二辑中的《虎，或者一只猫》："原谅我高温未愈。"再比如第二辑的《燕山下》："野枣在枝头/守住内心的红"，和第一辑的《在塔川》："我知道它们还将从地上跃起/跃起——/来到我心上，再红/第二遍"，以及第二辑的《红的问题》："和我一直争执的柿子树/把红的问题，举到天庭，把落叶的问题/交给大地"。灯灯专门为"红"写一首诗，红是一种血性，也是诗人所认可的品格。还有"溪流"一词，在整部诗集中出现频率也很高，溪流的"清浅"也是灯灯诗歌的一个艺术特色。比如《小鱼》中："岩石撞击溪流，溪流不死。"

第一辑中的《大于，或者小于》是一首比较特别的诗。灯灯在可说的与不可说的之间做比较，得出"说过的话，小于未曾说过的话"的结论。这个结论不是凭空得出的，而是从"……父亲，你离开多年/不会开口说话"这样一个事实中得出的。实际上，这是一次生的世界与死的世界进行言语沟通的尝试，言语的世界与静默的世界之间的一次失败的对话。这首诗的结尾："永不言语——/大于生之喧哗。"这个结论是令人信服的，一个父亲缺席的世界，所有的言语都抵不上"无言"，所有的言语都无法填补那片"空白"。或者可以说，诗人因为父亲的"离开"，主动或被动地开始倾听"无言"，开始从言语的世界转向静默无言的世界，从可说的转向不可说的神秘事物。这使她的诗的空间大大拓展了，在一个言语失效的时刻，静默反而是获取意义的一个有效方式。在《春天里》这首诗中，作者又一次写道："父亲在地底。/二月。/他不说话。他很久无人说话，已经不会/说人间的话"，诗中写父亲，他既没有言说对象，又失去了言说的方式和内容，即"不会说人间的话"，人间的话就包含着言说方式和内容，人间就是最大的言说的内容。"父亲在地底"，他用"地底"的言说方式言说着无人听和无人懂的内容，他言说的方式和内容是"想起什么，就冒一冒青烟"。换言之，静默的世界是一个让人来观看来领悟的世界，而不是凭着言说来沟通的世界。诗人对"无言"有一种偏爱和信任，无言是一种大境界，"我们抬头，看见这么多星星/一颗比一颗硕大/一颗比一颗寂静，有序，忠于无言……"，"寂静、有序、无言"，这就是诗人灯灯所追求的境界。

"一个和自己对峙多年的人/不忍说出黄昏的秘密，不忍说出/哀牢山上，石头滚落，为什么还拼命红?"（《哀牢山下的石头》）诗人已经成为一位洞悉世间奥秘的先知和预言家，"不忍说出"是一种"道"在肉身里发酵和熬炼的过程，是沙粒在蚌的体内形成珍珠的过程。

> 这些丢失四肢的石头，血性的石头
> 在山下
> 它们睁着血红的眼睛
> 望着整个哀牢山

> 一片肃静——
> 风又一次吻过碑文的额头。

在灯灯的诗里，"石头"被人格化了，"丢失四肢的石头"无疑是一种残缺的痛，也是一种对完整的渴求。"血性的石头"是对人格化的石头的品性的赞颂，也隐隐有对人的石化的讽刺。石犹如此，人何以堪？"它们睁着血红的眼睛/望着整个哀牢山"，石头代替人审视这个世界，血性的石头既有对哀牢山的守望，也有对自身的感怀和省察。"风又一次吻过碑文的额头。"在诗人细腻如风的笔下，世间呈现一种爱的样式，即风吻碑文的额头的样式。无独有偶，诗集中还有另一首写石头的诗——《石头》："这么多石头，那么多石头/分成很多块，一样奔波，一样无言/一样在无言中/寻求归宿/很难说，我是哪一块石头"，这是一种睹物而反观自身或观物自证的诗学，这是一种摆脱了儿女情长和小我的"睹物思人"，已经从一己之私上升到了整个人类群体的命运。

灯灯之诗有腾空俯视之美，是一种诗学的天空俯视下界伦理的视角。"鸟衔着种子在飞，落下大的/叫岛屿/落下小的叫森林"（《亲人》），这不仅是腾空俯视，还有着重新阐释世界的意义。岛屿与森林的来源，有了一种新的阐释。"鸟衔着种子在飞"，这是物自身在书写自己的历史，是物自身的"创世纪"。鸟所衔着的"种子",可能是给世间万物命名的"词",这只鸟可能就是有创造力的诗人自身。这是诗人通过改变语言来改变世界的努力。"没有血缘,却胜似亲人",这是诗人与世界的相处之道,这种相处之道是一种"碑石寂静,而牛眼深情"(《石头》)的彼此亲近相爱的真道,是"草木占据天空/是和天空近了/脚在下沉,是和土地亲了/你把身子归还山林/溪流把身躯交给大地"(《风吹着过去》)。是这个冰凉的世界被添加进了人的体温,凉薄变成了深情,"这艘母性的船/已经想不起/水天一色的日子,鱼在船板上/跳动的日子"(《沉船》)。无论是"母性的船"还是"血性的石头",抑或是"一朵将另一朵/拥入怀中"(《拥抱》)的云,无不都是诗人与这世界的一种"没有血缘"的亲缘关系。她视这个世界如己出,当然,这个世界也馈赠她视如己出的爱,就是这样一种互为孕育和降生,使她与这世界得到了和解与慰藉。世界或事物的损耗、老迈和责难,就是她自身在损耗、老迈和责难,隐隐然有着一种"一切众人病,是故我病"和"泛爱众"的境界。正如她的诗:"这艘老迈的船,现在更像/一个精神病人,同情和责难,涂抹它的全身"(《沉船》)。

灯灯在现实和诗境之间自由游走,诗中之丛林和深山与现实之丛林和深山依稀是一回事儿,她取消了现实和梦境之间的界限。"我为什么在书房,轻轻一跃/就跃入丛林,深山/发现荒径之美"(《病》),这是一种自足的美学。"惊飞的鸟雀/为什么是我想要说的语言?"她所追求的诗学效果是"惊飞的鸟雀"般的语言,这种语言符合自然秩序和心灵秩序,既有"惊"的效果,又有奔向广阔天空的自由。

就让我用灯灯的一句诗来结束吧:"夜深,鱼在祈祷,一首诗在出门。"(《很多人,一个人》)

语言的主人就是土地的主人

——评宾歌的诗

　　读到宾歌的这句"语言的主人就是土地的主人"时，被震撼到了。这是一种新的诗学理念，他把语言当作土地来耕种，而词语就是他的犁铧。作为语言和土地的主人，他要播下麦子，收割"负重的丰饶"。作为语言的主人，他要把好种子播撒在良田，把语言的土地耕耘成良田。一匹马在马路上奔跑，就像是主人在自己"语言的土地"上辛劳。作为拥有"语言的土地"的主人，他关心的是自己的语言是否如土地一样充满生机和活力，他要倾听"土地的语言"并说出土地一样厚重、博大和深邃的语言。"原野上/被泥土供奉的语言，现在逐渐消失"（《消失的蛙鸣》），诗人既要做语言的主人又要做土地的主人，或者说诗人要做"语言的土地"的主人，宾歌正是担心这种从泥土中获得新生的语言散失，他有一种对语言的敬畏感，就像农人对土地的敬畏和感恩。反观当下的语言，它不是"被泥土供奉的语言"，语言丧失了泥土的供养和凝聚之力，语言成了扬起的沙尘。宾歌作为警醒和有担当的诗人，他想要把语言返回到力量的根源——土地。语言不是无根之木、无源之水，语言正在返回的途中，诗人也走在通向语言的途中。宾歌对"根"的看重，可以从"秋风在磨刀/万物纷纷芸芸，各返其根"（《落叶扫》）的诗句中管窥蠡测。

在宾歌的《树洞》一诗中，可以再次看到他对"语言的土地"这一诗性观念的体认。"在自己的废墟上，植入一根新的肋骨/把多余的语言还给土地"，这样语言和土地获得了一种互相的体谅和滋养，语言回归到大地母亲的怀抱，大地托举了语言达致星空和月亮。语言似乎是人格化了的大地所缺少的一根肋骨，语言回归大地，就像是神赐给从尘土而来的人的那一口灵性的气息。

"它要找回一滴泪水在草原歌唱的密码"，从诗句里可以看出，宾歌是一位"歌唱"着的抒情诗人，他的抒情不是直白浅显，而是一种"歌唱的密码"，用诗人自己的话说："它内心深处有一曲隐秘的民谣/独自奏响，在大地的秉性里"，他的抒情的歌唱里是内心世界"民谣"一样的呈现，"大地的秉性"正是诗人打破旧有的语义链，使大地赋予了人的品性，一种言说里人和土地的关系转化成了合一的联系。在语言、土地和人三者之间重新建立起一种不稳定性和不确定性的结构。这种打破是打开意义匮乏的堤坝，引入意义丰富的水源。"为打破规则，它学会了拆解"，这正是强力诗人对非强力诗人的碾压，普通诗人遵从规则，而强力诗人建立新的规则。

"一匹马站在马路上，等待自己"，宾歌有着一种深深的自我意识，可以这样说，他既是一匹马，同时又是自己的骑手。"一匹马奔跑在马路上"，一种持续奔跑着的状态，使他无暇顾及"奔跑"之外的事情，要想获得"意义的道路"必然会遭遇"狼群的陷阱"。这种自我身份的认同和确认，从《树洞》一诗中也可以感受到，"一棵树独立太久，和一群树产生距离/江山盘根错节/黑暗深处，它在建筑庙宇"，诗人以树为喻，写出了一种从人群中游离而出的自我形象，因为"凡有人群的地方，皆有谬误"，他的独立恰恰是远离谬误和靠近真理的一种自觉。他自己有一个"庙宇"一样的自足的世界，一棵树和一群树的关系正是自我和他者的一种关系的隐喻。

宾歌不是一个只抒发小我之情的诗人，他还有一个"大我"存在，"被轰炸，石头上开满鲜花/大地容不下这些难民/把他们逼入最后的通道"（《废墟上的音乐》）。他眼中注视的是芸芸众生的命运，一己之悲欢和众人的悲欢紧紧地连接在一起。"他通晓空城计，播放一段音乐/驱赶内心的恐惧"，从这句诗中可以看出宾歌的用典很恰当，点到为止，使人想到《三国演义》中空城计的场景，那种因对己的自知和对彼的认知，播放音乐驱赶内心的恐惧的行为也只是一种虚张声势和自欺欺人。废墟上的音乐，是诗人以一种音乐之美来和废墟之不美相比照，是一种想象的现实，即"旋律中他见到他的所愿／一只羚羊，一片草地，一涧溪流"与"弹片敲碎瓦罐的回声"的可见现实做对抗。换句话说，诗人以内心的风暴来对抗现实的风暴。面对废墟，诗人发出自己的声音，"祈祷大地上，麦子能在挤压中发芽"。宾歌的诗，有一种新生的力量和在废墟之上重新建造的信心。

诗人在《一匹马在马路上奔跑》一诗中写道："通往意义的道路／必须从险峻的高处坠落"，在另一首诗《废墟上的音乐》中写道："他静静地坐着，仿佛一只老鹰／准备以飞翔的姿态，坠入深渊"。两首不同的诗，却不约而同地写了一种"坠落"。"坠落"成了诗人的受难和坎途，以坠落的姿势而获得再次上升的力量。宾歌在反复经受着这种坠落的磨难，最终在坠落中迎接新的奋起，老鹰经历了坠落的磨难，终将变成"抟扶摇而上九万里"的鲲鹏。

在《白旗》一诗中，他写道："第一次握手，我就触摸到你掌纹里的石头／与一条河流对峙"。"掌纹里的石头"，这个说法充满质感，这是一个诗人对另一个诗人的相知和相惜，也是宾歌作为诗人的一种敏锐的感受力和精确地传达诗意的技艺。诗人的所见非见，诸相非相，一种事物和另一种事物不是或此或彼的关系，而是"此的彼"的关系。就像从石头上看到纹路一样，那么"掌纹里的石头"也是一种事物的隐秘而合理的联系了。"酒意上来了，漫山的楠竹摇摇晃晃"（《上坟》），这种诗的语言符合"感觉的逻辑"，词与物固化的语义关系被打破，词语的排列服从感觉的逻辑和感受的真实的基础，而不是符合语法规则的固定搭配，使语言是在持续地生成而不是持续地僵化和消亡。在《消逝的蛙鸣》一诗中，诗人写道："蛙鸣，曾经是／一滴雨水敲醒睡莲的和音"。蛙鸣、一滴雨水和睡莲之间，也不是彼此疏离互不相关的，他被诗人用语言的针线穿成了一串精致的珍珠项链。蛙鸣成了雨水滴落在睡莲上所产生的结果，诗人相信感觉的真实胜过事实的真实。

《第一次跟父亲进山》这首诗，从开头"父亲在前面带路"到"我害怕他撇下我"，一种被引领的安全感和一种丧失这种安全的恐惧，很微妙的心理感受被作者捕捉并准确传递出来。诗中出现了两个对立统一的世界，山下的生者的世界和山上的死者的世界。两个不同的世界，自然会产生不同的观察世界和与之相处的方式。山上的世界是简单的，一线的天，鸟鸣，作者把这些写进诗里，说明他所见所闻值得珍藏记录。而对山下的世界，不着笔墨，仅仅是一句"倒是在山下，常怀警惕之心"，便道出了山下世界的复杂性。这种衬托的笔法，更显出诗人的匠心独运。诗人寓情于理，揭示了生者世界的复杂和与生者对立的另一个世界的"饶益众生"，"不要畏惧死者，他们把骨肉交给泥土／喂养了草木"。

宾歌是一个敢于在诗中反省和自我解剖的诗人，他在诗中直面惨淡的现实、袒露内心的恐惧和情感。他在诗中暴露自己的伤口，所有的人都会感觉到疼痛。然而，他的诗又像一枚枚银针，一个人的伤口成了针灸另一个人的穴位图，扎准了穴位，取得了医治的效果。他已品尝到"暮色"的滋味，像是从诗的愉悦踱到诗的智慧的境地。"群峰渐渐矮了下来，落日挂在树梢"（《暮色》），群峰之矮，恰是一个诗人的不证自明的强劲实力的标志。诗人已经在暮色里隐去身形，事物本身在替他言说，诗人的不言之言，是"一群麻雀扑落田野，炊烟升起"的天地之大美的自然呈现。

"河水披着星光走向远方"，这是宾歌作为"一棵树"的洒脱；"人间悲欢/来自于它自身制造的动荡"，这是属于"一群树"的命运。"抱着一棵树在内心行走的人/懂得顺逆/木质越来越硬"（《起风了》），可以说宾歌自我就是一棵树，他的内心也有另一棵树，一棵树长在土地里，另一棵树长在了"语言的土地"里。他既有一棵树的挺拔和独立，也有内心需要抱着一棵树行走的脆弱和孤独的一面。但是在"语言的土地"里，身体之树必然和内心之树合抱成一颗诗的大树。

批评之道

埋在雪里的三行诗

——读刘年诗集《为何生命苍凉如水》

　　之所以用"埋在雪里的三行诗"作为这篇文章的题目，是因为诗人刘年的这首《冷》："剥了皮是山毛榉/有三分之二埋在雪里/这首诗还有三行/埋在雪里"。阅读诗集《为何生命苍凉如水》，我试图挖掘出他隐藏在诗歌之外的秘而不宣的人生经验和生命奥秘。他说，这首诗还有三行埋在雪里。这"埋在雪里"的诗正是耐人寻味之所在，是读者需要通过去蔽，按图索骥地寻访，通过"已知"（已有的诗）推导出"未知"（埋在雪里的诗，隐而未现的真相和真理）的过程。"你们可以从无花果树学个比方：当树枝发嫩长叶的时候，你们就知道夏天近了。"（《圣经·马太福音》）

一、世间所有的秘密都在水里

　　上善若水，水善利万物而不争。诗人刘年对"水"这个意象情有独钟，他读懂了水，他"以水洗水，以命依命"。
　　《世间所有的秘密都在水里》这首诗里写了三个模仿，

即"模仿水的形状""模仿我的沉默"和"模仿水的流逝"。"风中的群山,你的乳房,我的人生/都在模仿水的形状",群山辽阔,乳房浑圆,隐含着诗人对人生之圆满而丰富的追求和理想;"对岸,一只灰鹭在模仿我的沉默","以物观我,则物皆著我之色彩",灰鹭的沉默和我的沉默是一致的。作者用到了"对岸"一词,从灰鹭到我之间隔着一个岸,而连接灰鹭和我的渠道则是水流,流水是道路,是抵达,是沉默消解沉默,是诗人之孤独幻化而出的另一个自己。对岸之岸的世界是另一个世界,对岸之灰鹭的命运和际遇,未必就能胜过此岸。"田野里,一群奔跑的孩子,喧哗着,模仿水的流逝",视角从我转向奔跑的孩子,水的流逝也是一种奔跑,是从"大人"奔向"孩子"的奔跑,是从死奔向生,是像植物一样,从小到大再长一遍的渴望。

刘年的诗有水的品质。"像一滴星光不溶于夜/像一滴水,不溶于生活的油腻"(《水滴》),与其说这是水不溶于油腻的物理属性,不如说是诗人不同流合污,不随波逐流的个性。

二、死亡将治好你我所有的病

刘年的诗有很强的生命意识,子曰:"未知生,焉知死?"但刘年在诗歌作品里毫不讳言死亡,死不是一个禁忌。"死亡,将治好你我所有的病/在我们的身后,世界将不再有任何事情发生"（《致》）；

"我终会离去/像一滴水/离开你的眼"（《水滴》）；

"突然想到了身后的事"（《写给儿子刘云帆》）；

"只有鹰和蓝天/配得上我的肉体"（《到了那天》）；

"故乡，是堂屋正中央/那一具漆黑的棺材"（《故乡》）；

"小河静静流淌/死亡，让人间如此美好""世上所有问题的答案/都在身后那堆新垒的黄土里"（《独坐菩萨岩》）；

"会经常去水边/等鱼上钩/等她叫我吃晚饭/等死"（《印度》）；

"每一天，都当成自己的末日"（《初冬》）；

"停电后，躺在棺材一样漆黑的床上/才想起，我要的是蜡烛"（《超市》）；

"告诉他，如果有一天，我得了绝症/一定要告诉我，我要死在路上"（《带着儿子去旅行》）。

甚至刘年在后记里这样写道："我写诗，除了迷恋语言之外，还想成名，想让那些伴随我多年的误解变成理解。生活没规律，暴饮暴食，熬夜失眠，没有医疗保险又总喜欢冒险，对长寿没有追求，所以，我估计活不长，希望，诗歌能延长我的生命。"

死亡在刘年眼里是一件"美差"。死亡是一剂医治病了的人身和人世的猛药或偏方；死亡是他提醒自己向死而生、舍生取义、视死如归的态度；死亡是让他分清孰重孰轻，遵从内心的必要条件。

刘年是一个视死如归，视诗歌为亲人，为另一生命的人。在《林诗诗》这首诗里，他用拟人化的手法，塑造了一个让"我"为之欲生欲死的"林诗诗"的形象。"她像水一样过来了/水一样，软/水一样，等着我的渴/本以为征服了她/前几天，才发现/真正被征服的，是自己"，诗歌与我在刘年这里有一种互相征服、互有胜败的争战。

"有次，手在她咽喉处/停住了/稍一用力/就会听到一声脆响""这个小巫女/送我的围巾，缰绳一样/系住了我的脖子"，既有杀死诗歌的动念，又有被诗歌裹挟的无端和无奈。

"她耗尽了我的钱财/她带着我，离经叛道/她牵着我的手/在一望无际的油菜花里奔跑/青海的七月/天，蓝得只有一只鹰"，刘年写得特别凄美，有种古龙武侠小说的感觉，像一把小李飞刀，例不虚发，瞬间就刺入咽喉。有什么胜利可言呢？停住意味着一切。

"而这个小巫女/依然在跑/她的黄裙子和白衣衫/在风中，多么纯洁/多么像我的女儿"，从这首诗里，我们似乎可以反证出刘年"以诗续命"的某种观念。

三、千古文人侠客梦

陈平原教授在《千古文人侠客梦》中说道："'千古文人侠客梦'，既有入梦时的香甜，也就有梦醒处的苦涩，这点很好理解；我更想指出的是，此梦并非'来无影，去无踪'，而是深深植根于中国人的历史记忆。仅仅是一百年前，还有最后一代'坐而言，起而行'的'当年游侠人'。"诗人刘年骨子里也有着侠义精神，无怪乎他在诗歌里写到《侠客行》《破阵子》《乔峰》，在《洱海之夜》写大理王子段誉。他把自己的任侠、豪迈和慷慨悲歌，全写进了诗里。在侠客梦里，在诗歌里，他"权倾西南，富甲滇土，泽被一方……"；在现实里，"我就是诗人刘年，就得戴上微笑和谦卑，一个领导都不敢得罪，最喜欢的女人都不敢喜欢"，他小心翼翼地掌握着残酷现实和诗意理想的平衡术。

诗人谢默斯·希尼曾说过："某种意义上，诗歌的功效等于零——从来没有一首诗阻止过一辆坦克。在另一种意义上，它是无限的。"诗人战胜现实或让诗歌的功效大于零，甚至是达到无限的功效，虚构或想象是一种方法。特朗斯特罗姆坦言，一首诗是我让它醒着的梦。

诗人刘年的这首《虚构》，跟苏轼的"但愿人长久，千里共婵娟"，海子的"愿有情人终成眷属"是一脉相承的，都是美好的祈愿。"虚构一个我，虚构一脸冷笑和一柄长剑"，这是一个超脱的我，是侠客，是侠之大者，为国为民，重情如海，重义如山。

从《为何生命苍凉如水》这本诗集里，我读到了一个"敬畏天地，给寡妇孤儿以帮助/防备女人，相信爱情/轻金钱、重荣誉、说真话/为多数人的幸福而战。不背后拔剑"
的真性情、悲悯有爱的诗人形象，他的诗和他的人是一体
的，是一种言与行躬行一致的人生态度。他的谦卑与豁达，
他的良善与真诚深深地感动着我。

灯一样的语言

——论张远伦长诗《花点灯》

帕斯在《诗歌与现代性》中说："何谓长诗？长就是扩展的意思。字典上说扩展就是使一个事物增加面积，从而占有更多的空间。就其原有的本意来说，扩展就是一种扩张的概念。因此一篇扩展开来的诗就是一首长诗。由于语言中的词是一个接一个，先后按行排列的，一首长诗有许多行，它的阅读也是长时间的。空间就是时间。"张远伦的长诗《花点灯》共46小节，五百多行，确实符合帕斯对长诗的定义。长诗是一个诗人综合实力的体现。长诗像是诗人有了一种展示思想的厚重感与流动性的自信，创造了一个足够大的诗歌空间来容纳尽可能充沛的诗意，按照帕斯"空间就是时间"的说法，长诗也就是既暗含了时间信息又是锁定了诗意事物的大块头儿的"琥珀"。诗人对长诗的追求，也符合人类对自身寿命的长度的追求，长诗之长度与生命之长度之间有某种内在的关联。

张远伦选择长诗的写作，是对自己诗歌之路和人生体验的一次总体回溯，一如诗人的自述："是我汉语集合之后，最终的诗意回头。"这是建立在娴熟的诗艺和情感哲思的满溢的基础之上。短诗不足以容纳更多的感受力和爆发力，长诗就成了必然的选择。他抓住了"灯"这一核心意象，在不破坏整体性的同时呈现尽可能多的变化。在他的长诗中，其诗之长是显而易见的，而捕捉到每一小节的变化确非易事。因为，长诗的各部分都有自己的生命。他在自己的长诗之中，从现实世界中的对"花灯"之所见，触动玄思，开始形而上的思考，表现了思想世界与物质世界之间的秘密关系。

帕斯说，长诗应该满足两方面的要求：整体中的变化，平直与奇异的结合。各部分的区别以及它们之间的衔接。按照帕斯的说法来衡量和审视张远伦的《花点灯》，可以看出他长诗的整体性和延续性，各部分之间看似疏离而有的亲密的"衔接"所构成的一个有机整体，这种整体性体现在意义的丰富和深化而带来的"变化"上，这是每一小节所具有的诗意所合成的巨大的张力，是诗人"将五条道路合为一条"所做出的甄别和对真理的合并同类项。

在张远伦的笔下，"灯"已经是一个被人格化了的意象，他像是在跟一个有生命和灵性的事物在对话。"我要请一朵花，做无氧呼吸/那火焰之上，轻柔的气流，定然/是它在换气"，呼吸和换气，正是灯之拟人化的体现。"灯"或许长有一双对诗人凝视的眼睛，同时也是一面镜子，反映诗人的身与心。诗人无论看到或言说什么事物，都是内心的象征图示。"它嵌在低空的黑幕上/恍如一枚闪光的伤疤"，张远伦笔下的"灯"并非纯然完美的事物，而是"洁净的/带有体温的"和"火焰一般的伤疤"，诗人已经不是在写一个意象，而是在刻画一个人物，一个优缺点并存的人物。这自是一体的两面，洁净是一种品格，伤疤是一个伤口的愈合与结痂，或者说"伤疤"是一个故事一段经历的开始倒叙的明证。"火焰一般的伤疤"，或许可以看作诗写过程的一个形象化的表述。在诗写中，既是灯一般释放光明的精神能量，也是对自身苦难经历的言说。诗写的行为，于是具有了双重属性：一种是利他的光照，一种是自我的苦难在言说的过程中的消解与弱化，就像一盏逐渐升腾的灯，就像另一盏逐渐黯淡下去的灯。

　　当诗人说出"点灯吧，孩子"时，就已经找好了倾听心声的对象并做好了自我解剖的准备，就像说出"芝麻开门"的咒语般，打开了一个丰富的内心世界的大门。"你和灯的核心互换亮度"，在这一瞬间，他就把自身置于"灯的核心"，开始了一种精神漫游和思想能量的损耗过程。他像是剖开胸膛，亮出了一颗心。"一点火星即可替它充气，旋即撑开自己的空间/如同你打开自己的身体。"灯的升腾伴随着诗人自我灵魂的升腾，他不依赖任何外物，仅靠"一点火星"而达致一种"旋即撑开自己的空间"的开阔状态。他和灯已经不是两个有区别的事物，他就是灯本身。"我看见大量的暗物质/在逼仄的内圆里流动"，这是从灯的拟人化到对灯的感同身受。"大量的暗物质"是诗人对内心世界的灵性透视所见。"你的轨迹曾经是我的不可能,是我的含混/和乱码。现在,你和我终于保持了一致","保持一致"表明诗人找到了一种人和灯之间缩小距离和相互抵达的媒介,找到了把不可能变为可能的方法,即隐喻思维。隐喻思维使得人类把存在的东西看作喻体去意指那不存在的或无形的喻义。"灯"在张远伦的诗里,不仅是一个喻体,还是他抵达喻义的一个"晋身之梯"。在他对"灯的轨迹"的亦步亦趋之中,把"含混"变为清晰,把"乱码"变为有序的符码。"而你,像一个斜躺着的甲骨文字,让我破译",他和灯之间互为知己,他把事物符号化,也把符号具象化,灯早已不是一个意象,一个符号,一个具体的事物,而是一个存在和实体,与其说他是在破译"一个斜躺着的甲骨文字",倒不如说是他看待事物的眼光赋予了事物以丰富的意义,倒不如说他是在破译生命的奥秘和探索词语的多义性。这也意味着他找到了一个可以践行的路径,无论是"你在旋转,你在制造黑夜里的漩涡"还是"自证光明",都是打破思维的僵局,获取新的感知的有效言说手段。

"这个充满炎症的夜晚,身体里的黄金不断破碎",从中可以感受到无论外在的环境还是内在心境,都是一种"炎症"和"破碎"的非正常状态。"我"就是在这样不利的情况下负重前行,只能"像一束默不作声的灯草"一样承受。"我花光整个冬天来编织一个灯具,和你的模型",诗人是在创造一盏有生命的灯,一盏"不会散开"和"松开自己的命门"的灯，一盏"不合群"的灯，被上天"予以确认"、与众多光源区分的灯。同时这还是一盏被"词语的细丝"缠绕的"语言之灯"，张远伦是在用词语和全部智性经验扎一盏结实的"诗灯"。这么多灯，就像是在尽力延伸语言可触及的边界，也像是在尽力解锁生命的可能性。"用洁白的纸张，围成你的边疆"，一张白纸就是带着王冠的诗人的疆域，而词语之灯彻照整个疆域。"我幻想着，你在漫长的边境线上燃烧"，这种"边境线上的燃烧"也会逐渐燃及白纸围成的疆域，这或许就是诗人暗喻的写作事业是一种有意义的虚无和有价值的燃烧吧！

"火焰说：他的孩子们流离失所/天穹像是一个装着她们的口袋"，作者和火焰建构了一种"火焰之子"般的亲缘关系，正如诗人所说，"我因为制造光芒，而成为他神秘的嫡系"，火焰诞生的孩子，"我"用灯一样炽热光明的语言诞下的火焰之诗。我、诗歌和火焰或灯三者之间达致一种平衡，既相互独立，又彼此"神秘的嫡系"般的血肉相连。"我"是流离失所的火焰的孩子，也是制造光明、原生和首发的火焰。他表达了一种既是父灯又是子灯的自我分化的能力。在"千盏灯笼的喧嚣，和僭越"和"孤立和猖狂"之间，在火焰之子和永夜之子之间，在"我的灵魂要求做人"和"而身骨要求成妖"之间的对立性中，他制造了"多"和"一"，即"众多精灵"和"唯一的孤独症患者"的差异性和张力，是诗人"我要把你和众多的光源区别开来"的意图的完成。

灯一样的语言

"我以波段的频率的方式，以磁场的方式/和诗歌交互，和时下的你构成重生"，诗人在诗歌里诞生了"灯"的意象，就像是诞下了一个婴孩。灯在一首诗里亮着，就像一个诗人在语言的世界里"重生"。

"当我在梦境的途中/恰好遇到一枚灯盏，拾起来，把玩，定然是其中/有一个你，在莫可名状的激情之后极速降落/来到陌生人的面前。"灯和作者的遇见，完成了一次诗和诗人之间的相互寻找，用作者的话来说就是"灯光和我是互相启示：一种危殆而又迷人的技艺"。他"空出三条河床""空出自己的胸廓""空出诗歌的标题"，他彻底放空自己，放空身体和语言，以成全灯对"胸廓"的掌管和对"语言的"占领。被灯扩张的身体之空，就是扩张的诗歌空间。灯，就是对身体之空的填满；灯，就是赋予一首诗以黄金意义的催化剂和炼金术。"我若幻想不死，你的光芒就是喷头里的蓝色火焰/我若信奉寂灭，你便是肉身灯"，他找到了救赎自己的"蓝色火焰"，也找到了词语和生命的一致性的"肉身灯"。"肉身灯"，实在是一个独创性、有生命力的"意象"，灯是肉身之魂魄，肉身是灯的居所和躯壳，或者说是一个拥有了肉身的词语，一个肉身找到了一个和自身匹配的等值等价的词语。词语获得了肉身的感受力，肉身获得了词语的意义。他把语言的活力发挥得淋漓尽致，用语言来超越死亡，也用灯一样的语言来照亮黑暗。

"当我想说出什么/灯光就会化为篝火。当我要保留什

　　　　　　　　　　　　　　批评之道

么/无尽灯就会让我闭嘴。"列维-斯特劳斯推测，人类普罗米修斯式地盗来天火，掌握语言，包含了一种自我流放的欲望——离开自然节奏和无名状态的动物世界。语言与火相似，当诗人高举语言，就像高举着火炬。语言是"人类反叛诸神的核心力量"。张远伦的言说有"灯光就会化为篝火"的魔术的力量，也深谙沉默的美学。"无尽灯就会让我闭嘴"，表达的就是把"火玫瑰"转成言语的艰难，语词越来越难当重负化。通读《花点灯》，可以感受到诗人在尝试着一种从"肉身灯"净化为"灵灯"的哲学路径的探索，如盗火者将手伸进火中采集光明，期待"直接的光束变成语言的载体"。张远伦以积极的精神行为试图抵达语言的尽头，见证"一种更柔软、更深邃的难以表达的现实"。

　　长诗《花点灯》就是诗人的一次"修炼""燃烧"和"释放"，一次"火中取花""火中取出光"和"从火中救出数个湖泊"的冒险和义举。"在生命中抽取不属于自己的血液"，使他的诗获得了异质性的内容，他不仅从"火中取出光"，还获取了一个生命的摇曳、盛大和熄灭的完整过程。他成为"火中之光"，不仅理解光照到的事物，也理解光照不到的事物，"尘世中的每一个匿名者"。"成为内焰，成为灯芯，便会理解外焰的迷离和崇拜"，他对火光的理解是由内而外的，是具体的也是深刻的。他成为一个由内焰和外焰构成的燃烧的整体，灯芯也就他的心，"火掉进了心火/光融入了灵光"，这是一种内外明澈的生命和通透状态，"即便你存在一瞬/也是永恒。即便你因为过于通透，而光眼含砂/也是纯净"。他自证光明，获得了永不绝望的"孤灯的意义"，也自造风力，拥有了"不允许复制和模仿"的独立之美。换言之，他的世界是一个自给自足的世界，他的美是一种卓绝之美。

《花点灯》中出现了二十几盏不同名称的灯，如：本生灯、百步灯、肉身灯、无尽灯、牛角灯、青灯、水银灯、雪灯、灵灯、无影灯、山灯、天灯、谜灯、决囚灯、酥油灯、羊灯、幻灯、走马灯和鱼灯等。这诸多"灯"，像是一个又一个获得了不同属性、命运和灵魂的灯。从"本生灯"开始，意味着诗人的一个灵性生命的诞生，而"肉身灯"又使一个事物获得了肉身，穿着灯纱的"灯"，仿佛就是一个具有"肉身的词语"，灯发出光，就像肉身吐出发光的词语。这些灯盏的亮度，就是生命的亮度，而这些灯盏的熄灭也象征着生命的终结。每一盏灯，就是一个小宇宙，这些"灯"共同组成一个斑驳陆离、光明笼罩的大宇宙。我们被"无尽灯"照亮，被"无影灯"医治，也被"肉身灯"温暖。从"青灯"和"酥油灯"之中，我们获得宗教的启示；也从"山灯"和"鱼灯"中获得神秘的感受；从"牛角灯"和"羊灯"中，我们发现了事物之间的相似性。我们从灯里发现了一个"浓缩了的宇宙"，就像艾科在《开放的作品》中所说："这些词含有一系列的含义，每看一次这些含义就会

　　　　　　　　　　　　批评之道

深化一次，于是，我在这些词中似乎发现了浓缩了的、典型化了的整个宇宙。"

他使用的是"灯一样的语言"写诗，他的诗歌语言像灯一样"烛照了生命的幽微处"，也像镜子一样"呈现一种神奇的精神境界的语言的蜃景"。灯既是这首诗的"诗眼"，也是这首诗的"诗魂"。这首长诗很像是把"散失到无边的黑暗里的光"——寻回，归拢到一处，燃起一堆熊熊的"篝火"。这首诗是一个透明坚固的"器皿"，容纳了"纯粹的光"。换句话说，这首长诗是他的孤注一掷和深情建构的一个诗意的栖居之所，诗中之"灯"就是他用来安放自己的那一颗燃烧的心灵。

写作就是一种布施

——简评李俊功的散文诗

李俊功的散文诗，坚持诗性和宗教性的有机统一。他是在以诗的形式记录修行和修心的过程，他以宗教的世界观更新自己的认识，以宗教的持戒、忍辱、禅定和布施，来生成一种菩提心境。修行就是扩大内心的边界，自解脱，亦令他人解脱。扩大自己的境界，继而扩大散文诗所表达的思想境界。他以如来的心为心，放低自己的姿态，仰望这个世界，当光刺穿厚厚的云层洒下来的时候，他仰望的姿态恰如接引光的玻璃器皿；他放空自己，仿佛自己的身躯就是囊括整个日月星辰的银河，达到一种"我的心略大于整个宇宙"的辽阔心境。

一张白纸就是他所耕种的另一块心田，洋洋洒洒的散文诗就是他在心田上种植的善根、正念正觉。他对这个世界与众生施以"辽阔的聆听"，然后从舌尖吐出一种柔软语、清净语。换句话说，写作就是一种布施。散文诗的写作，就是他的"法布施"。在他的《无我》中，他于辽阔之中聆听到辽阔之音，静默之中达于彼与此距离的消失于无形，仿佛一

批评之道

个人无言地布施，而另一个则静默地信受奉行。在聆听与静默之中，达到一种"月静春山空"的妙境。"自然安好，一张无限之大的产床，安好于心灵无声的分娩。"李俊功把自己置于一种"新生"的状态，整个自然在他眼中就是"一张无限之大的产床"，他没有思考肉身衰亡与复活的问题，他关注的是一颗"心灵"。"安好于心灵无声的分娩"，他是在企望以一颗新分娩之心降临于这个"自然"。他的耳朵仿佛在体验一种"天耳通"的神通，故而他说"辽阔的聆听"。他蝙蝠一样投射出一种对整个世界倾听的声波，然后又静默地接收声波的反馈。他在过着一种灵性的生活，以一个飞翔的我抵达另一个"初心未改"的我。

"但，我于欣喜的花草和鸟语，做到无我。"他的诗句是在对"无我相，无人相，无众生相，无寿者相"的经文做着诗意的注解。

在他的《一滴水》中，他于渺小之处洞察宇宙之大，洞悉一即一切，一切即一的禅机。他见微知著，说出一滴水"隐藏着宇宙之眼"的天机。一滴水，即是诗人的泪水。诗的开篇之句，在眼睛的开合之间，处处彰显诗人既有着一双批判的眼光，又有着一双内省内视的眼睛。"张开，便是醒着，—若对黑暗的狙击；/闭合，便是清澈，仿佛道德的追问。"诗人用一滴水，完成了对"黑暗的狙击"，完成了一次灵魂的洗礼。他的清净之耳，嗅到"花朵的清香"；他的清净之心，觉知一滴水对"意念或者骨头的渗透"。他以一滴水的声闻独觉而触摸到了"春天的源头"。诗人从一滴水里找到了"活着的答案",又从一滴水升腾之后的落下,领悟到"无相的布施"。

"谁能于洁尘的时时刻刻,完成每一滴水无欲的飞渡?"一滴水即是一个渺小的"我"。诗人在诘问之中,渴求一个洁尘的世界与一个无欲之我。最终诗人在结尾处带来神来之笔:"一滴水已然静极无声"。短短的八行诗中,诗人完成了一次神思之旅,洞悉世相,是灵魂的一次滴水的净化。

诗人以倾听之眼,用"隐形的言词"来解析"灵魂的隐喻"。

落在菩萨身上的第一缕光

——评青青的诗

　　事物即诗，现实和梦想，此即诗艺。从这个角度来说，诗人需要让自己身如琉璃，内外明澈，为的是在与事物相遇的瞬间，能够像银杯一样承接落雪。一如救世主现身在岸上，师徒们发现有一小堆篝火，这篝火既是烤鱼的炭火，同时也是降入世界的光。诗人就是从寻常"篝火"中，洞察出"降入世界的光"般的救赎和普照的意义。诗人观察事物的视角，在内心世界对事物进行反刍和提炼的能力，以及用词语朦胧而精确地建筑出内心的"迷宫"，对复杂事物能够用"抽丝"的精细演绎内心世界复杂的结构和还原"现实的茧"。这些无不考验着一个诗人的真诚和技艺，诗人青青在这些方面做出了卓有成效的尝试。

　　她以诗人的细腻，捕捉到"早晨落在菩萨身上的第一缕光"（《去寺庙看花》），然后，心生欢喜。诗人魔头贝贝写过这样的诗句："光照到脸上/仿佛喜欢的人/来到身边"（《相见欢》）。魔头贝贝的诗可以跟青青的诗形成一种相互印证和倒果为因的关系，即之所以会捕捉到"落在菩萨身上的第一缕光"，那是因为"喜欢的人来到身边"，或者说是"我"来到菩萨面前。

诗人青青说："暮色此刻开始清洗香客们留下的苹果和大米"。这句诗有一种"到达天堂的人都丢掉钥匙并擦去脚印"般的彻悟。这里的"清洗"有多层含义：第一，字面意上的暮色清洗苹果和大米，这是事物本身需要的清洗；第二，香客在寺院里受到的清洗，这是浊世之人所需要的清洗；第三，只有清洗掉"苹果的香和大米的白"，即身上附着的"相"，才能到达"诸相非相"，对事物的认知才能得到超脱；第四，"清洗"是从"凡所有相，皆是虚妄"到"若见诸相非相，即见如来"的一种法门。

与其说是诗人青青去寺庙看花，不如说是被寺庙观看。因为所有的"观看"，到最后呈现的都是自己的内心。她内心的呈现方式是陌生的，"箫声铺满了方砖、青苔、古碑和元代的瓦松"，在青青的诗里，"箫声"的听觉里掩藏着"方砖、青苔、古碑"的视觉之物。这是诗人对事物的独特而精到的解读能力，也是一个感觉器官对另一个感觉器官的反常"侵犯"，还是诗人对词语妥善安置的超逸。"如果不曾听到寺庙房里的箫声/你一定不会明白寂灭是灰蓝色的""大明寺的梭罗花比白雪还要洁净，比菩萨的手掌还要热"，青青对事物做出了自己的回应，仿佛她在为"寂灭"着色，仿佛她曾亲自触摸过菩萨有温度的手掌。

诗人青青在大明寺里用寂静无言来呈现看到梭罗花的欢

喜，正如寂静无言的她，也会被寺院看作是"梭罗花"。而她在《去寺庙看花》一诗的结尾处写道：

> 如果你是我
> 你会让灵魂飞出来，在黄昏的寺院里停留
> 而寂静和欢喜
> 重新采撷到了我

这正好验证了她以一种被动的姿态，完成了灵魂的释放。

"我听见莲花，蚂蚁和鸟在我骨头里低声交谈"（《欢喜》），诗人青青从微小的事物入手，因为山河大地本属微尘。她不仅捕捉到了落在菩萨身上的第一缕光，她还写道："一个婴儿清澈的眼睛正在微笑/芒种时池塘里开了今夏第一朵白莲"（《死亡能带走你吗》）。

一首写死亡的诗，里面写出了"白莲"一样圣洁纯净的新生。

> 你仍然在这个世界上，只不过转换了肉身
> 你可能是树叶上缓慢爬动的七星瓢虫
> 是跟在我身后不远不近的猫
> 是异乡的路口提着马灯等我的人

一如《地藏菩萨本愿经》中所写："每一世界化百千万亿身，每一身度百千万亿人。"青青的诗给人以希冀和明灯。

诗人青青在诗里建造了一个再度强化隐喻的场所，以防止词语的衰退与背叛，自由被认作一切关系的活的原则，被认作一切把词语与事物重新聚合的行为的活的原则。在《灯盏》一诗里，诗人以"跨栏"的速度，制造隐喻的障碍并跨越现实的障碍。词语密集如鼓点和雨点。"孤单的闪电、甜蜜火焰、野桃花、紫藤花、黄绣线菊、紫荆花、樱花、石楠……"，这是诗人对所拥有的宝贵词语的展示，也是对高贵富足心灵的展示。"好像我是发电站，有一万台机组在我的身体里"，这是诗的能量，也是诗人的能量。"春天在春天的山上／野桃花在野桃花的心里"，这是诗人让一滴水照见大海的智慧。

在《在这首诗里我又抚摸到她们》中，诗人依然用了很多词语，词语的丰富，也意味着一种心灵的丰富。"风迈着猫的脚步""石楠做的篱笆墙"，这是一种事物，还是两种事物？不同事物之间有一种隐秘的关系，诗人在用修辞术给事物"再塑金身"。

> 白玉兰的花瓣扑扑地落在草地上
> 红叶李柔软的花瓣用力地伸向天空
> 鸟声漫过来了，泉水一样浇灌着空空的身体
> 我坐这花香浩荡的院子里，我的身体也想长出点什

226   批评之道

么来

整整一个下午，一无收获

我变成了一个巨大的空瓶子

青青在诗里呈现出一个"白玉兰的花瓣扑扑地落在草地上"和"红叶李柔软的花瓣用力地伸向天空"的情景，上与下之间的界限被打通，而"梯子"就是诗人那双妙手，连接不同的事物。"鸟声漫过来了，泉水一样浇灌着空空的身体"，听觉的感受又转变成一种泉水浇灌身体的体感，这种感觉的变化，正是诗的多义性与奇异处。"我变成了一个巨大的空瓶子"，她像一个空而透明的容器，这一次她不再是看到菩萨身上那第一缕光的"香客"，而是成为听到神说出第一句"要有光"的诗人。

旨在改造人

——评翩然落梅的组诗《旧影院》

　　帕斯说:"诗是变形、变化、炼金术作用,因而同魔术、宗教和其他旨在改造人、旨在把就是他自己的'另一个人'改造成'这人'和'那人'的种种尝试为邻。"从翩然落梅的组诗《旧影院》中,我读到了她的诗歌写作中"旨在改造人"的尝试。这种"改造"的尝试,既有自我的重新确立,又有自我的辨认,这种辨认是对自我的分化、解析和分类,从而将那冗余的部分进行剔除。诗歌使她将自己当作一件作品般进行重新"陶造",用"分裂成几个"的方式对孤独者的孤独进行消解和抵抗。

　　就是在这样一种"旨在改造人"的诗学姿态中,她确立了自己的诗学纬度和经度,她的诗歌立场既能超乎自身之外,又能回归她自己。在"旨在改造人"的潜意识的驱动下,一个"新造的人"移居于一座在诗歌中建立的新的"神圣的庇护所"。诗帮助我们实现人的本质,从"人的本体多面性"中认出"另一个自我"。诗铭刻生死的跳跃和本性的改变,诗的体验类似于宗教体验,回归我们原始的本性。翩然落梅在诗中频现的词是"分裂"和"分身",如"孤独者会在月光下/分裂成几个——"(《孤独者》)"每夜,筑旧影院于枕边/我忙于分身为,看客、演员——/面目模糊的一群。"(《旧影院》)"我强烈地想要把自己分裂成/一堆零乱的积木。可以千万次/打乱重排。"(《醉酒》)从这些诗句中,我们感受到她想要从一个成为另一个的倾向,想过另一种生活,从"积木"的零散状态重排为一个完整如初的"新我"。她用诗来造就自己,发现自己,诗为她提供了生的多种可能性,重新塑造自我的可能。帕斯在《诗的揭示》一文中说:"爱使我们惊愕,把我们从自身中赶走并将我们抛到奇异的地方,即另一个身体,另外的眼睛,另一个人。我们只有在这个不属于自己的身体里,在这个不可挽回地是他人的生命里才能是我们自己。"分裂是为了完整,分裂的自我是为了寻回原初的自我,我分裂是为了认识自己。

《孤独者》和《一个失眠者的雕刻作品》这两首诗,给人以强烈的冲击。她在《孤独者》一诗中不是表达里尔克般的"谁此时孤独,就永远孤独"的恒常状态,而是表达孤独者对自我的解剖。"孤独者会在月光下/分裂成几个——",分裂就是应对俗世世界和灵性世界的"良方",就像蝉蜕一样获得轻盈和飞翔。"分裂成几个"就是"一个陪着他暂时死掉的肉身/另一个,漫行到白日喧嚣",这种分工可以让肉身之我和灵性之我各得其所。"那最衰弱的一个"和"最年轻的那个"分属不同的生活情境,一个投身于亲人和孩子,一个专注于内心的主权。这首诗里有两个词："漫行"和"漂浮"，诗人或孤独者喜欢的是漫行或漂浮的生活，这种状态跟诗人的笔名"翩然落梅"是一致的，她的诗有着独属于她的那份翩然落梅式的典雅和从容。细察她这整组诗，我们能看到她对一些古典词语的倾心，不着痕迹地将其嵌入一首首诗中。如"在短松岗边的石凳上小憩"（《春分，湖畔》）"一群正在跳舞的/热烈的生命/雨（纯酒精），而梧桐是/琵琶或是将要做成琵琶的喻体"（《梧桐雨》）。孤独者享有的是"如今却空无一人的街道"，享有的是一份"一直走到小镇的尽头/去拜访老年的自己"的趣味，从诗中我们感受到别样的时空观，"小镇的尽头"即时间的尽头，一种时空交织的混杂感。如果说《孤独者》是用碎裂的方式完整，那么《一个失眠者的雕刻作品》就是另起炉灶新造一个我。这首《一个失眠者的雕刻作品》的完成，也是她用尽心力塑造一个理想自己的完成。"只要一把闪亮的雕刀就好了/这夜的黑矿石，大得无边无际/然而它柔软、结实、富有弹性"，她自身或许就是一把"雕刀"，以"夜的黑矿石"为雕刻对象，雕刻的过程自然就是人与黑夜对峙，彼此成就的过程。翩然落梅以诗人特有的深刻感受力来对"夜"进行体察和把握，赋予夜以黑矿石的坚硬属性，也赋予黑矿石以夜的柔软和弹性。要而言之，"夜的黑矿石"被诗人赋予了新的观感，成为既非夜亦非黑矿石的第三种事物。诗人就在"夜的黑矿石"的新材质身上雕琢出"作品"。"适合让人拦腰抱住，抚摸她不规则的小腹"，她与夜的相处，营造出一种温情脉脉的气氛。"从他触手可及的腰部雕起/一路向上是丰润的胸、臂膀、细致到/招人怜爱的两根锁骨和下巴/一颗溜圆的小痣。"于是，"夜"这个抽象的名词就变得人格化了，夜就与人发生了情感关联。诗人的"雕刻"工作是另一种锻造，她见证一个完美作品诞生的全过程，不仅对自己的作品付出心血，还付出了爱。作品既是她的创造，也是她施与爱的"对象"。正如她所写："他心满意足地完成了工作，迫不及待地/进入梦境，亲她虚无的小嘴"。她与自己的作品产生了一条难以割舍的情感线。在《一个失眠者的雕刻作品》这首诗的结尾，诗人像一个创世者，"并轻轻地，在她吹弹可破的脸上呵气，给她/注入黑色的/迷人的小灵魂"。至此，"作品"就不再是作品，而成为一个"有灵的活人"。

希尼在《欢乐获黑夜：W.B.叶芝和菲利普·拉金中的最终之物》一文中说："因此，为了达到那个目标，以及为了使人类创造出适合自己居住的最光辉的环境，诗歌提供的现实视域就必须是有改造力的，而不只是其时间和地点的特定环境的打印件。"翩然落梅的这组"旨在改造人"的诗，是融入了使自身和环境改变的观念，有着类似于希尼所说的"诗歌的纠正"的力量，这种纠正的力量既针对自身也指向现实视域。

这种改造力或创造力从"旨在改造人"延伸至"旨在改造世界"。

她的诗也没有落入"特定环境的打印件"的窠臼，而是一种卡夫卡《变形记》式的"异化"，正如她在《人脸鱼》一诗中所写："他们以欣赏的眼光看着这个巨大的玻璃鱼缸/那里有一群金鱼，长着悲哀的/人形的脸"。无论是"巨大的玻璃鱼缸"还是"人脸鱼"，都有着生存环境的高度隐喻和个体被异化的生存体验的精准呈现，她在诗中就给人复现了一种醒来就变形为甲壳虫的陌生化之感。在无能为力的现实面前，她至少可以遁入一个梦的世界。《在梦里跳水的人》这首诗，使人觉得诗中所表达的是从逼仄压榨人的现实中回归到一个更为自由的梦的场所，而"跳水"又有着跳入一个"柔软的现实"的感觉，因为水给人的就是一种包容、接纳和柔软之感。这首诗分为自相矛盾的两个部分，一部分是"要叫醒一个在梦里跳水的人"，另一部分是"不要叫醒一个在梦里跳水的人"。她有"叫醒"的理由——"要阻止她/从高处向虚无坠落"，也有"不叫醒"的用意——"她正进入不可知的虚空"。正是一种"已知的危险"和"未知的诱惑"，使她陷入了是否要叫醒一个在梦里跳水的人的胶着之中。诗中所写的"失重的感觉让她进入更深的梦境"和"她在滑翔"，都是在描述着一种美妙的状态，预示着她在对一个"潜意识"神秘领域的趋近和开垦。而最终她还是从滑翔中跌入现实的大地，"她气喘吁吁抱住绸凉被/如拼命抓住一条想逃走的白鲨鱼"，"绸凉被"提醒我们处在现实里，不叫而醒。

"在越来越深的暮色中，长久地端详她/独自用词语下棋。"（《流水》）或许，对她来说，写诗就是在白纸的棋盘上与虚无对弈，词语既是棋子，又是对手。"用词语下棋"就是把肉身之我变成一个词语之我，在天地的棋盘上落子无悔。对她而言，写作或许就是"独自下棋"，对手就是她"分裂"出来的"另一个"。写作或许就是她在"旧影院"给自己播放一个人的专场电影，或许就是她创作出的一个足以慰平生的人格化的"作品"。在不经意间，她的这种写作在更新了自己的同时，具有了"旨在改造人"的力量，继而"改变世界"。

清晨的语言

——读庞娟诗集《灵魂的清晨》

庞娟的诗尤为独特，灵气十足，诗似乎是她最为娴熟的表达思想和情感的方式。题目是一首诗的诗眼，从她的诗眼中，也能窥见她内心的风景。她说："写诗可使梧桐树开花。"延伸开来，写诗是她挨过漫长寒冬，展现"开花"的瞬间之美的过程。

她是一个心里藏着镜子的人。她不仅观察外在的世界，也以一双灵视的慧眼探勘自己的内心世界。"给体温高的灵魂提供阿司匹林"（《写诗可使梧桐树开花》），从某种意义上说，词语就是她的阿司匹林，一个合宜的词就如一片有效的药片，词语给体温高的灵魂降温，那正是用词语的钥匙打开内心世界的门，火山般释放出能量的过程。在诗里开出药方，从词语的药库取出有效的词语，进行一种自我医治和救赎。她追求一种差异性和个人化的诗性语言的潜能风格，敢于违反语言习俗和打破常规，一种跨越禁忌和边界的勇气，令她可以拥有一副较为先锋的诗歌脸孔和可供辨识的诗歌肌理。

批评之道

"上帝打开一朵花的眼睛/饮灵魂里清澈的水。"（《复活的词语》）这是她之所见。她从"阅世""阅书"和省察己心出发，从世界、书本和自我经验中挖掘可供分享的诗性经验，能够将处世哲学和心灵状态自然转化为他人可以感知的诗性空间，她不在人世以外寻找人性之美，也不在人心之外寻找诗性之纯，而是从世界共相之中倾听异响，从优秀作品丛林里探索一条属于自己的诗歌密道；从词语出发，抵达诗性清净的语言；从自我出发，继而抵达另一个更为良善的自我。她真诚面对这个现实世界和自身，既能够从现实世界抽取那份诗意和美好，又能够从内心世界提纯那份思想的能量结晶；既能够对世界持一种批判观察和救赎的立场，也能对自身持一种"回溯性前进"的愿望。

常言道，一日之计在于晨。清晨是一天当中最美的时辰，而"灵魂的清晨"亦将是灵魂最美的时辰。她将诗集命名为《灵魂的清晨》，可以看出她的在路上的灵魂的重新出发，她的言说从心灵开始的写作意图。她追求的是一种灵魂的清透和语言的洁净。

她在《诗不应该……》中写道："诗不应该被文字左右/但不可以疏离在撇捺之外/有血脉，有器官，更有灵魂/也有疾病，甚至瘫痪和死亡。/手术刀和药物救赎，剔除增生/也要搭桥和修补的神意/此时，痛苦是一种营养液/让诗如葡萄饱满，并吐出籽。"从这首诗中可以看出她的诗歌观，她认为诗和文字的关系，就是一种身体与灵魂的关系，诗人扮演的就好比是造人的"女娲",女娲是用泥土造人,诗人是用文字"造诗"(不是制造的造,而是创造的造),甚至可以认为,诗人是美好语言的使用者和诗意的酿造者。在"痛苦是一种营养液"的认识论下,这便是将痛苦转化为高度形式化的语言而使痛苦净化的识见。

奥威尔在《新词》一文中说:"请注意,我并不是说,如果词语更加可靠地表达意思的话,艺术就一定会改进。也许说不定,艺术是靠语言的粗糙和含糊才得以繁荣的。我现在批评的只是作为思想的载体所该起作用的词语。我似乎觉得,从确切性和表达性的观点来看,我们的语言仍留在石器时代。我建议的解决办法是要像我们为汽车发动机发明新部件一样有意识地创造新词。"马拉美说:"诗不是用思想写成的,而是用语词写成的。"结合奥威尔和马拉美的观点来看,似乎"有意识地创造新词"就是在造就"诗",就是拯救停留在石器时代的语言,就是让石化的语言成为"活化石"。事实上,诗人的梦想是要建立一种"亚当的语言",正如卡西尔在《符号形式的哲学》中所说:"要建立一种亚当的语言——人类最早祖先的'真正'语言。"卡西尔认为,亚当的语言表达了万物的本性与本质的语言。实际上,亚当的语言是一种无罪的语言,这也是人类元初的语言,未曾受尘世的污染,它不是一种妄想用语言占用万物的"欲望的语言",因为言说就等同于拥有,那也是一种富足的语言,而非"贫乏的语言"。改造语言绝非是干扰上帝的工作,恰恰相反改造语言是为了接近上帝。改造语言是为了恢复"要有光"般的言说的有效性。

奥威尔在《文学和极权主义》的开头说:"现在不是批评的时代,现在是一个党同伐异的时代,而不是超脱的时代。"我们似乎并没有超出奥威尔学说的范围。诗人并没有为了迎合这样的时代而趋向于"党同",也没有惧怕"伐异",诗人思考如何保持身上的那一点"差异性"。在庞娟的《第十三只鹅》中,我读到了一种差异性的聚合。在"第一只鹅是青石板/第二只鹅是乌篷船……"的表述里,一个事物成了另一个事物,它们之间没有相似性的隐喻关联,而只是一种个人的认为或偏见,但是却构成了一种"有意识地创造"。关键点是"第十三只鹅",因为它身上聚合了前面十二只鹅的特性,它是所有美好事物的集结,因而它是独特的。

第十三只鹅

第一只鹅是青石板

第二只鹅是乌篷船

第三只鹅是布满尘土的小径

第四只鹅是抽穗的燕麦

第五只鹅是腐朽的桥木

第六只鹅是瞌睡的星星草

第七只鹅是凤凰的翅膀

第八只鹅是钓鱼的钩

第九只鹅是风中的垂柳

第十只鹅是少女的白衫

第十一只鹅是苹果的核

第十二只鹅是餐厅里的语言

第十三只鹅，最丰满，是风、氧气、光和黑暗

我带回了家，养在蓝色的河里

我日复一日坐在睫毛的岸边

用信仰饲养它，垂钓一杆的火焰。

　　写诗，似乎在纸上的疆域里获得了个人的超脱。于庞娟
而言，"出版的诗歌一直都在寂静中填满/时间的空洞"（《你
的诗都有一个收到的人》），这就是诗歌的意义。

独自在亮处

——评米绿意的诗

　　米绿意这个名字隐隐藏着一些她的诗歌特性，那就是她的诗因忠于内心和信仰而"绿意"盎然，这绿意既是生命态度，也是灵魂状态的苍翠富足。她对待诗的态度就像是在善待另一个自己，诗是她感知自然世界、触及内心世界和渴望灵性世界的必需品，正如她自己所说的"诗是救赎"。与她而言，诗不仅是一种能量结晶体，不仅是说出的一种净化的语言，还是一种生命的态度和自我品性的呈现，一种把苦难生活和惨痛记忆当作锻造灵魂的火焰，并在语言里自我陶造。她的诗歌技艺就在现实之弓与理想之琴之间制造了一种"反身性张力"的声响。她的诗忠于内心，语言是生命状态的自然呈现，词语是带着身体温度的体验和彻悟。诗的饱满源于生活对她的馈赠和她对生活的感恩，这是诗与生活的双向对接。她的诗依托于对个人经历的深度挖掘，这种挖掘越深越是能呈现出一个广阔的精神世界和细节感人的诗意力量。她的诗有很强的现代性，平铺直叙中就击中你的心灵。她兼具对诗歌形式的信任和自我的克制，生活的隐忍承受和信仰中汲取温柔良善的力量，改变自身的生活处境和心灵的提升交织在一起。

她"走在一条正确的路上"，把生活的无序复归为有序，她知道生活的无序和心灵的无序并非是一回事。"并倔强地认为：紊乱是/朝向秩序的必然步骤，/而她，走在一条正确的路上。"（《正确的路》）

她在天地之间确立自我的"坐标"，就像她在诗中把自己归属为灰尘堆里的一粒，"地上有裂缝的地方堆积着更多灰尘，/好像聚集在一起等一个反应。/好像我是其中一粒"（《除非她行动》）。在对世俗生活深刻洞察和敏锐感受里，她还过着一种灵性复活的神圣生活，不但关心肉体之冷暖，而且关心灵魂之饥渴。诗就是她再现世俗生活和灵性生活的"照相机"，她确立一种价值主体，作为一个主动的施予者，"她发现自己在一个非常奇怪的位置/作为勇敢的受害者/她必须先去安慰他们"（《位置》）。有一种"未见之事的确据，所望之事的实底"的确信，或许，诗歌就是一把通往彩虹的梯子。

一般我们有这样两种意象：一种是睁开眼睛所见的意象，另一种是闭上眼睛所见的意象。而米绿意提供的意象属于第三类，同时交织着梦和现实。正如她在《在庭院》一诗中所写："小时候，在庭院作画，/她脑子里似乎有一个照相机，/或者，是她的眼睛，/当它们看到想看到的东西，/那些画面就被拍下，/她的笔就会照着画下来。"就在眼之所见和心之所存之后，诗就是一种"交织着梦和现实"亦真亦幻的意象。

米绿意特有的力量来自她的语言能力和内心的灵兽，善于把真实事物提升为一种新的语言力量。正如她在《废纸篓》一诗中写道："——这些垃圾/是从我身上褪下的/一条善良的蛇/的皮，你会觉得恶心？/是的，我会。——即便它们，/替我实实在在又一次/完成了生活——死亡的体验。""——这些垃圾/是从我身上褪下的/一条善良的蛇/的皮"，准确地写出了她和事物之间那种既疏又密的关系。废纸篓中的"鼻涕的面巾纸，/胡乱写满字的手稿，大部分/撕成无法拼凑的碎片……/菜蔬、干面包屑，/内衣、袜子、各色包装袋。"这些琐碎之物都是构成她内心世界图景的一部分，"因为那也是我内心深处的啊"。借助"废纸篓"这一意象，她把内心所深藏的隐秘进行了一次显明和清空。在她的《春天》一诗中有这么几句："我把棕榈枝轻轻放在她手里，/她不确定地举到鼻子下，那新生的味道/'闻上去像家'，/她的眼睛涌出泪水。"棕榈枝"闻上去像家"，是一种新的语言力量，一种奇异的感觉，她使人从对一种具体事物中切换到对另一事物的感知和感受中去了。

米绿意在写诗的程序与精神的困境之间找到一种对应并强化这种对应。"因为对诗歌有着长久热爱，提醒自己/文字，与生活需围绕生命相同"（《老年站台》）。她站在一定的角度，有面对自身困境的强力，诗与生活，诗与内心彼此都有对应。诗既可写得一气呵成又有节制的能力，在绝境中显露出柳暗花明，正如她在《晚上，如果我写诗》一诗中所写："会重审理智与情感，/会写——/怕与人亲近；我有过/亲近招致的死亡。/怕坦白，滔滔不绝地道出我的抱怨。/但灵智会在此刻对我/低语，它说要感激/尤其这些年；/而情感/会慢慢地，随后应和。"写诗的过程变成了一种自我的剖析与审视，把"怕与人亲近"和"怕坦白"等恐惧一一坦陈，"灵智的低语"也可以看作是一种"诗歌的纠正"。在写诗的行进过程中，她完成了心灵图谱的绘制、恐惧的消解和感激的激增，积极的内心力量增加的同时是精神困境的消解与削弱。因为"我们写诗，因为这样/就不那么恐惧。"（《我们写诗》）她在《哭声》一诗中写道："因此母亲体内的母亲也停止了呼吸/在另一个现实生活中，年轻的母亲死了/孩子活着，那哭声就一直在孩子的体内响着"，这是死去的母亲在孩子心中打起的一个死结和一个不易涣然冰释的精神困境。而在《梦中的婚礼》中她又把这个精神困境予以解除，"我死去的母亲复活了——她在帮我梳理长发/以及父亲，我们终于冰释前嫌"，可以说诗既有直陈的力量又有消解的力量。在《爱的构造》一诗中，她说："是我们，像多孔的/肉体海绵/吸食土，水，吞入火让悲痛/一点点渗入"，"多孔的肉体海绵"这一比喻，形象地把人活于世的强大的吸纳力和包容力给呈现了出来。然而，并不是一个一味地消极被动"吞火"的悲痛者，而是"而她正傻傻地把头从污秽的水泥/

墙角伸向阳光"（《雏菊》）这样的心怀希冀的盼望者。

　　"当你终于把悲痛/毫无保留地表露，好比一位纯情少女/被迫在人前脱得一丝不挂"（《哭声》），她的诗歌是如此坦率真横地写某事某物，孤身一人地省思世界和发现意义，思考生命的苦难和赐福，像一个挥着翅膀的女孩那样观察自身并勇敢面对自身的力量和弱点。她是这样的一种宿命论，"——好比，接受了黑暗/才能让夜空给你更多安慰。"（《宿命》）她已经与黑暗握手言和，那些"负资产"已经转化为"生命的灵粮"。

　　米绿意对爱理解得特别深刻，她在《死的理想主义》一诗中说："我们得到的就是爱的教育/是在'我爱你'中/加入的/不仅有玫瑰、蜡烛和誓言/还有新鲜的生命"。爱是什么？《圣经》里的答案是："爱是恒久忍耐，又有恩慈；爱是不嫉妒……不求自己的益处……"她在《重新爱上》一诗中说："爱是会让人害怕的东西。"或者说，我们可以向爱无条件地屈服。她在数满足、标榜、麻木等恶习的时候，我们并不在这些恶习之外。厌恶感如此强烈，会让人觉得这是一首负能量满满的诗，然而并不是。正如诗的题目《重新爱上》，她带给人从厌恶到爱的一种态度的转变。爱会唤醒爱。"品行的惊艳，我们也许会/重新爱上生活。"这不是标榜，而是榜样。一个孩子身上彩虹般的颜色，带给人的惊艳之感，是白鸽衔来的绿橄榄，是生活的潮水退去，大地恢复生机的时刻。她在《赠诗》这首诗里集齐了信、望、爱。"我爱你"

独自在亮处

243

与"我更爱你",好像是天平的两端,一方不停加码导致另一方的倾斜与失衡;爱是对着空旷山谷的大喊,更爱就是"回声"。"从恒温的室内走到阳光下新鲜的感受",是神在太初说过的"要有光",是光明之子来到了光明之国。对传福音的人,你的回答是"信",就好比好种子落在了良田,金苹果落进了银网子。

谢默斯·希尼在《数到一百:伊丽莎白·毕晓普》一文的结尾写道:"各种各样的失去已使心灵的天平大幅度地倾斜,所以迫切需要通过重新分配心灵的重负来取得平均——而实现那种重新分配则有赖于写作这一行为。"米绿意正是通过写作行为不断地释放心灵的重负来保持心灵天平的均衡,不至于在现实的海水中倾覆,也不至于在理想的王国里沉溺。正如她在《我无法》一诗中所写:"我无法不写诗歌/无法不把忧伤/铺平——堆起——装订成册"。即便是太多失去,太少获得,她已在"字的修行"中同步完成了自身的修行,那些结在心灵枝头的温柔、信实、良善、节制等"属灵的果实",都是对她的奖赏。

小悲欢，大慈悲

——评林珊诗集《小悲欢》

在林珊的诗集《小悲欢》中，我读到一种大慈悲。

她在诗里给予词与物一种和谐的秩序并恢复事物本身的荣光。词不是一个冰冷坚硬之物，它是自然中的万物。一张纸就是旷野，词则是旷野中生长的事物。

"还是会有蝉鸣，在歌声里起伏/还是会有花香，在寂静中落下"（《白露》）。蝉鸣即非夏日林间的蝉鸣，而是源自内心。它是"在歌声里起伏"的蝉鸣，这给人一种诗人用话语再现或复活"蝉鸣"的用意，事物不外于人，而人亦不外于事物。蝉鸣是歌声的一部分，正如诸般事物皆是人身体的一部分，人活在一个"肉身化的大地"。耿占春在《隐喻》中写道："世界就隐而不露地躲在这些词的后面诱惑你的灵魂。你开始接受词语的指引，但它没有把你指引向物的世界，而是把你引向了相反的方向。你的生命将朝那上方向走去。"

林珊在《转眼时间到了很多年以后》一诗中写道："这是我曾经想带你去看的湖泊/你听听，那流水的声音……"

无论是带你去看湖泊，还是听流水的声音，都隐含着一种"词语的指引"，通过对词语的亲近，继而产生对事物的亲近，事物又发作用于身体，让"我"的视觉与听觉又诉诸内心。"你提醒我，时间在潮湿的冥想中消逝/无数的波光漫过岸边的垂柳"，林珊的诗，一句诗与另一句诗构成一种同步关系，一句诗加深另一句诗的印迹，事物与"我"呈现出一种双螺旋的结构，诗歌在双螺旋的结构中产生"复调"的乐感和意义。前一句的"时间在潮湿的冥想中消逝"，与后一句的"无数的波光漫过岸边的垂柳"是一个关联域，一个不可分割的统一体。无数的波光漫过岸边的垂柳，正是"时间在潮湿的冥想中消逝"中的具体化的呈现。"波光"是时间的喻体，"垂柳"是冥想者的主体。时间在冥想中消逝了一次，在波光漫过垂柳的经过中又流逝了一次。这在有意或无意间留驻了时间，像是一次时间流逝的"慢镜头"，又像是波光在给冥想着的垂柳以启示。林珊的诗看似简单，但又经得起多种层面的解读。她的诗的简单满足一部分读者，诗的厚度满足另一部分读者。

"尽管你和我一样/无法拥有村子里的几棵枣树，一道白墙/你告诉我，那在夏日的浓荫里错过的/究竟是什么"，诗歌里透露出一种无法拥有和错过某些事物的悲伤，但也存在着一种欢喜，"我们也曾满心欢喜过——/鲶鱼在池塘里换气/大雨正穿过茂密的香樟"。诗人的悲伤源于事物，欢喜亦复如是。当"我"对事物的拥有之心换作品鉴与观照之后，悲伤也开始转换为欢喜。"万物都有欲言又止的悲伤",诗人的言说与悲伤,就是万物的言说与悲伤。池塘里的鲶鱼、大雨、香樟,事物自身构成一个秩序井然的整体,你置身其中,你就是换气的鲶鱼和穿过香樟的大雨;你又仿佛身在局外,仅是一个事物的观察者、秩序的维护者。

转眼时间到了很多年以后

"这是我曾经想带你去看的湖泊
你听听,那流水的声音……"
你提醒我,时间在潮湿的冥想中消逝
无数的波光漫过岸边的垂柳
明亮的事物汇集了——
沉默的寓意,乌有的想象

等到落日奔涌,春风又会毫不吝啬地成为
一个崭新的借口。尽管你和我一样
无法拥有村子里的几棵枣树,一道白墙
你告诉我,那在夏日的浓荫里错过的
究竟是什么

我们也曾满心欢喜过——
鲶鱼在池塘里换气

大雨正穿过茂密的香樟

　　米歇尔·福柯在《词与物——人文科学的考古学》中说："诗人，他在被命名和经常被期望的差异性下面，重新发现了物与物之间隐藏着的关系，它们的被分散了的相似性。在所确立的符号下面，并且撇开这些符号，他听到了另一个更加深刻的话语，这种话语唤起了这样一个时刻，那时词在物的普遍相似性中闪烁。"林珊对外界事物颇为敏感，她在诗中扮演的是"收敛词语的孤儿"的慈爱角色，在她的《哦，山中》一诗里，她写道："落花是落花/鸟鸣是鸟鸣/偶尔还会有一两滴露水/悄悄钻进我的衣领"，落花与鸟鸣就像东与西两个老死不相往来的方向，事物与人之间还没有产生关联，紧接着的"一两滴露水/悄悄钻进我的衣领"，立刻就进入了一种事物与人相亲近的境地。落花是落花，鸟鸣是鸟鸣，隐隐约约有一种佛家的"不应取法，不应取非法"的智慧，即落花非我所爱，鸟鸣亦非我所爱，舍鸟鸣、落花而取"露水"也。因着"我"拥有的对万物的慈悲之心，内心发散出一股磁石般的吸引力，鲜活如露水的词语，依附于我，这露水和我产生了关联，并触动了"我"身体的机关，产生了一种微妙的化学反应。"我"成了一个以花朵为衣裳的人，露水悄悄钻进衣领，无异于露水钻入花蕊。"我"无意间打通了事物与事物之间的隔阂，一个事物在另一个事物中复活。诗歌固然有通感之美妙，隐喻之真理的发现，但诗歌本身是从大地通往天空的一座彩虹桥。实在无法不把露水钻入衣领的描述转换成一种露水入花蕊的视觉体验，这或许就是诗人在诗歌中重新确立起来的"事物的相似性"。

"山门前的石狮子，佛堂里的诵经声"，这些事物皆能入眼入耳入心，再通过内心的反哺，最后酝酿出"在秋风中与受伤的麋鹿交换眼神"的慈悲。林珊之所看见——"山门前的石狮子"，得双眼的清净；林珊之所听见——"佛堂里的诵经声"，得耳朵的清净；"我还是愿意一次次/在黑夜里触摸满天繁星"，林珊对繁星的触摸，得身体的清净。而在与受伤的麋鹿交换眼神的时候，她得到了灵魂的清净。雅各布森曾说过这样一句话："诗歌并不是为话语增添一些修辞性装饰：诗歌意味着对话语以及话语的所有构成因素进行彻底的重新评估。"林珊的诗，没有过多的"修辞性装饰"，所有构成因素是白鹭、蜻蜓、星光、松涛、虫鸣……"好吧，让我们来谈一谈虚空/风声是细小的，星光是微弱的/松涛延绵不息"（《夜宿弥陀寺》）。我们对这些话语的构成因素进行评估，所能发现的仅仅是"我摔倒在路边/一抬头，就看见菩萨慈悲的脸"。"起伏的虫鸣并没有给我带来忧伤"，一切事物都是菩萨的相，一切音声都是如来。

帕斯说："诗歌是知识、拯救、权力、抛弃……是精神操练，是内心解放的一种方式。"在林珊的诗中，我们能读出"诗歌是拯救"的意味。"我带着小狗，穿过落日和松林/身后，禅音萦绕/悲伤汹涌"（《天龙山记》），从林珊的这句诗中，能够感受到尽管诗人有着对事物的爱，但是事物不能带来拯救，事物只是从身体的伤口中奔涌而出的悲伤的流水。在"禅音萦绕/悲伤汹涌"的表述中，诗人一边沉浸在悲伤之中，一边想从"禅音"中获得启示或拯救的愿望。正如她在诗中所写："除你之外，没有人会明白，一首佛歌/在床头灯下所带来的救赎——"（《我，或是我们》），她借助佛歌获得救赎，又用诗记录了"救赎"。

诗人除了做出最佳词语的最佳排列之外，也要考虑词语是否是从心灵之深井打捞出来的清凉井水，也要考虑这种排列是否能够产生出其不意、出奇制胜的诗意能量。她诗歌中琳琅满目的词语，正是她内心富足的体现；她诗歌中的蝉鸣、花香、小狗、夕阳、婆婆纳、蒲公英、青蒿、满天星和一个人滂沱的眼泪等诸多事物被归拢一处，正是她作为诗人调遣词语、排兵布阵的熟稔技艺的体现。在这里，借用诗人臧棣《关于女性诗歌写作，答黄茜问》的话来评价林珊，作为一个女性诗人，她"让诗的写作具有了完全不同的魅力。而且，更为重要的是，这魅力是可以分享的"。

因着林珊对事物的爱与慈悲，她的爱与悲伤的水流在从高处跌落低处的过程中，发出巨大的"电流"。她的小悲伤里是对万物的怜惜与珍存，又从种种"小悲伤"中汇聚而成一份对宇宙万物的"大慈悲"。

无须问其他花何时

——读吴小虫的诗

阅读吴小虫的诗，仿佛一个失去电源的人接入了充足的电源，仿佛沙漠中的人看见了海市蜃楼和绿洲。从海市蜃楼到真正的绿洲之间，只是一个距离的问题。我走向他的诗，走向他。"一切走向我们的，我们也走向／他们"，在互相走向的过程中，互为镜像。

在《花期》一诗中，吴小虫把"四月里发生的事"逐一交代清楚。"先是，池塘里莲叶初成""之后又听到布谷""而门前玉兰，朝着阳光的／大朵大朵，先期开放有三"，层次非常清楚，仿佛是一个人经历了出生、成长和成熟的各个不同阶段。从诗中的莲叶、鸣蝉、布谷、玉兰等关键词来看，正是"以我观物，故物皆著我之色彩"的体现。这些美好高洁之词透露出一种心之安隐寂静的品性。

从"莲叶初成"到"鸣蝉／开始了一生的吟唱"，暗含着一种由静态美再到动态美的转换，以及个人降生于世之后开启的人生旅程；从"布谷／散布好消息"再到"而门前玉兰，朝着阳光"，又是一种动态美到静态美的转换。在动静转换之中，是观察视角的转换，也是一个心灵波动的图谱。

经上说万物各按其时成为美好。万物各自扮演着自己的角色。池塘是莲叶的舞台，吟唱是鸣蝉的使命，布谷扮演的是"散布好消息的俊美角色"。直至读到"谷子就要从大地长出来"，仿佛一张弓已经拉满，你应能感应到一种极强的生命力。一幅由池塘莲叶、鸣蝉和布谷占据主角的画面油然而生，谁能说这不是"竹喧归浣女，莲动下渔舟"的生动写照呢？

这一切均发生在"某天早上，去晾晒衣服"的所见所闻，能不能说，这莲叶、蝉鸣、布谷是他所晾晒的贴身贴心的"衣服"呢？

"而门前玉兰，朝着阳光的/大朵大朵，先期开放有三"，朝着阳光的既是门前的玉兰，亦是一种个人的积极的人生态度。先期开放的有三，或许"我"正是这先期开放中的一个，所以，"无须问其他花何时"，因为"我"已经先期开放了。或许我不是先期开放中的一个，但是没关系，"万物均有定时"，每一朵花都能迎来属于它的花期。

吴小虫在《花期》一诗中，摒除了外界的干扰，在一幅花开之图里呈现了生机，在"无须问其他花何时"的傲然姿态中，他在等待属于他的花期；"谷子就要从大地长出来"，他也必将迎来属于他的收获期。

吴小虫的诗有一种痛感，"北风吹着我的缺口/发出呜呜的响声"（《回乡记》），这痛感正如这句诗所言，是有缺口之我对"北风"吹过之后，发出的生命的震颤之音。他坦承生命是不完满的，他的"缺口"彰显着残缺之美。而诗就是镶嵌在"缺口"之处的补丁。他"发出呜呜的响声"，其声有幽咽、有不屈之感，不遮掩而自证其清白。

我是乡村的那个缺口，我的还乡能将乡村之缺口补充完整。

吴小虫因执着于自我，故能返回到"少年"的心性。他将要翻新"古老的道理"，"在某一刻/又有了新的血红舌头"（《自我的少年》），隐喻着一种新的言说方式和内容。他发现了自我与时代之间是有那么一层薄薄的阻隔——"时代的窗户纸"，他执意要打破一些什么，再确立另一些什么。正如他在诗中所说："要么就在那里原封不动，自己/将自己打破"。

"大海已经去了天上，群山进入阴影"，这是一个异化的世界，一个颠倒的世界，一个无序的世界，一个所见非见的世界。事物开始异动，世界已经反常。"我"的应对策略是删掉，屏蔽，这是断舍离的智慧。一个新天新地在"开始学习少年时的积木堆设"中逐步建立。

"老寿眉低垂，形似枯叶/他爱着他的紫砂壶，壶内天地/而任由围坐之口先是吞咽/之后香气从喉咙里爬上来"（《昨天记》）。吴小虫的诗颇有禅意，看似写茶叶，实则在写人。他在写一个耄耋之年的老者"寿眉低垂"的样子，写一个老者围于"壶内天地"的怡然自乐。从"老寿眉低垂，形似枯叶"中，可以看到一种寂灭相。因"人沉浸于各自之镜里"，故不能"内脱身心，外遗世界，远离三有，如鸟出笼，离垢销尘，法眼清净，成阿罗汉"。从饮茶到饮世相，吴小虫像一个洞悉一切的智者清醒者，用杯子和杯子碰撞的声音唤醒一个梦。

吴小虫在《奉节返重庆路上，想起杜甫》一诗中写道："而杜甫／一块豆腐，凉拌江山小葱"。他是在讽喻诗人杜甫已经成了一道世人享用的菜——小葱拌豆腐。但又不止于此，他是在写如何处理个人与世界关系这道难题。人和世界，亦可以建立豆腐与小葱的共生共存关系。"几尊破败的神像质问着我们／好像只是应该去到那里，好像／今天只是昨天的遗腹子"，吴小虫读懂了几尊破败的神像里静默的言辞，在那一刻他与诗圣杜甫共有一颗诗心。"遗腹子"一词，颇有力道，极为准确，写出了一种时间的念念相续、掰扯不清的关系。他讽刺世人的"买椟者的无知"，而他窥见了椟中之珠。

吴小虫总能从纷繁世相中直接涉入真相的水流。他的诗是将经验转换为智性，他的诗是从干涸的现实里"旁逸斜出了一声北路梆子"。他与现实的关系，是一种"下半身插入了水"的深切进入，再到"我们又将双手插入了水"的浅尝辄止。（《幻灭的流水》）他的诗正是他与现实这种若即若离关系的直接反映。他或许渴望着一种"水中世界／龙鱼摆动着巨大的身体"的强大。他说"而我的幻灭并不是流水"，尚且能歌"一声北路梆子"。

充分意义的诗人与语言的门闩

——评周簌诗集《攀爬的光》

　　周簌的诗集《攀爬的光》共分五个小辑，分别是"我是万物，万物是我""等时间交出账簿""时间在我们体内花繁枝茂""给夜空拔钉子的人""游走的人，归巢的鸟"。如果把这本诗集比作一座用诗歌建造的房子，那么诗集中的五个小辑就是"诗歌房间"的五扇门。从小辑的名称中提炼出"万物""账簿""时间""夜空""归巢"五个关键词，则是打开五扇门，是进入诗歌的五把金钥匙。五个小辑的题目，如五条通往诗人幽微内心的曲径和"一扇通往理想之邦的门"（《更年的沙漏——致诗人 Y》）。我愿意在这"五条曲径"之上多徘徊一会儿，它使我尚未进入"诗"却先陷入了"思"。在"我是万物，万物是我"的观照之下，可以看出周簌的一种以万物为镜的世界观，或者说是万物与我处在一种互为镜像的张力关系之中，一种主客互换位置的"移情"。"我是万物"，是不强调诗人的"主体性"，是一种消弭我与万物的距离的愿望，是对自己的认识达到了一种饱满的状态；"万物是我"，则是对世界的认识达到了一种高和深的深刻性，万物不过是我众多的影分身，万物的普遍性和我的独特性达到了一种和谐统一。自我的认识和对万物的认知，共同构成了她的诗歌的一体两面，何者为我，何者为物的难以区分已经成为诗中谜一般的特质。诗是她从万物之中捕捉到的自身的影像，万物则是她托物言志、寄情于景的载体。辑二和辑三都提到了"时间"一词，但落脚点又有所不同，前者是把时间比作一个债权人，而自己则是一个欠债者。后者则是指诗人随时间而来的智慧和丰盈。辑四中的"给夜空拔钉子"，可以看作诗人丰富想象力的施展和把与万物对视的眼睛投向了夜空，"你搬来一枚月亮／拴在南山黑麂的犄角上"（《谁配得上今夜高贵的孤独》），这是她"远取诸物，近取诸身"，与世界拉近距离的体现。辑五中的"游走"和"归巢"，既可以看作一种身体和心灵的双重安隐的状态，又可以看作"游走的人"所指涉的个我和"归巢的鸟"所指代的万物的隐喻关系和相似的生活节奏。其中游走和归巢，是一种互文，也可以理解成游走的鸟和归巢的人，从中可以感受到诗人由游走的动到归巢的静的心灵波动的曲线，诗人从游走到归巢获得了身外的秩序和心灵秩序的吻合。她是一个尽职尽责的诗人，她的诗契合了希尼所说的"诗歌的职责就是生产'在家'的感觉和对世界的信任"。

事物即诗，现实和梦想此即诗艺。有多少被遴选和净化的事物进入诗和内心，诗和内心就有多大的承载力和表现力。这种对事物的收纳在她的诗中有所表露，如"把庞大巍峨的南山逐渐踩在脚下/暮光下的远山，放小/小得可以装进我的纤手"（《登南山》），这个观点也符合诗人周簌的诗歌写作实践。她在《3 月 13 日所见》一诗中写道："我是万物，万物是我/经过蓉西路 41 号鲜红的对联/与三棵老态高大的泡桐花树对话：'在这个春天，/我们谈一谈诗学和美学吧。'"从事物到诗之间必定是一个炼金术般的艰难和石褪玉露的过程。可以说，周簌已经在"事物即诗"的道路上所行甚远，她有信心占有更多的事物，也有诗艺将所占有的事物在诗中呈现出来。诗，按照她内心理想的面貌而抒写。她所遵循的是事物的诗学和客观的美学。诗学和美学不是对世界的矫饰，而是真实的呈现和揭示，正如她如实叙说："眼前一个跛行的人，正拖着他的左腿/缓慢地穿过斑马线"。她曾说："诗歌来自虚幻，是一个理想主义者对理想世界的追逐。"她知道诗是一种追逐，而非一种抵达。作为一个理想主义者，她融入万物和现实。不管"沧浪之水"的浊与清，都没影响她的诗心、诗情和诗意。她莲一般保持着清白之心，诗或许就是她安放心灵的一个可靠纯净之地。诗歌来自虚幻，诗人自身却处于真实的现实之中，这是诗人的自知与清醒。虽然诗人说："我思想的贫穷加固了语言的门闩"（《我爱的能力与日俱减》），但是"心灵的门闩"却没有掩上，她是一个"开放性"的存在，她的开放性在于她拥抱了身外的万物，在于她说出了自己的"思想的贫乏"和自我的"坠落和深渊"，这是一种坦白和交托，这是说出自己之后的放空、释放内心的"缓存空间",她也在诗中直言,"唯有把内心的河流倒空"(《在白涧村》)。"思想的贫穷"和"语言的门闩"处在一种此消彼长的状态,"语言的门闩"的加固是一种对待语言的谨慎、节制和精确的态度。因为语言的洁净,或许就是心灵或世界的洁净,这种"洁净感"在她的诗中也有所体现,"他一直扫下去/直至把这些附属之物扫出他的心际/就可以洁净地面对佛了"(《野岭》)。"如十字镐的镐尖/锤打影子的邮戳"(《我爱的能力与日俱减》),这是一个人有力度的自我捶打和熬炼,她找到了一个有效之物,"十字镐"的镐尖带来了痛的体验,是的,在感受力日渐麻木钝化的当下,诗人周簌依然保持着唤醒人的痛感体验的"锐度",这是一个诗人可贵的品质。"邮戳"一词,暗示了诗人想把自己从此地邮寄到彼岸的游走之心。或许,捶打和痛,正是她所经受的缓慢的"攀爬的时光",那是毛毛虫蜕变为蝴蝶所要经受的必然之痛。"结自己的实,发祖母绿一样的光"(《那只翠绿的啼鸟》),这就是诗人的自足和骄傲,她的富足来源于那道"语言的门闩"对"一枚丁香""纯净如深井的泉水""披上绿色松茸的外衣的田垄"的内心世界的把守,对"野外的月亮"和"时间流腐蚀"的阻拒,她知道什么是该储存的,什么是该清空的。"我站在一架青葡萄下/忘掉了自己,忘掉了归路"(《那只翠绿的啼鸟》),在葡萄架下,诗人再一次物我两忘。

维特根斯坦说,我语言的边界就是世界的界限。"行进

　　　　　　　　　　　　　　批评之道

至语言的禁区，无以言"（《未被陈述的，有神秘之美》），
她的"行进"也是种用语言触摸世界边界的企图。"至语言
的禁区"，既又囿于自我内心的束缚，又有因缺乏解开语言
的绳索的技艺而无力向前拓展边界和疆域。她更应抵达语言
的开阔处和世界的纵深处。她的"无以言"，实是应对纷繁
世界的言说的无力感，和一种积蓄力量的沉默。

　　诗是内心的建筑。"日夜造一座建筑，无有避所"（《未
被陈述的，有神秘之美》），日夜殷勤忙于用词语的砖块给
无有闭所之人以堡垒。如月之月在诗中提供一种有待解决的
困境和现象："幽幽蓝光下的战栗""未知旅程中充满的危
险"。"保有热情"，应对未知与危险，略嫌不够。还需要一
种随时间而来的智慧，随智慧而来的觉悟心。"我们渴望刮
起一阵语言的飓风"，这就需要勇闯"语言的禁区"，在诗歌
中凝聚言说的智慧和慰藉的力量。"苹果砸向词语的深渊"，
词与物之间不是一种互为指涉的关系，事物脱离词语的限定
和轨道，如失控的飞行器。苹果身为词与物的集合体，在诗
中以词的身份砸向词语的深渊。用词语来撞击词语，这也是
一种在智慧匮乏之时，用热情来刮起语言飓风的尝试。这是
一种大胆的尝试，制造出"劲草摇"的响动。"坐在莽原中
心倾听风声如缕"，在诗中刮起语言的飓风，莫若用"倾听
之眼"，在某种意义上，诗人不是飓风的发起者，而只是飓
风的听闻觉知者。"语言之柄，太短"，折射出人之对语言的
把握的不合宜。这首诗可以看作一种使用语言触及彼岸光明

的尝试，一种渴望拥有更无边言说能力而在行进途中遭遇挫折和示现种种困惑无力的心路历程。更广大的诗意在言说之物的外表满溢和散射，该有百千万只眼耳鼻舌身去对无量无边之广大世界进行深入的感应和洞见。

周簌的诗仿佛是一个自我内心空间的符号化，也是把身外之物搬迁到纸上、把事物转化为诗的诗化过程，是把"诗可以观"的古训做出现代性的发挥，即对事物世界的"外部之观"逐渐过渡到心灵世界"内部之观"的转变，换句话说，周簌的诗开始关注"灵魂的构造"和心灵秩序的问题，她与万物的不作区分，其实已经成为一种区分，因为写作就是区分，就是把我从众人之中区分和拣选出来。正如沃格林在《新政治科学》中所说："因此，人的真正秩序是灵魂的一种构造，由某些足以影响一种品格之形成的经验来规定。这个意义上的灵魂的真正秩序，为度量和划分现实中形形色色的人之类型以及他们在其中得以表达自身的社会秩序的类型提供了标准。"《召唤》这首诗，本身就是一个内心世界的具象化，本身就隐含了一种空间和秩序。"木屋的环形破口/逸出一枝娇艳的杏花"，这完全可以当作先前她对自我描述的思想的贫乏和语言的闪闪的一次矫正和破除，逸出的杏花，也可以是思想的富庶的明证。"我来自旷野的风/误入多年前生活过的旧居"，这也可以解读为她在诗中完成了一次主客易位，她以风的身份来"误入""生活过的旧居"，也可以理解为灵魂的游走的"归巢"，或者说她打开了一个与世界进行象征交换的门。总之，诗歌空间是

　　　　　　　　　　　　　　　　　　　批评之道

一个无限旷阔和澄明的境界。"夹道的果树林，爱憎分明／一边是快要零落的／一边是即将成熟的"，这种井然的秩序，这种成熟与零落的对峙，忽然成就了一种张力之美。从某种意义上说，周簌成了"充分意义"的诗人，她在观照环境之时，也存在着超越其环境的写作方式。

周簌以"时间"为关键词的组诗，可以看出她对时间流逝的敏感与珍存。诗，就是抗拒和抵消"时间的磨损"的容器。她在《时间的磨损》一诗中留住了这样的美："曾经，我衣襟别一朵栀子走向你／青杏有涩香，水边有花影／你站在桐花满地的树下／约等于一首诗"，也写下了那样的痛："而现在，我们像两只蜉蝣／抱头痛哭，但没有眼泪"。"日子很慢。天蓝得像我的倦态／我静坐在屋檐下"（《周家庄》），诗中呈现一种慢节奏和倦态的生活，她对时间持一种悉心享用的态度，自身的内在节奏与生活的节奏是合拍的。"天蓝得像我的倦态"，是一种自得意满的生活状态，天空之蓝与我的倦态换上等号，实则是内心状态的一种具象化。在另一首诗中，她说："闲时。逛市集寻野趣／和村民说朴拙的乡音"，她的时间被"野趣"充满，在与村民的对谈中，时间其实约等于"一种思想情感的流动或流通"。时间并不是总是充满闲情野趣，它也有凶猛的一面，诗人在《在黄昏的遗忘中》写道："不断地让自己去相信／时间猛兽般的吞噬力和破坏力"。她的诗有很多细节化的内容支撑，有思辨，有情感的融入，呈现出一种多维和丰富内涵的诗歌面貌。"我从未像现在这样/羞愧。像一个犯错的孩子/手里却握着奖赏的糖"（《我从未……》）。这种犯错和奖赏的糖制造出来的一种冲突，五味交加，也是诗歌的魅力所在。

"身体内的驭者，使浑身解数/也控制不住奔腾的远山"（《南山南》），这是诗人在诗中袒露的内心动荡的一面，有奔腾之美。"我喜欢此刻的自己/像一粒石子被河流磨平棱角"（《给此刻的自己》），这是诗人安常处顺的态度，有沉静之美。一如她的自诉，"即使内心翻江倒海/也要呈给你波澜不惊"。奔腾之美和沉静之美，是诗人平息内心的风暴之后所展示的娴静。周簌始终温情细腻地对待万物，始终在自身和世界两个维度进行探寻和观察，她的诗歌写作是一种探索诗之奥秘和世界之奥秘的结合。在《我阅读她的美》这首诗中，她说："我的心穴绿苔生，饱含汁液的吻/落在她的额，她的鼻尖"。读周簌的诗，无疑也是一种"我阅读她的美"的享受。她像一株向阳的植物，每天都在顺着阳光的触须，攀爬。《攀爬的光》这本诗集，见证了她攀爬的心路历程，也见证了她从黯然到璀璨的发光的嬗变。"攀爬的光"，一方面有"脚下有灯，路上有光"的希望满怀，另一方面有种光的自比，或者说她是焕发独特光亮的人，此外，也有像蜗牛或葛藤一样，顺着阳光的触须，向上攀爬。她与光合二为一，她进入了光的心里，她的心里灌满了光。所以，人生有方向，灵魂有依托。她的"攀爬"，终究能以"让诗以水晶在化学溶剂中成型的方式"，让她的心在语言中形成。

蝴蝶，无可造访之梦境

——读高权的诗

"太初有道，道与神同在，道就是神……道成了肉身，住在我们中间，充充满满地有恩典，有真理。"（《圣经·约翰福音》）道成肉身是神与人亲近的智慧，诗就是诗人的一次肉身成道的逆旅，是反向寻找和亲近神的企图和盼望。诗是一次蝉蜕的行为，是脱去有形外壳的束缚，让肉身获得翅膀而变得轻盈。

诗人高权在《我的肉身还不够沉重》一诗中，开头营造了一种轻与重相对立的诗歌张力，"恍若轻烟入梦，醒来香已成丘／昨夜的水塘，已化作云雾"，轻烟入梦，是一种给梦"二次方"的算术行为，轻盈就有了数学上的"精确感"；香已成丘，是一种时间消失之后产生的灰烬般的可视的"时间"、有重量和质感的时间。因此，轻烟入梦和香已成丘，构成了轻与重的张力。水塘化作云雾，也类似于水以云雾之轻对水塘的逃离。水塘之于水，亦是一种束缚和局限。

"我起身沐浴，修理梦中荒芜的／脸孔。""沐浴"和"修理"两个动词，使人想到这是一种宗教的行为。沐浴使肉身洁净，修理使荒芜的脸孔变得清晰、葳蕤。诗人高权的诗暗含着思想行动，是行动的指令，是行为之诗，也是诗之行为。这样的行为，使他产生了一种可能性，即"不再是智力的骷髅，而是一个完整的人"（维特根斯坦《文化和价值》）。

"我走在清秋的街上／接受光的邀请，落叶的问候"。高权用词极为考究与准确，清秋的街道，让读者自觉或不自觉地进入到一种"多情自古伤离别，更那堪冷落清秋节""快走踏清秋""无言独上西楼，月如钩，寂寞梧桐深院锁清秋"的意境之中。而具体到高权的这句诗中，他在清秋的街上的行走，不是"快走"，也不含"离殇"，也无寂寞。那是一种内外明澈，视众生与万物没有区别的心境，是一种"清秋的心境"。光与落叶，被他人格化，这既是对事物的尊重，也是把人从万物主宰的身份上退下，"它完全融入了物质，赋予了物质——石头、木头、颜色、声音或语言——以生机，并令其具备精神性"（朗西埃《马拉美：塞壬的政治》）。

"像是危悬在，草尖上的露珠／回到大地内心"，高权的这首诗，凝练豁达，像是从一个领悟跃升到另一个领悟，像是从一个"我"的状态进入到另一个"非我"的状态，像是从对万物的肉身化返回到万物对我的去人性化。大地是一个躺着的人，而我成了"草尖上的露珠"。"我走在清秋的街上"与"草尖上的露珠／回到大地内心"，这两句诗放在一起读，更有趣味。我在清秋的街上的行走与露珠在草尖上的滑行，其目的都是"回到大地内心"，这是一种殊途同归。

> 我路过的人们，各怀疾苦
> 我迎过的日出，还没有落在
> 我的肩头。我还没有装下
> 太多粮食。没有尝遍人间草木
> 我的肉身，还不够沉重

诗人从"非我"的状态返回到"我"的状态，从"诸法空相"返回到"我相、众生相、寿者相"，从出世返回到入世。我观众生是"我路过的人们，各怀疾苦"；众生观我是"我迎过的日出，还没有落在/我的肩头"，这亦是一种责任意识和担当意识。整首诗，两个段落交织成一个"双螺旋"的结构，形成强大的能量源。一个段落是清秋的心境，另一个段落是"我的肉身，还不够沉重"的忧患和沉重的心境；一个段落是轻烟入梦的轻盈，另一个段落是"人们，各怀疾苦"的沉重；一个段落是梦想之轻，另一个段落是现实之重；一个段落是得无上道心的轻盈，另一个段落是彻悟之后的沉重。

高权的诗，远离"以我观物"和"以物观我"的非此即彼的人与世界的关系。他没有在诗中出场，他更像是一个局外人和言说者，他用自己的话语造就了一个理想的世界，诗的世界。在《若鱼隐于山林》一诗中，通篇无"我"，全部都是事物在说话，人隐去。"让一封信流落民间，查无此址"，这是一次诗意的"道成肉身"的救赎方式，"一封信"即是圣言的莅临民间，查无地址即是世人对圣言和真理的阻挡拒绝。他让事物代替人来言说，"让树与树的交谈，不走漏风声"；让事物代替人离尘销垢，以流水的洁净返回生命的"源头"，"让细水长流，流回山涧"；让事物构建理想的秩序，"让山中千树，不散烟云"。

高权的诗充满启示性和禅机，需要拈花微笑般的沉默与领受。"让漂瓶空空，拾获之人/无可怀想之事"，漂流瓶之空，拾获之人的无可怀想之事，构成了一种对等关系。人应该像漂流瓶一样空空如也，"应无所住而生其心"（《金刚经》）。"让古老的石头，不著一字"，似乎是在反正"神灵毫无保留地说完了他的话，他似乎永久地沉默了；先知叙述完了他的圣训，再也无话可说"（耿占春《退藏于密》）；也似乎是在让石头成为石头，言词成为言词，事物与言词脱离"诗人专心于倾听相似性的'另一种语言'，这种语言既没有词，也没有话语"（米歇尔·福柯《词与物——人文科学的考古学》）。不著一字的石头，恰如诗人令"芝麻开门"的咒语失效，世人需要"珠宝"一样的石头，但失去了指示"珠宝"所在地的言词。

高权写道："让蝴蝶，无可造访之梦境。"这是对庄周梦蝶的一次颠覆和解构，使蝴蝶是蝴蝶，梦境是梦境，二者不再发生哲学意义上的关联。或许，蝴蝶即是梦境的肉身，而

　　　　　　　　　　　批评之道

梦境是蝴蝶的灵魂。如果蝴蝶是度人脱离苦难的觉悟者，"无可造访之梦境"，亦可理解为世人皆得菩提，已无需要救赎之人。

《若鱼隐于山林》，这首诗的题目也耐人寻味。鱼需要在水中游弋和存活，但鱼隐于山林，似乎是在把山林当大海，鱼在海水中失掉的会在山林里得到。鱼就是我们隐喻化的"肉身"，诗人高权知鱼之乐，也找到了诗意的栖息地——山林。鱼隐于山林，用隐代替了游，是隐言隐身对游戏人间的弃绝。

高权在《一个人雄踞北方》一诗中写道："他并不称王/一个人并非英雄，他也从未有过/英雄的梦想。"能够"雄踞"，令他获得了一种无冕之王的资格和地位；能够"登高远望"，再现了陈子昂的"前不见古人，后不见来者"的独怆然。他获得了一种不言自明的自足性，一种不证自明的胜利。"一个人迎接日出，也被日出迎接"，迎接日出，是他对外在世界的回应；被日出迎接，是他作为一个诗歌上凯旋的勇士所受到光的礼遇与款待。这也是一种他的主体之我与客体之世界之间的自由切换，在"物与我"之间，"相看两不厌"的互相欣悦与赏识。"北方"不再是一个地理学意义上的方位词，而成了诗人高权的一个"在非诗意的世界里，在非诗意之物中，通过语言的无限可能性，通过语言的可塑性的秘密小径"所抵达的诗学圣地。他用他的诗构筑起一个与个人或现实世界相称的语言世界，语言世界与现实世界之相称，恰如两行铁轨的平行，驶向一个博大的心灵。如果说诗歌就是对生存经验的一种提纯行为，那么诗人高权具备了处理复杂生存经验的能力，或者说他的诗是高纯度的"晶体"。"一个人的梦中，鸟兽出没/一个人醒来，弓箭正挂在墙上"，梦中之鸟兽与醒之弓箭，恰恰对应着一种难以调和的现实与梦想的矛盾。他应对现实的策略是"一个人铸剑为犁，春耕夏耘/秋收冬藏。一个人取火/照亮自己也照亮北方"，这更映衬出一个不偏狭、用火光烛照自己和世界的英雄形象。火的照亮，使黑暗缩减，使一个人多了一个影子的陪伴。

　　臧棣说："一首诗的好坏取决于它怎样揭示经验……取决于对语调的控制能力，取决于词语是否运用得准确。一首好诗应有能力唤起我们对某种经验的渴望或记忆……一首好诗通常也包含着令人震惊的欣悦。"高权的诗真实反映了他的生存经验，以及他对这个世界思考后所进行的诗意的提纯和呈现。他的诗有一种颖悟和哲思存在，至于"震惊的欣悦"，正是震惊者得其震惊，欣悦者得其欣悦。

从原始中抽出新针

——读安羯娜的诗

    诗的现代性在于词语的解放，既可以在原初的意义上使用该词，也可以打碎、肢解一个词，使其从完整的单一到碎片的众多，从而获得新的意义和自由。安羯娜的诗颇具现代性，词语的活用和创造性的使用，使诗歌具有张力和陌生的美感，而想象力的丰富使她的诗具有空间感。她认为，诗歌是无声的音乐，每一个字都是跳动的音符，又如一幅幅水墨画。无论是诗歌还是绘画，模仿自然都是初级阶段，需要提升到创造自然的阶段。这是一个敏锐的洞察，诗歌就是音乐美、绘画美和建筑美三者合一的综合性美学载体，也是把内在的苦痛悲欢净化之后，宁静而智慧的表达和能量的释放。

    安羯娜在《一条路，向上串起的海子》一诗中写道："是海的儿子，由天上降生/分布，散落在'Y'形上"。诗之开头把自己对事物的敏锐感受，凭借丰富想象力和朦胧而精确的表达，把人带入一种诗的情境。借助符号"Y"，杯子一样的象形，承接住散落的"海的儿子"。安羯娜深谙去除所有动词，一切都围绕一个名词，用名词来建筑高塔的理念。宝镜岩、芦苇海、火花海、五花海、熊猫海……词语的丰富性，映衬出内心的丰富。诗的结尾处写道："依次，向着雪山，剥开翠蓝/滴下，融为向上高悬的秘流。"诗人使用一种"剥洋葱"般的技术手法，掸去词语的灰尘和迷雾，焕发出一种心境。诗人的写作本身就是一种神游物外，超脱凡尘的过程，而若能让读者在阅读过程中也同样感同身受，那将是作者的成功，和诗歌的成功。"只有在摆脱了概念的统治，不满足于它对经验的粗略分类知识，也不满足于直接的感性经验与感官刺激时，我们才能深入语言。对于粗略的概念而言，诗歌话语是对它的解构；对于感受性的弥散而言，诗歌话语具有一种持续的建构作用。"（耿占春《失去象征的世界》）安羯娜的诗中有一种对"深入语言"的自觉，如"山风，吹出幽深""蓝马鸡蹿出树林的涛声"（《原始森林》），语言直接呈现出鲜活新颖的感受。新感受的出现，自是对旧的概念、思维和感受的瓦解。"从原始中抽出新针"，是诗人的直接感知和智性表达，也是新颖感受力和表现力的完美契合。面对原始森林，诗人的感受，从"空气是凉的"体感，到"鹧鹩、白鹡鸰飞于枝头"的观感，再到"落叶与浮木/接受腐烂"的心感。体悟在加深，感受力在逐步增加，直至诗人说出"油松、云衫、铁衫……/从原始中抽出新针"的灵感。"新针"，即是新词，新的感受力。翁加雷蒂说："一个词让沉默在灵魂的暗藏者中回响——这一个词难道不是一心让自己充满隐秘的词吗？这是一个充满紧张希望的词，它希望重新找回奇迹，那最初的纯净。""新针"
这个词，让安羯娜拨响灵魂的琴弦，返回最初的纯净。

让·保罗认为，现在的时代精神自私地毁灭世界与万
物，以便能在虚无中创造出自由的活动空间。"诗人应该是
怀着爱世界和万物的心，万物即能填满虚无。安羯娜的《在
华山，我拥有从山顶到月亮的距离》一诗中，诗人与万物融
为一体，"我轻微的犹如/云雾上的一粒水珠"，把自己等于
云雾上的水珠，这是一种机巧的做法，这样既可以有人的观
感，亦可以有"水珠"的感受，增加了感受的主体，有一加
一等于二的叠加效应。"云海深处的光/从地下投上来，我和
草木/与同行的人，皆被光照"，诗人的感官被充分打开，被
"光照"，同时自身也是光源，光照他者。在刹那间，诗人之
心与菩萨之心是相通的。因此诗人说："我必定与佛和/菩萨
一起降落，也被赐予的恩典/所包裹。""石门和云门一并打
开/回心石已回到内心，我必须感恩，并将/双手合上，跪拜
神光，/便拥有了从山顶到月亮的距离。"词语的打开，即心
的打开。"回心石已回到内心"，也隐喻着诗人把万物内心化
的一种技艺。感恩，跪拜神光，诗人意识到人与神是有着疏
远的距离，"从山顶到月亮"，也就是一种灵魂从泥土到云朵
的企望。

人类的社会秩序和人的理性是与事物的秩序协调一致
的，它使人们能够潜在地理解和热爱事物的秩序。在《缝山
针》和《巡返山庄》这两首诗中，诗人融入事物的秩序，不

再是秩序的破坏者，而仅仅是一个融入者。"没有任何地方，比这里/更幽静，静谧的/可以渗出泉水与琴声。"诗人对事物的融入，产生不谐和音，即"渗出的泉水与琴声"，这是感官的钓鱼线垂钓出的陌生的诗意。《缝山针》里，诗人不仅是一个融入者，而是变成了局内人，目光从事物的身上，反观到了自身。希尼说，我写诗是为了认识自己，使黑暗发出回声。安羯娜认识到了"而我们，需要一根长线缝一缝自己"。

安羯娜的诗灵动而跳跃，怀着对万物的感恩和热爱，把内心的宁静与事物的宁静合二为一，通过对这个世界的观察与省思，把心灵秩序与自然秩序相统一，以谦卑而内省的目光审视着自己和自己所处的这个世界。

作品与文学批评的隐喻关系

　　斯坦纳在他的《语言与沉默——论语言、文学与非人道》一书中说:"批评家过的是二手生活。他要依靠他人写作。他要别人提供诗歌、小说、戏剧。没有他人智慧的恩典,批评无法存在。"这个说法令人心惊,批评家过的是二手生活,这何异于不吸烟者被动地吸二手烟呢?批评家当然有权利过第一手的生活,拒绝吸二手烟。批评家直面诗歌、小说、戏剧所进行的阐释和批评,又何异于独自面对世界之时的感受呢?批评家绝不甘心过二手生活,绝不愿意做"作品"的寄生虫。文学批评是诗歌、散文、小说和戏剧之外的"第五文体","诗人批评家"、"一种作家式的批评家"等说法也不绝于耳。这无不说明批评家不愿意臣服于作家,文学批评不愿意臣服于作品。批评家的不臣之心,是获得批评主权的正当之举。如果说作家所提供的作品对批评家而言,是"智慧的恩典",那文学批评何尝不是智慧的输出和恩上加恩的"渔歌互答"呢?

　　姑且不论作品与文学批评孰高孰低,谁主谁客,若将二者看作是一个文本和另一个文本的平等，那么作品与文学批评是一种隐喻关系，二者之间具有相似性。若说作品通过想象抵达了真理，那么文学批评也不在真理之外，它亦是一种真理的阐释。耿占春说，隐喻就包藏着诗、真理和美。自然而然，文学作品和文学批评也在隐喻的笼罩之内。作为作品的生产者和作为读者的消费者，文学批评是将一种话语模式转换为另一种话语模式的"转译"，是将抒情性的话语提纯至思辨性的话语，或者说是将文学切换为哲学和美学的努力，是将指涉性的话语转换为救赎性阐释的话语。文学批评不应将自己看成是作品的高级形式，就像"理论不应只将自己解释成批评的高级形式"，作品和文学批评之间是一种传道和受道之后的"传道"关系，二者都是"道"的传输者，或者说作品和文学批评之间架起了一条"道"之真理通过的道路。

"然而隐喻的意义恰恰不在于'替代'，而在于双重影像、双重含意、双重经验领域的'同现'作用。不出现的以缺席的方式出现了，而出现的则以喻体的形式隐匿了自身。这里隐含了一种'比较'或'互相作用'关系。词语各自把自身的意义关联域加诸另一方。但隐喻并不仅是在两种事物或概念之间构成'比较'，而且是在不同质的事物或观念之间建立对等、创造类同。同时也就是为不可见事物构造出'可见之物的同构物'。"（耿占春《隐喻》）作品和文学批评之间不是互相取代的争竞关系，也不是互相指涉的互文性关系，而是作品的手指和文学批评的手指共同指向了真理和月亮。在"双重影像、双重含意、双重经验领域的'同现'作用"中，文学批评和作品共同完成了对真理的指认，在二者构成的证据链中，所重叠部分的"真理"，得以显现。很显然，作品和文学批评是一种"观念之间的对等和类同"。作品和文学批评之间也存在着"各自把自身的意义关联域加诸另一方"的相互作用关系，这种相互作用关系就是隐喻关系。文学批评从作品里发现意义，作品从文学批评里获得意义的叠加，意义变成了意义的平方，这无疑就是二者之间所存在的隐喻关系的价值体现。

"理论向来不过是实践的延伸……并不是理论规范诗歌，相反，诗歌和诗学都出自与既定事态的冲突。诗歌与诗学，理论与实践，都是相互关联的。诗学是诗歌实践的延伸、诗思的延伸，同时也是诗学的反映。"（查尔斯·伯恩斯坦《回音诗学》）诗歌与诗学或者说作品和文学批评相互关联性构成了隐喻的基础。如果说"诗学是诗歌实践的延伸、诗思的延伸"，那么文学批评也站在了作品的肩膀上成为它的延伸。文学批评与作品的隐喻关系，使二者处于一种对等的位置，二者进行着一种"道生一，一生二"的逆旅。诗学之道和诗歌的肉身彼此寻回，作品和文学批评不过是另一种意义上的"道成肉身"。

乔治·布莱的《批评意识》就是建立在作品和文学批评

之间的隐喻关系之上。"阅读行为（这是一切真正的批评思维的归宿）意味着两个意识的重合，即读者的意识和作者的意识的重合。"两个意识的结合，源于它们的相似性和隐喻关联。作品包含着的思想动荡和文学批评包含着的思想动荡，构成了一个统一体。作为一个开放性的作品，作品里的陌生意识需要批评家拿出自己的意识去拥抱它，与它合二为一。据乔治·布莱所言，批评意识就是作者意识和批评家的意识的"合一"，一个是陌生意识的开放，另一个是自我意识的消融。文学批评就是在作品里认出自己，这种辨认基于二者之间所具有意识的相似性和隐喻关系，正如布莱所说的批评意识是"认识自己或在他身上认出自己"。"所以，认识他人，就是在一片陌生的土地上、在一个既无对比点又无参照点的精神场所里冒险，而这种场所只能通过精神上对一种初看起来完全相异的思想的逐步同化来认识。"从这个角度而言，文学批评和作品处于一种动荡的和不稳定不确定的不断生成状态的隐喻关系。文学批评作为精神的历险，就是要在"既无对比点又无参照点"的孤立无援的绝境之中，完成"完全相异的思想的逐步认同"，"相异思想的逐步认同"就是文学批评和作品隐喻关系的逐渐确立。文学批评和作品的隐喻关系的确立是有难度的，它既要克服作品里的陌生意识对批评家意识的"排异反应"，又要保证批评家能从作品中辨认出自己。批评家的思想、经验和文学能力，决定着在多大程度上的在作品里的一种自我辨认。批评家和作家"彼此

　　　　　　　　　　　　批评之道

照亮"，批评家用自己的感受力来回应作家的想象力，富有想象力的作家用他们的"精神来照亮事物，并将其反光投射到另一些精神上"（波德莱尔《美学珍玩》），作家发射思想，批评家不仅接收思想还重获一种力量。思想的接受者和发射者感受"同样的震颤"，这同样的震颤，使作品和文学批评处于相似性之中，这种相似性的感受或感受的相似性，即隐喻。二者之间的隐喻关系使"光"恒在。"诗人是这样一个人，他设法通过他使用的词语强有力地把某种思想和感觉的方式暗示给读者的精神；而读者则是这样一个人，他服从阅读的暗示，在自己身上并且为了自己重新开始感觉和思考诗人想要让人感觉和思考的东西。"（乔治·布莱《批评意识》）"作品的暗示"和文学批评的"服从阅读的暗示"之间，亦是一种隐喻关联，文学批评就是从作品的梦里往外跳伞。两者的隐喻关系，不过是作品的"贝壳"和文学批评的"棺材"，两个事物或两个观念之间的相似性，两个观念在相似性的关联域中形成的最大公约数。作品和文学批评看似是两个独立的部分，但已经在相似性的隐喻关联中，彼此互通，彼此照亮。

　　"因此，批评家是他理解到的东西的表达者。由于任何艺术品都是一种经验的表达，批评家本人也就成了'表达的表达者'。"（乔治·布莱《批评意识》）从这个角度而言，批评就是表达。文学批评和作品同样作为表达者的表达，有一种"表达的相似性"。

"唯一的好的批评家是批评家—诗人，他为了完成其职能而在自己身上调用确属诗的资源。他的责任是在诗中发现一种可以在诗上面与诗争雄的等值物。"（乔治·布莱《批评意识》）从此我们可以推论出，文学批评就是与作品"争雄的等值物"，既然两者是等值关系，也意味着是"隐喻关系"。批评家和诗人的互相贴近，其实源于文学批评和作品的隐喻关系。隐喻关系不仅拉近了作品和文学批评的距离，也拉近了作家和批评家的距离，一种建立在广义的诗学和隐喻关系的背景中，诗人走向了批评家，批评家也要调动自身那部分诗人的资源，来完成在作品里的自我识别。某种意义上而言，文学批评就是从作品里识别真理、自我和意义。文学批评的完成，就是对"作品"不成比例的复制，不求形似而求神似。它看似是另一个，其实是同一个。

　　文学批评和作品之间还有一种思维的相似性。诗思维和批评思维是隐喻思维在作品和文学批评中的运用。"诗思维"本身就是一种隐喻思维，《诗经》中的比兴思维即隐喻思维。批评思维亦涉及从作品中找到相似性，做到合并同类项和寻求公约数，只有批评思维中具有隐喻思维，才能在作品中游刃有余地对诗或作品进行隐喻性的见招拆招。乔治·布莱说："他愿意在自己的思想中反映他人的思想，那是因为他在这思想中认出了一种本质的相似。他在反映他人的思想的同时，也反映了自己的思想。"这种"本质的相似"即诗思维和批评思维的相似。

《孟子·告子上》说："口之于味也，有同耆焉；耳之于声也，有同听焉；目之于色也，有同美焉。至于心，独无所同然乎？心之所同然者何也？谓理也，义也。圣人先得我心之所同然耳。故理义之悦我心，犹刍豢之悦我口。"感觉之同、道理之同和人心之同是文学批评和作品之间构成隐喻关系的基础。作家和批评家的"心之所同然"，造成了作品和文学批评的"理之当然"。作品和文学批评具有一种形式上的相似性，作家用作品撑起了一个空间，而批评家用批评构建了另一个空间，作品和文学批评是两个文本喻指的一样的精神空间，它们不过是作家和批评家所建筑的一个相似性的思想或灵魂的居所。

　　简而言之，作品和文学批评之间的"意识的相似性，感受的相似性，表达的相似性，思维的相似性，形式上的相似性"使二者构筑起了一种隐喻关系。这种隐喻关系，架起了作品和文学批评之间的一座看不见的"桥梁"，诗歌和诗学不再是断裂，而是一种延伸，隐喻让一颗心灵走向另一颗心灵，一个思想照亮另一个思想。

作品与文学批评的隐喻关系

诗的语言是一种生成性的语言

　　耿占春说，诗的语言不是固化的语言，而是一种生成性的语言，它是一种不稳定、不确定或不饱和状态的语义链。

　　诗的语言就像是"蚯蚓"，它使固化或僵化的语言土壤得以松动，使僵死的语言恢复了一种创造性的活力和生机。诗人要做的就是用诗的语言对抗平庸化的语言，从无意义里拣选出意义，或者说是将合法的意义从非法的意义中区分出来。诗的众多功用里，我想强调的是诗的净化，诗的救赎，诗的见证，诗的纠正，诗的捍卫等。

　　诗的净化是指诗的语言是"炼净的语言，就像金苹果落在了银网子"，鼎为炼金，炉为炼银，唯有耶和华熬炼人心。诗人扮演的就是鼎炉，经过耶和华对人心的熬炼和诗人对自己吞下现实的苦痛苦难苦酒的转化，之后倾吐而出的金子一样的语言，银子一样的诗。墨西哥诗人帕斯说，净化语言是诗人的任务，这意味着还其本性。

　　诗的救赎是指诗是用语言抵达圣地（寺），又从圣地

（寺）出发返回俗世的语言。诗中隐含了一种自救和救世的力量。诗就是人言和寺院（圣地）的结合。诗里既有言语的力量，也有静默的力量，人一旦开始言说，就停止了觉悟；一旦获得了启示，就开始言说。诗是一种寺院里修行的语言，是从寺院里传递扩散到寺院外的一种拯救或救世的语言。诗的言语里，暗含着一个人修行的起始、经过和结果。

诗的见证是指诗扮演了人与世界二者之间的见证人，它见证了人认识世界和改造世界的全过程，也见证了人从罪性中靠近神性，从死亡中走向灵性的复苏与新生。换句话说，诗就是历史和知识。

诗的纠正是指诗的一种纠偏功能，是对偏离真理之途、拯救之途的纠正。是对错误的道路、道理和言说的纠正。诗确保道路是通向拯救的道路，确保真理是拯救的真理，确保言说是对受难者的安慰和医治的言说。

诗捍卫我们的热情和批评的激情。帕斯说："我们是语言的世界，语言也是我们的世界。"诗在语言里诞生，就像我们从母腹里诞生一样。语言是我们的载体，是过河抵达彼岸世界的"木筏"，语言是我们不朽的肉身。

帕斯说，诗就是变形、变化、炼金术作用，因而与魔术、宗教和其他旨在改造人、旨在把"另一个人"改造成"这人"和"那人"的种种尝试为邻。诗人拉开了弓并拨弄了琴弦，琴音里有因张力而射出去的箭镞，射出去的箭镞里有拯救的福音。

诗是每个人内心的需要，它是一种治疗的语言和治愈性的思想。在改变世界和改变语言之间，诗人选择了后者。写诗可能不直接创造价值，但是写作过程本身就具有悦心悦神的功效。写作本身就是输出一种积极的能量，使读诗的人也受到净化和影响。